A PESCA DO SALMÃO NO IÊMEN

Paul Torday

A PESCA DO SALMÃO NO IÊMEN

Tradução de
FLÁVIA RÖSSLER

EDITORA RECORD
RIO DE JANEIRO • SÃO PAULO

2008

CIP-Brasil. Catalogação-na-fonte
Sindicato Nacional dos Editores de Livros, RJ.

T635p

Torday, Paul, 1946-
A pesca do salmão no Iêmen / Paul Torday; tradução de Flávia Rössler. – Rio de Janeiro: Record, 2008.

Tradução de: Salmon fishing in the Yemen
ISBN 978-85-01-07918-3

1. Romance inglês. I. Rössler, Flávia. II. Título.

08-0890

CDD – 823
CDU – 821.111-3

Título original inglês:
SALMON FISHING IN THE YEMEN

Primeira publicação na Grã Bretanha em 2007
por Weidenfeld & Nicolson

Capa: Rafael Saraiva

Impresso no Brasil

ISBN 978-85-01-07918-3

PEDIDOS PELO REEMBOLSO POSTAL
Caixa Postal 23.052
Rio de Janeiro, RJ – 20922-970

EDITORA AFILIADA

Este livro é dedicado à minha esposa, Penelope,
que consegue pescar salmão em plena luz do sol e em águas
rasas; aos amigos com os quais pesco no Tyne e no Tay;
e aos homens e mulheres da Agência Ambiental,
sem os quais haveria muito menos peixes
em nossos rios.

Sumário

Trechos da repercussão de um inquérito instaurado na Honorável Casa dos Comuns pelo Comitê de Relações Exteriores e de um relatório sobre as circunstâncias que envolveram a decisão de introduzir salmão no Iêmen (projeto Salmão no Iêmen) e fatos subseqüentes.

1

As origens do projeto Salmão no Iêmen

Fitzharris & Price
Agentes & Consultores Imobiliários
St. James's Street
Londres

Dr. Alfred Jones
Centro Nacional para a Excelência da Pesca
Departamento de Meio Ambiente e Agricultura
Smith Square
Londres

15 de maio

Prezado Dr. Jones,

Seu nome nos foi indicado pelo Sr. Peter Sullivan, do Ministério das Relações Exteriores e Comunidade (Diretoria para o Oriente Médio e África do Norte). Representamos um cliente com substancial disponibilidade de recursos, que demonstrou o desejo de patrocinar um projeto para introduzir salmão e a pesca esportiva deste peixe no Iêmen.

Reconhecemos a natureza desafiadora da empreitada, porém nos foi assegurada a existência de pessoal especializado dentro de seu órgão, capaz de pesquisar e administrar o referido projeto que traria, sem dúvida, reconhecimento internacional e ampla compensação para o engenheiro de pesca que nele se envolver. Sem entrar em detalhes específicos neste primeiro contato, gostaríamos de agendar um encontro com V. Sa. com o objetivo de definir como o projeto poderia ser iniciado e financiado, para que possamos dar um retorno ao cliente e buscar instruções adicionais.

Gostaríamos também de enfatizar que o projeto é considerado por nosso cliente — eminente cidadão iemenita — pioneiro para o seu país. Ele pediu-nos para salientar que não haverá restrições financeiras de espécie alguma. O MREC apóia o projeto como símbolo da cooperação anglo-iemenita.

Atenciosamente,

Harriet Chetwode-Talbot

Centro Nacional para a Excelência da Pesca
Departamento de Meio Ambiente e Agricultura
Smith Square
Londres

Srta. Harriet Chetwode-Talbot
Fitzharris & Price
Agentes & Consultores Imobiliários
St. James's Street
Londres

Prezada Srta. Chetwode-Talbot,

Dr. Jones pediu-me que agradecesse sua carta datada de 15 de maio e a respondesse conforme segue.

Salmonídeos migratórios requerem água doce e bem oxigenada para desovar. Além disso, nos estágios iniciais do ciclo de vida do salmão é necessário um bom suprimento de insetos nativos dos rios do norte europeu para que o salmão jovem sobreviva. Quando o salmão jovem chega à sua forma desenvolvida, desce a corrente dos rios e atinge a água salina. Toma então o rumo das áreas de alimentação nas águas da Islândia, das ilhas Faroé ou da Groenlândia. Temperaturas marítimas ideais para o salmão e suas fontes alimentares situam-se entre 5 e 10 graus Celsius.

Concluímos que as condições no Iêmen e sua localização geográfica relativamente distante do Atlântico Norte tornam inviável o projeto proposto por seu cliente, com base em vários dados fundamentais.

Lamentamos, assim, informar que não nos será possível ajudá-los no empreendimento sugerido.

Atenciosamente,

Sally Thomas (assistente do Dr. Jones)

Gabinete do Diretor
Centro Nacional para a Excelência da Pesca
De: David Sugden
Para: Dr. Alfred Jones
Assunto: Fitzharris & Price/Salmão/Iêmen
Data: 3 de junho

Alfred,
Acabo de receber um telefonema de Herbert Berkshire, assistente do secretário de Estado do MREC.

A opinião do Ministério é muito clara: o projeto deve merecer nossa maior consideração. Não obstante as dificuldades práticas muito reais na proposta da Fitzharris & Price, das quais, como seu diretor, tenho pleno conhecimento, o

Ministério julga que devemos tentar oferecer ao mencionado projeto todo o apoio que nos for possível.

Dadas as recentes reduções nos financiamentos para o CNEP, não devemos nos precipitar e rejeitar um trabalho que aparentemente nos dá acesso a excelentes fontes de financiamento do setor privado.

Saudações,

David

Memorando

De: Alfred Jones

Para: Diretor, CNEP

Assunto: Salmão/Iêmen

Data: 3 de junho

David,

Agradeço os pontos levantados em seu memorando datado de hoje. Mesmo após dedicar ao assunto minha mais completa consideração, continuo sem ver como poderíamos auxiliar a Fitzharris & Price e seu cliente. A perspectiva de introduzir o salmão nos uádis do Hadramawt parece-me, com toda a sinceridade, risível.

Coloco-me à disposição para prestar maiores esclarecimentos caso algum membro do MREC queira informações adicionais com relação aos motivos para nosso desinteresse pelo projeto.

Alfred

Gabinete do Diretor
Centro Nacional para a Excelência da Pesca
De: David Sugden
Para: Dr. Alfred Jones
Assunto: Salmão/Iêmen
Data: 4 de junho

Dr. Jones,
Por favor, considere este memorando minha instrução formal de avançar para a etapa seguinte do projeto Salmão no Iêmen com a Fitzharris & Price. Peço-lhe que entre em contato com a Srta. Harriet Chetwode-Talbot e solicite um relatório completo, a partir do qual deve desenvolver um esboço de plano de trabalho para o referido projeto para minha avaliação e posterior envio ao MREC.
Assumo total responsabilidade pela decisão.
David Sugden

De: Fred.jones@ncfe.gov.uk
Data: 4 de junho
Para: David.Sugden@ncfe.gov.uk
Assunto: Projeto Salmão no Iêmen

David,
Podemos discutir o assunto? Darei um pulo em seu escritório após a reunião do departamento.
Alfred

De: Fred.jones@ncfe.gov.uk

Data: 4 de junho

Para: Mary.jones@interfinance.org

Assunto: Emprego

Minha querida,

É irracional a pressão que venho sofrendo por parte de David Sugden para colocar meu nome em um projeto totalmente insano inventado pelo MREC e relacionado à introdução de salmão no Iêmen. Foram expedidos vários memorandos sobre o assunto nos últimos dias e suponho que tenha sido por considerá-lo bizarro demais que sequer o mencionei na última vez em que conversamos. Acabo de ir à sala de David Sugden e de lhe dizer: "Escute, David, seja sensato. Esse projeto não é apenas inteiramente absurdo e cientificamente disparatado; se permitirmos que nosso nome seja envolvido, ninguém no mundo da engenharia de pesca nos levará a sério de novo."

Sugden permaneceu impassível. Respondeu (com ar pomposo): "Esse vem mais de cima. Não se trata apenas de algum ministro com uma idéia mirabolante. A ordem vem do topo. Você recebeu minha instrução. Por favor, vá em frente."

Ninguém falava comigo desse jeito desde que saí da escola. Estou pensando seriamente em entregar meu pedido de demissão.

Um beijo,

Fred

P.S.: Quando você volta do curso de treinamento gerencial?

De: Mary.jones@interfinance.org
Data: 4 de junho
Para: Fred.jones@ncfe.gov.uk
Assunto: Realidades financeiras

Fred,
Meu salário anual bruto é de 75 mil libras e o seu é de 45.561 libras. Nossa renda líquida conjunta soma 7.333 libras, da qual a hipoteca toma 3.111 libras; impostos, alimentação e outras despesas domésticas consomem mais 1.200 libras, isso sem pensar em custos com o carro, férias e suas extravagâncias relacionadas à pesca.
Pedir demissão? Pare de bobagem.
Mary
P.S.: Volto para casa quinta-feira, mas domingo preciso ir a Nova York para uma conferência sobre a lei Sarbanes-Oxley.

Memorando
De: Andrew MacFadzean, primeiro secretário particular do secretário de Estado das Relações Exteriores e Comunidade
Para: Herbert Berkshire, secretário particular do subsecretário de Estado das Relações Exteriores e Comunidade
Assunto: Salmão/Projeto Iêmen

Herbert,
Nossos chefes dizem que o projeto deve receber um pequeno impulso. O patrocinador não é um cidadão do Reino Unido, mas o projeto pode ser apresentado como modelo para uma

cooperação anglo-iemenita que, é óbvio, tem implicações mais amplas no que se refere à percepção do envolvimento do Reino Unido no Oriente Médio.

Acho que você poderia, com jeito, fazer chegar aos ouvidos de David Sugden — que imagino ser o diretor da área de engenharia de pesca no Departamento de Meio Ambiente e Agricultura — que um resultado positivo do projeto poderia atrair a atenção do comitê encarregado das indicações para a próxima lista de premiação por serviços relevantes prestados. Do mesmo modo, é justo ressaltar que um resultado negativo poderá dificultar a defesa do CNEP contra cortes adicionais dos financiamentos na futura rodada de negociações com o Tesouro para o próximo ano fiscal. Isso talvez ajude a transmitir a idéia correta. Conversamos, claro, em um nível hierárquico mais elevado com as pessoas certas no DMAA. Mantenha o assunto em sigilo.

Almoçamos no clube amanhã às 13 horas?

Um abraço,

Andy

Memorando

De: Diretor de comunicação, gabinete do primeiro-ministro

Para: Dr. Mike Ferguson, diretor de veterinária, alimentação e ciências aquáticas, líder da equipe de cientistas

Assunto: Projeto Salmão no Iêmen

Mike,

Esse é o tipo de iniciativa que o primeiro-ministro realmente gosta de ver. Queremos de você alguns breves comentários sobre sua viabilidade. Não pedimos que alguém diga definitivamente que o projeto dará certo, apenas que não há razão para não tentar.

Peter

Memorando

De: Dr. Michael Ferguson, diretor de veterinária, alimentação e ciências aquáticas, líder da equipe de cientistas

Para: Peter Maxwell, diretor de comunicação, gabinete do primeiro-ministro

Assunto: Projeto Salmão no Iêmen

Prezado Sr. Maxwell,

A média mensal de chuva nas montanhas ocidentais do Iêmen é de aproximadamente 400 milímetros em cada um dos meses de verão, o que significa que as temperaturas em elevações acima de 2 mil metros caem para a faixa entre 7 e 27 graus Celsius. Não é uma característica incomum do verão britânico e, por essa razão, concluímos que durante curtos períodos do ano existem condições, sobretudo nas províncias ocidentais do Iêmen, que não são necessariamente hostis a salmonídeos migratórios.

Consideramos, dessa forma, que um modelo baseado em liberação e introdução artificiais de salmonídeos nos sistemas de uádis por *curtos períodos do ano*, ligado a um programa de captura do salmão e sua devolução a águas salgadas e mais frias durante outros períodos do ano, não seria um ponto de partida impróprio para um padrão a ser desenvolvido pelos departamentos com a *expertise* pertinente. Acredito que o CNEP seja a organização mais adequada para tal empreitada.

Espero que as observações acima sejam suficientes para seus propósitos no estágio atual.

Saudações

Michael Ferguson

P.S.: Já nos conhecemos?

Memorando

De: Diretor de comunicação, gabinete do primeiro-ministro

Para: Dr. Mike Ferguson, diretor de veterinária, alimentação e ciências aquáticas, líder da equipe de cientistas

Assunto: Projeto Salmão no Iêmen

Mike,

Excelente! Não, ainda não nos conhecemos, mas espero que uma oportunidade surja em breve.

Peter

Memorando

De: Peter

Para: Primeiro-ministro

Assunto: Projeto Salmão no Iêmen

Primeiro-ministro,

O senhor com certeza gostará do projeto. Ele abrange tópicos variados:

- Mensagens ambientais positivas e inovadoras
- Elos desportivos (culturais?) com um país do Oriente Médio até agora ainda não estreitamente alinhado com interesses do Reino Unido

- Tecnologia ocidental secular que trará melhorias a um estado islâmico
- Uma reportagem grande e positiva que substituirá as manchetes sobre temas menos construtivos vindos do Iraque, do Irã e da Arábia Saudita

Oportunidade para uma grande foto: o senhor de pé em um uádi, com um caniço em uma das mãos e um salmão na outra. Que foto fantástica seria!

Peter

Memorando

De: Primeiro-ministro

Para: Diretor de comunicação

Assunto: Projeto Salmão no Iêmen

Peter,

Gostei. A idéia da foto é excelente!

2

Trechos extraídos do diário do Dr. Alfred Jones: seu aniversário de casamento

7 de junho

Até hoje meu diário era usado, acima de tudo, para anotar horários de reuniões, consultas com o dentista e outros compromissos. Nos últimos meses, no entanto, tenho sentido a necessidade de registrar algumas das idéias que vêm e vão, a sensação cada vez maior de uma inquietude intelectual e emocional que cresce em mim à medida que me aproximo da meia-idade. O dia de hoje marca nosso aniversário de casamento. Mary e eu estamos juntos há mais de vinte anos. Parece certo, sob determinado aspecto, começar a registrar o padrão de minha existência cotidiana. Talvez isso me ajude a encontrar uma perspectiva a partir da qual possa avaliar e valorizar minha vida mais do que consigo no momento.

Como presente de aniversário de casamento, fiz para Mary uma assinatura da *The Economist*, revista da qual sei que gosta, embora se negue a pagar do próprio bolso. Ela deu-me um refil para minha escova de dente elétrica, presente de extrema utilidade. Não costumo pensar muito em datas comemorativas. Os anos passam em relativa harmonia. Por alguma razão, no entanto, sinto esta noite que devo refletir sobre o que representa agora um casamento de muitos anos com Mary. Casamo-nos não muito depois de deixar Oxford.

Não foi um romance arrebatador, mas acho que nossa relação tem sido tranqüila e estável, adequada a duas pessoas como nós, racionais e centradas nas respectivas carreiras.

Somos ambos humanistas, profissionais e cientistas. A ciência de Mary é a análise de riscos inerentes ao movimento de dinheiro vivo e crédito nos sistemas financeiros do mundo inteiro. Ela escreve artigos como "O papel das RDEs (reservas de depósitos especiais) na redução de fluxos extraordinários de ativos financeiros não-reservas", que despertou grande interesse e que até eu gostei de ler, embora não tenha conseguido acompanhar alguns dos algoritmos. Mary passou agora da ala mais acadêmica do banco para o setor gerencial. Está prosperando, é bem paga e respeitada, e deve ir bem mais longe. A única desvantagem é a tendência a nos ver cada vez menos, já que ela tem viajado muito nos últimos meses.

Tornei-me conhecido com o estudo "Os efeitos de soluções alcalinas nas populações de mexilhões de água doce", que introduziu alguns conceitos inovadores com relação ao acasalamento de mexilhões de água doce. Desde então, minha carreira também se desenvolveu. Não sou tão bem remunerado quanto Mary, porém meu trabalho me traz satisfação e acredito gozar de bom conceito entre meus colegas.

Mary e eu optamos por não ter filhos. Nossa vida é, em conseqüência, relativamente sossegada. Tenho plena consciência de que um casamento sem filhos é às vezes uma desculpa para o egoísmo, por isso fazemos um esforço consciente para nos envolver com a comunidade no pouco tempo livre de que dispomos. Mary dá aulas de teoria econômica, no centro de imigração de nosso bairro, para nativos da Tchetchênia e do Kurdistão, que parecem sempre escolher nossa área para se instalarem. Quanto a mim, uma vez ou outra faço palestras para a sociedade humanista local. Na semana passada, fiz a terceira de uma série de conferências — "Por que Deus não pode existir" —, e gosto de pensar que essas palestras provocam de algum modo a platéia e fazem-na questionar as superstições de eras mais antigas que ainda perduram nos ensinamentos de religião e que lamentavelmente continuam em vigor em algumas de nossas escolas.

O que mais posso dizer a respeito de um casamento que ultrapassa duas décadas? Continuamos os dois em forma. Corro duas ou três vezes por semana; Mary faz ioga quando pode. Éramos vegetarianos, mas agora comemos peixe e carne branca, e permito-me um drinque de vez em quando, embora Mary beba muito raramente. Gostamos de ler, contanto que os livros sejam esclarecedores ou informativos, e de tempos em tempos vamos ao teatro ou a exposições de arte.

E eu pesco, uma atividade retrógrada que Mary desaprova. Diz que o peixe sente dor, enquanto eu, como engenheiro de pesca, sei que isso não é verdade. Talvez seja esse o assunto sobre o qual concordamos em discordar.

A história é esta, então: mais um aniversário de casamento. Este ano tem sido quase igual ao ano passado, que foi muito parecido com o anterior. Se em algumas ocasiões desejo um pouco mais de emoção, um pouco mais de paixão em nossas vidas, em geral credito ao desleixo em seguir a dieta que pessoas do meu grupo sangüíneo (tipo A) devem adotar: evitar carne em demasia. Uma vez ou outra não resisto à tentação e como carne bovina, por isso não é de estranhar que eu tenha sentimentos irracionais de... não tenho certeza de quê. Estou entediado, talvez? Como poderia estar?

Basta aparecer algo como esse projeto Salmão no Iêmen para que eu me lembre de que não gosto do irracional, do imprevisível e do desconhecido.

8 de junho

Tivemos hoje uma reunião departamental para discutir a versão final de meu trabalho "Efeitos da Crescente Acidez da Água na Larva da Mosca-d'Água". Todos foram muito corteses, sobretudo David Sugden. Será uma oferta de paz? Ele não voltou a me pressionar com relação ao projeto Salmão no Iêmen e eu, claro, não me manifestei. Apenas mantive a cabeça baixa e estou esperando que o assunto morra de vez. De todo modo, o elogio público do diretor ao trabalho sobre as moscas-d'água foi um incentivo para minha equipe. Na verdade, David chegou a mencionar que, após a publicação do meu artigo, provavelmente não haveria mais nada importante a dizer sobre moscas-d'água. Um elogio e tanto. Em momentos como esse, sei que o dinheiro realmente não conta. Mary às vezes se queixa de eu não ganhar o suficiente, mas há muita coisa mais importante na vida do que o tamanho do salário. Avancei um pouco as fronteiras do conhecimento humano sobre um pequeno inseto marrom que, embora insignificante por si só, é um indicador vital da saúde de nossos rios.

As publicações *Trout & Salmon* e *Atlantic Salmon Journal* querem fazer uma matéria a respeito.

Mary está em Nova York. Passou em casa a sexta-feira e o sábado inteiros. Mesmo assim, a geladeira está vazia. Voltei há pouco do restaurante de comida indiana que fica aberto até tarde e embala para viagem, onde comprei alguma coisa para comer, e agora estou aqui, escrevendo meu diário e limpando do colo pedaços de galinha com molho Balti que escorregaram do garfo plástico. Acabo de perceber que esqueci de comprar café para amanhã de manhã.

Uma última palavra de auto-acusação após um dia de triunfo profissional. Já que sou egoísta e falei do meu próprio sucesso com a pesquisa sobre moscas-d'água, quero agora registrar minha admiração por Mary, cujo trabalho, ao qual me referi nas anotações de ontem, embora seja de uma natureza diferente do meu, tem provocado comentários e atraído atenções em seu banco, o InterFinance S.A. Ela está progredindo depressa neste emprego. Sou dos que acreditam no sucesso das mulheres, e ver isso acontecer com a própria esposa no mundo machista das finanças é muito gratificante. As moscas-d'água fêmeas também desempenham um papel de fundamental importância no seu grupo social.

9 de junho

Hoje de manhã senti que o funcionamento de meu intestino tinha sido afetado pela comida indiana de ontem, o que não devia ser surpresa. Não dei minha costumeira corrida matinal, pois não me sentia bem. Não havia mais café em casa e o único leite longa vida estava havia muito com a validade vencida. Cheguei ao escritório irritado e levei um bom tempo até engrenar.

É estranho como as coisas podem mudar depressa na vida de uma pessoa. Nos últimos dois dias refleti sobre a natureza tranqüila e intelectualmente engajada de minha vida com Mary e a vigorosa recompensa que ainda consigo tirar de um trabalho científico bem feito. Tudo isso parece, no momento, não valer nada.

Preciso registrar um dos incidentes mais desagradáveis de minha carreira profissional. Às 10 horas eu estava reunido com Ray, escolhendo as fotos visualmente mais instigantes para ilustrar o artigo sobre moscas-d'água, quando Sally apareceu e disse que David Sugden queria me ver imediatamente. Respondi que estaria no escritório de David dentro de poucos minutos, tão logo Ray e eu acabássemos de selecionar as fotos.

Sally dirigiu-me um olhar estranho. Lembro-me de suas palavras exatas: "Alfred, o diretor disse *imediatamente*. Isso significa *agora*."

Levantei-me e pedi licença a Ray, dizendo que voltaria em poucos minutos. Segui um pouco aborrecido pelo corredor que levava à sala de David. Há sempre um consenso em nosso departamento. Somos cientistas e não administradores. Hierarquia significa pouco para nós; sermos tratados como seres humanos significa tudo. David, de modo geral, compreende isso e, embora seja funcionário público de carreira, conseguiu enquadrar-se muito bem. Ele certamente está aqui há tempo suficiente para saber que não gosto de ser intimidado nem de sofrer pressão.

Ao entrar na sala de David forcei um sorriso e excluí de minha voz qualquer vestígio de contrariedade. Disse algo como "Qual é a emergência?"

Acho sempre importante lembrar a David que ele é administrador e eu cientista. Sem cientistas, não haveria necessidade de administradores. Como de hábito, a mesa de David estava inteiramente limpa de papéis. Um monitor de tela plana e um teclado repousavam sobre ela e, à exceção disso, havia uma grande superfície metálica preta opaca, suavizada apenas por duas folhas de papel. Ergueu uma delas sem convidar-me para sentar, o que em geral faz. Sacudiu-a na minha frente. Não consegui ver do que se tratava. Disse-me então que era o formulário P45. Colocou-o sobre a mesa e esperou que eu me manifestasse. De início, não compreendi suas palavras, mas logo meu coração começou a bater com força. Respondi que não tinha entendido.

David olhou-me sem sorrir.

— Sei que você parece viver em uma torre de marfim, Alfred, mas ainda assim imagino que deva saber o que é um formulário P45. É um documento necessário para a declaração do imposto de renda e para a seguridade social quando um contrato de emprego é rescindido pelo empregador... neste caso, nós — disparou.

Olhei para ele com espanto. David largou a primeira folha de papel e pegou a segunda. Explicou que era uma carta, rascunhada em meu nome e dirigida à Fitzharris & Price. Era um pedido de reunião para discutir o projeto Salmão no Iêmen em um futuro próximo. O tom da carta era apologético e lisonjeiro, explicando que meu atraso em responder era devido a pressões profissionais e expressando minha esperança de que a oportunidade de trabalharmos juntos ainda estivesse de pé. Quando acabei de ler senti que tremia, porém, se por contrariedade ou alarme, eu não tinha certeza.

David voltou a pegar o formulário P45 e também a carta para a Fitzharris & Price. Segurou-as bem perto do meu rosto e explicou com tom de voz neutro:

— Dr. Jones, o senhor pode sair da sala com seu P45 ou pode levar a carta, assiná-la e mandá-la por um portador à Fitzharris & Price. Para mim, a sua escolha não faz a menor diferença, mas acredito que o pessoal da Fitzharris & Price tenha sido informado de que o senhor é a pessoa com quem devem conversar, caso contrário, confesso que não teria lhe dado o luxo de fazer a opção.

Olhei ao redor em busca de uma cadeira. Vi uma à minha esquerda e perguntei se podia me sentar.

David consultou o relógio e alegou que tinha um compromisso com o ministro dentro de meia hora.

— O ministro me perguntará sobre um relatório de acompanhamento do projeto. O que devo responder?

Engoli em seco várias vezes. Minhas pernas tremeram. Puxei a cadeira, sentei-me e comecei:

— David, isto é inteiramente irracional...

— Com qual dos documentos quer sair desta sala? — interrompeu-me.

Não consegui responder. Seu comportamento nazista deixava-me profundamente chocado. Apontei para a carta dirigida à Fitzharris & Price.

— Então assine logo.

— Posso ter alguns instantes para lê-la? — perguntei.

— Não.

Por um momento estive a ponto de me descontrolar. Eu queria amassar a carta e jogá-la na cara de David Sugden, mas o que fiz, ao contrário, foi pegar a caneta do bolso do casaco, puxar o odioso retângulo de papel para perto de mim e assiná-lo.

David tomou-o imediatamente de minhas mãos e avisou que ele mesmo se encarregaria do mensageiro. Disse que tinha cancelado por e-mail todos os meus compromissos agendados para o mês seguinte. Eu teria uma prioridade, e apenas uma, se quisesse manter o emprego. Precisava encontrar Harriet Chetwode-Talbot, convencê-la de que o Centro Nacional para a Excelência da Pesca era a única organização com alguma chance de apresentar uma proposta para o projeto Salmão e ainda persuadi-la de que eu era a pessoa certa para aquele trabalho.

Concordei com a cabeça. David levantou-se. Tive a impressão, por um momento, de que diria algo à guisa de desculpa ou explicação. Então consultou de novo o relógio e foi categórico:

— Não posso fazer o ministro esperar.

Saí sem acrescentar mais nada, espero que com alguma dignidade.

Agora, enquanto registro esses fatos desagradáveis, imagino que teria sido bom se Mary estivesse em casa esta noite. Às vezes a gente tem vontade de conversar sobre algum assunto com o cônjuge. Mary não gosta de telefonemas longos. Diz que o telefone serve apenas para transmitir informações. O problema é que ela muitas vezes não está em casa para conversarmos sobre o que acredita que não deve ser dito ao telefone. Mas estou muito orgulhoso do sucesso de minha esposa.

Espero que se orgulhe de mim quando eu lhe contar sobre o modo digno como enfrentei as táticas agressivas de David Sugden.

15 de junho

Faço estas anotações no escritório.

Mary chega hoje à noite. Acho que sinto falta dela. Não há nada para comer em casa. Não posso esquecer de passar na Marks & Spencer no caminho de volta. Preciso comprar alguma comida pronta. Devo me lembrar de comprar também um pijama novo, pois o elástico do meu atual (da Tesco) se foi. Tenho anotado a duração média de vários itens, como meias — furos no calcanhar — e pijamas — elásticos que rebentam. Acho que consigo detectar uma clara tendência à diminuição da qualidade, quase que uma obsolescência planejada, em alguns desses produtos. Espero que a Marks & Spencer seja mais confiável.

Meu intestino não funcionou esta manhã. Sinal claro de estresse. Saí para correr, mesmo assim, e queimei parte da raiva que se revolvia dentro de mim como bílis.

Hoje de manhã recebi um telefonema. Sally ligou para o meu ramal, disse que uma tal de Harriet alguma coisa, da Fitzharris & Price, estava na linha e perguntou se eu atenderia. Por um momento, houve uma rebelião gloriosa; quase respondi: "Não, diga que estou ocupado." Ao contrário, no entanto, pedi a Sally que transferisse a ligação e uma voz jovem com entonação que eu identificaria como a de cristal lapidado perguntou se estava falando com o Dr. Jones.

Foi muito educada. Desculpou-se por me interromper, disse que compreendia que eu andava muito ocupado com alguns projetos importantes e que não teria me perturbado naquele momento se seu cliente não estivesse fazendo tanta pressão. Perguntou então se eu me lembrava de sua primeira carta sobre a introdução de salmão no Iêmen.

Produzi um som afirmativo no fundo da garganta. Não confiei em mim para falar. Ela entendeu isto como um sim e perguntou quando poderíamos nos encontrar. Por um momento fiquei tentado a gritar "Nunca!", no entanto concordei em procurá-la no seu escritório na St. James's Street na manhã seguinte.

— Seu cliente também participará? — perguntei.

— Não, ele está no Iêmen. Contudo, está ansioso para encontrá-lo em uma de suas próximas vindas. Isto é, se o senhor concordar em levar o assunto adiante após nossa reunião de amanhã.

Combinamos o horário para o encontro no escritório dela na St. James's Street.

Mais tarde

Mary acaba de chegar em casa. Desembarcou no aeroporto de Heathrow hoje por volta das 7 horas, foi direto para o escritório e, é óbvio, exagerou. Olhou para a comida italiana que eu comprara na Marks & Spencer e desculpou-se:

— Sinto muito, Alfred, mas estou sem fome.

Claro que eu não a incomodaria com meus problemas, já que estava tão exausta. No entanto, recuperou-se com um cálice de vinho e falou por um bom tempo sobre as regras do sistema bancário dos Estados Unidos. Muito interessante. Agora ela já foi para a cama e em seguida vou também.

Teria sido ótimo se pudéssemos ter conversado um pouco sobre meus problemas no trabalho, mas não posso pensar só em mim.

16 de junho

Minha reunião na Fitzharris & Price não foi exatamente o que eu esperava.

Não consigo deixar de ter algum ressentimento contra essas pessoas que perturbaram a relativa tranqüilidade de minha vida com idéias absurdas. Minha intenção era condenar sem ser rude, desencorajar sem ser negativo. Ainda sinto, enquanto faço estas anotações, que a proposta deles é tão idiota que logo irá perder força e desaparecer.

Quando cheguei ao escritório da F&P encontrei um hall elegante, comandado por uma recepcionista também elegante sentada atrás de uma mesa enorme. Do outro lado havia dois confortáveis sofás de couro e uma mesa baixa de vidro repleta de exemplares de *Country Life* e *The Field*. Antes que eu pudesse experimentar algum desses luxos, a Srta. Harriet Chetwode-Talbot apareceu e veio ao meu encontro.

Agradeceu-me por ter concordado em encontrá-la. Era atenciosa, elegante, alta e magra. Pareceu-me vestida como se estivesse pronta para almoçar em um restaurante da moda e não para um dia duro de trabalho no escritório. Mary sempre diz que acha indecente uma mulher que trabalha vestir-se assim. Ela própria é uma veemente defensora de roupas de trabalho discretas e práticas, que não acentuem a feminilidade de quem as usa.

Fomos para a sala da Srta. Chetwode-Talbot, que dava para a St. James's Street. As janelas tinham vidros duplos, e o ambiente era tranqüilo e iluminado. Em vez de ir para trás de sua mesa, acompanhou-me até duas poltronas colocadas frente a frente e separadas por uma mesa baixa de mogno sobre a qual repousava uma bandeja com um bule de café de porcelana branca e duas xícaras. Sentamo-nos, ela aproximou a bandeja e serviu dois cafés. Depois falou, e lembro-me de suas palavras exatas:

— Imagino que nos considere completos idiotas.

Por essa eu não esperava. Comecei a fazer alguns comentários evasivos sobre a natureza incomum do projeto, sobre como ele se desviava do objetivo principal do Centro e sobre como eu sentia uma certa preocupação quanto à possibilidade de gastarmos muito tempo e não conseguirmos bom resultado.

Ela ouviu com atenção antes de prosseguir.

— Por favor, me chame de Harriet. Meu sobrenome é tão complicado que acho um exagero pedir que alguém o use.

Corei. Talvez a pronúncia de Chetwode-Talbot tenha se metamorfoseado do mesmo modo que Cholmondely se tornou Chumly ou Delwes virou Dales, uma daquelas pronúncias traiçoeiras inventadas pelos ingleses para confundir uns aos outros.

Depois, sugeriu que talvez fosse útil eu conhecer um pouco da origem do projeto.

Fiz um sinal positivo com a cabeça; eu precisava saber com quem e com o quê estava lidando. Harriet — não julgo conveniente nos tratarmos pelo nome de batismo, porém é mais rápido escrever seu primeiro nome neste diário — começou a explicar. Cruzei as pernas, abracei os joelhos e de modo geral tentei assumir a expressão que meu orientador na universidade costumava adotar quando eu apresentava um trabalho particularmente ruim e ele ficava a ponto de rasgá-lo em mil pedaços.

Harriet sorriu de leve e explicou que àquela altura eu provavelmente concluíra que a Fitzharris & Price era uma empresa de avaliação e consultoria imobiliária, não de engenharia de pesca.

Respondi que agradecia a observação.

Inclinou a cabeça para confirmar que me entendera e explicou que ao longo de muitos anos o negócio de sua empresa vinha sendo a aquisição de propriedades agrícolas ou esportivas no Reino Unido em nome de clientes estrangeiros — em especial compradores do Oriente Médio. Muito depressa a Fitzharris descobrira que seus clientes não apenas queriam que a empresa comprasse as propriedades, mas também que as administrasse enquanto estivessem ausentes.

Isso levara a Fitzharris a oferecer assistência técnica em um leque variado de atividades, de prestação de serviços como agentes imobiliários e ajuda no recrutamento de empregados para suas propriedades rurais a aconselhamento sobre práticas agrícolas, licenças esportivas, permissão para construção de novas casas de campo, entre outras.

Claro, explicou Harriet, que quase todos os seus clientes eram muito ricos e em geral pediam projetos ambiciosos para melhorar as propriedades que adquiriam.

— Temos um desses clientes que está conosco há vários anos — prosseguiu. — Sua riqueza vem em parte do petróleo, mas se há um xeique do petróleo típico, não é ele. Trata-se do homem mais notável e visionário que existe.

Fez uma pausa para encher nossas xícaras com café fresco e percebi que eu relutava em admitir que, por mais insensato que fosse o projeto, não havia vestígio de insensatez naquela mulher.

— Não tentarei explicar qual é a motivação de meu cliente. Acho que é importante o senhor procurar entendê-la, caso decida nos ajudar, mas cabe somente a ele falar-lhe sobre essa parte. — E acrescentou: — É um homem por quem temos grande respeito nesta empresa. Um excelente administrador das propriedades que adquiriu neste país e um empregador para quem qualquer um adoraria trabalhar, no entanto, as pessoas gostam de trabalhar com ele por suas qualidades pessoais e não porque é incrivelmente rico. Além do mais, é anglófilo, o que talvez seja menos usual no Iêmen do que em outras regiões, e sua proeminência no seu próprio país significa que é visto por nosso Ministério das Relações Exteriores e Comunidade como importante aliado potencial nos conselhos iemenitas.

— Ah — limitei-me a dizer.

— É verdade, Dr. Jones. Acredito que o senhor tenha ciência de que há uma dimensão política em tudo isso. — Ela não ousou chamar-me de Alfred. — Sei que o senhor deve ter sofrido alguma pressão por parte do governo. Acredite em mim, não foi coisa nossa e lamento muito que isso tenha acontecido. Preferimos que aceite a missão de sua livre e espontânea vontade, por mais impossível que ela possa parecer no momento, ou que definitivamente não a aceite. E esta, com certeza, será também a opinião de nosso cliente.

— Ah — repeti, quando ela pareceu ter concluído o que tinha a dizer. — Bem, a senhora estava falando sobre a possibilidade de introduzir salmão no Iêmen.

— E a pesca de salmão. Acredito que a intenção seja a pesca com mosca, apenas, não a de arremesso.

— Não a de arremesso — repeti.

— O senhor pesca salmão, Dr. Jones? —perguntou Harriet.

Por alguma razão corei de novo, como se estivesse prestes a admitir algo secreto ou um pouco sinistro. Talvez estivesse.

— Na verdade, tenho grande interesse. Talvez um interesse não tão raro entre nós, ligados à engenharia de pesca, quanto a senhora poderia pensar. Claro que quase sempre devolvo os peixes que apanho. Sim, gosto muito de pescar.

— Onde pesca?

— Em vários lugares. Gosto de experimentar rios diferentes. Pesquei no Wye, no Éden e no Tyne na Inglaterra; no Tay, no Dee e em outros menores na Escócia. Não tenho muito tempo para a pesca hoje em dia.

— Bem, se assumir o projeto, tenho certeza de que meu cliente pedirá que pesque com ele em sua propriedade na Escócia. — Em seguida completou, com um sorriso: — E talvez algum dia o senhor pesque no uádi Aleyn, no Iêmen.

Percebi o rumo que a conversa tomava.

— Bem, há alguns problemas com relação a essa idéia — sugeri.

Dessa vez foi Harriet quem cruzou as pernas, e o fez com um movimento que de algum modo atraiu minha atenção. Passou as mãos ao redor dos joelhos e olhou-me com ar crítico, exatamente como eu tentara fazer com ela minutos antes.

— Examinemos alguns — propôs.

— Em primeiro lugar, água. O salmão é um peixe. Peixes precisam de água — Harriet apenas olhou-me quando fiz a observação, de modo que precisei logo prosseguir. — Especificamente, como mencionei em minha carta, o salmão precisa de água doce, bem oxigenada. A temperatura ideal não deve ultrapassar 18 graus Celsius. As melhores condições estão em rios alimentados por neve derretida ou em nascentes, embora algumas variedades de salmão possam viver em lagos, desde que sejam suficientemente profundos e frios. Portanto, há um problema fundamental no Iêmen.

Harriet levantou-se e foi até sua mesa, pegou uma pasta de arquivo e tornou a sentar-se. Abriu a pasta.

— Água — começou. — Há regiões do Iêmen com até 250 milímetros de precipitação pluviométrica por mês no verão úmido. O país é varrido pela monção, como acontece em partes da região do Dhofar, no sul de Oman. Além da água na superfície, proveniente das tempestades de verão, há reabastecimento constante dos lençóis freáticos. Em geral ninguém costumava pensar que havia muitos lençóis de água no Iêmen, mas desde que se começou a procurar petróleo foram encontrados um ou dois grandes novos aqüíferos. Portanto, sim, água é um problema imenso, mas há água no Iêmen. Os uádis se transformam em rios, e lagos e lagoas se formam no verão.

Era surpreendente.

— Depois vem o problema da temperatura da água. Imagino que vai me dizer que o Iêmen não é tão quente assim, mas, se for, o oxigênio se desprenderá da água e os peixes morrerão.

Harriet voltou a consultar seu arquivo.

— Estamos pensando em montanhas. É lá que está a chuva, e as elevações nas terras altas centrais chegam a ultrapassar 3.000 metros. Nessa altura as temperaturas são suportáveis. À noite, caem bem abaixo dos 20 graus Celsius, mesmo no verão. E o salmão do Pacífico vai tão ao sul que chega à Califórnia. Contanto que a água esteja oxigenada, ele parece ser capaz de sobreviver. Não quero dar a impressão de que estou me intrometendo na sua área, Dr. Jones; mas a questão pode não ser tão definitiva quanto o senhor pensou de início.

Fiz uma pausa antes de responder.

— O salmão jovem alimenta-se de certos tipos de insetos, e se introduzíssemos salmão de rios ingleses ele apenas reconheceria alimentos que viessem desses rios.

— Esse tipo de alimento não poderia ser introduzido junto com os peixes? Há muitas moscas no Iêmen, de todo modo. As moscas inglesas talvez se adaptem, caso as locais não sejam saborosas. — Fechou a pasta com um estalo e olhou-me com um sorriso.

— Então — prossegui, com crescente irritação —, os salmões jovens crescem e se desenvolvem e os salmões desenvolvidos querem encontrar o mar, e a parte específica do mar que procuram está ao sul da Islândia... pelo menos se as matrizes vierem de um rio inglês ou escocês. Como acha que esses peixes chegarão lá? Pelo canal de Suez?

— Bem — Harriet considerou com ar pensativo —, este é um dos problemas que o senhor precisaria resolver, claro. Se fosse eu, no entanto, e é evidente que não tenho conhecimento técnico, pensaria em construir tanques de armazenamento no fundo dos uádis, semeá-los com salmões, manter a água fresca, injetar nela oxigênio, se necessário, e ali confinar os salmões durante três ou quatro anos. Li em algum lugar que no Canadá o salmão permanece nos sistemas lacustres durante esse tempo.

— E depois?

— Que tal pegar todos eles e começar de novo? — Ela se levantou ao mesmo tempo em que consultava o relógio. — Dr. Jones, já tomei demais seu tempo. Agradeço-lhe muitíssimo por ter vindo e escutado toda a história. Sei como tudo isso deve lhe soar estranho, mas, por favor, não rejeite a idéia imediatamente. Reflita por um ou dois dias, depois voltarei a lhe telefonar, se me permitir. Lembre-se, seu único compromisso neste estágio seria um estudo de viabilidade. O senhor não colocará sua reputação em jogo. E lembre-se também, por favor, que meu cliente pode aportar recursos financeiros substanciais para o projeto, caso sejam necessários.

Logo eu estava de volta ao hall, despedindo-me de Harriet com um aperto de mão, quase sem saber como tinha ido parar ali. Ela deu meia-volta, caminhou na direção do seu escritório e não pude deixar de observá-la enquanto se afastava. Não olhou para trás.

17 de junho

Ontem à noite fiz minha palestra para a sociedade humanista do bairro. Minha tese foi que, se acreditávamos em Deus, imediatamente criávamos uma desculpa para tolerar injustiça, desastres naturais, dor e perda. Cristãos e pessoas de outras religiões argumentam que Deus não cria o sofrimento, e sim o mundo em que o sofrimento acontece, e é o sofrimento que nos permite redescobrir nossa identidade com Deus.

Argumentei que essa idéia não se sustenta. Todos os desastres, todas as perdas, todo o sofrimento demonstram não ser possível que haja um Deus, pois por que uma deidade que é onipotente criaria um universo tão propenso a desastres e acidentes? A fé religiosa, insisti, foi inventada para pacificar as multidões sofredoras e garantir que não façam perguntas realmente difíceis, que, se respondidas, tenderiam a levar ao progresso.

Éramos um grupo grande naquela noite: sete ou oito. Muhammad Bashir, um velho paquistanês grisalho, que mora em nossa rua, é freqüentador assíduo. Acho que quer salvar-me de mim mesmo. De qualquer maneira, me conhece bem e gosta de mim ainda que eu seja, na sua concepção, um blasfemador.

— Dr. Jones — perguntou —, o senhor é pescador, certo?

— Sim — concordei. — Quando posso.

— E quantas horas gasta até apanhar um peixe?

— Ah, não sei — respondi, incerto sobre aonde ele queria chegar. — Centenas de horas, às vezes.

— Então por que pesca? Não é um mau uso do seu tempo?

— Porque imagino que acabarei pegando um peixe — justifiquei.

O velho assobiou, contente, coçou a barba com a mão direita e afirmou:

— Porque o senhor acredita. Ter esperança é acreditar. O senhor tem os princípios da fé. Apesar de todas as evidências, o senhor quer acreditar. E quando pega um peixe, o que sente? Uma grande felicidade?

— Uma felicidade imensa — concordei com um sorriso. Fazia-lhe bem vencer uma discussão ocasional comigo, por isso deixei-o prosseguir. Não usei os mil argumentos da lógica e da estatística que poderia ter usado para aniquilar com ele. Deixei-o terminar.

— Veja bem, Dr. Jones, o senhor acredita e, no fim das contas, sua crença lhe traz uma felicidade imensa. O senhor é recompensado por sua constância e por sua fé, e o prêmio é muito maior do que a captura de um peixe, que poderia comprar por quase nada no supermercado. Por isso o senhor não é, afinal de contas, muito diferente do resto de nós.

18 de junho

Esta noite, após o jantar, Mary olhou-me por cima das palavras cruzadas que completava e avisou:

— Devo passar duas semanas trabalhando em nosso escritório de Genebra.

Isso acontecia mais ou menos uma vez por ano e, portanto, não era uma surpresa muito grande. Ergui as sobrancelhas para registrar um leve desapontamento e perguntei-lhe quando viajaria.

— Domingo.

Lembrei-a de que tínhamos programado semanas atrás uma caminhada no parque nacional de Lake District com meu irmão para observar pássaros.

— Eu sei — replicou Mary. — Sinto muito, mesmo. Mas uma pessoa no escritório de Genebra entrou em licença médica e querem que eu a substitua porque conheço o serviço. Talvez você pudesse ir comigo e assim caminharíamos nas colinas junto ao lago Evian. — Mas logo pensou melhor e disse que era provável que precisasse trabalhar também aos sábados para dar conta de todo o serviço. — De todo modo — acrescentou —, você tem aquele projeto esquisito dos peixes e é melhor que fique para deixar David Sugden feliz.

Contei-lhe em tom bastante seco que ainda não tinha decidido se aceitaria o projeto ou não.

— Devia aceitar.

O resto da noite transcorreu com relativa frieza, mas quando fomos para a cama acho que Mary deve ter sentido um pouco de culpa pela mudança de planos. Basta dizer que meu novo pijama da Marks & Spencer não foi exigido na primeira parte da noite! Um fato relativamente raro em nosso casamento nos últimos tempos.

— Pois é, meu querido, isso deve manter você ocupado por um longo período — disse Mary mais tarde, antes de virar-se para o lado e aparentar ter adormecido. Por um momento senti-me como um cachorro que ganhou um osso, porém logo a sonolência tomou conta de mim e comecei a cochilar.

Entrei numa espécie de sonho acordado e vi a brilhante luminosidade do sol na região montanhosa do Iêmen e os lagos cintilantes onde as fêmeas dos salmões depositavam seus ovos no meio do cascalho, oitocentos ovos por cada libra de peso corporal, e os machos injetavam sêmen entre eles. Os ovos de salmão eram fertilizados. Eclodiam na forma embrionária de pequenos alevinos, que se moviam sinuosamente nas águas cristalinas, tornavam-se filhotes propriamente ditos, depois, salmões jovens. A cada estágio de sua evolução os peixes tornavam-se maiores e mais fortes, até chegar à fase em que estavam preparados para a viagem a caminho do mar. Se criássemos peixes de um rio inglês num uádi no Iêmen, eles tomariam o rumo do mar durante as chuvas de verão quando tivessem crescido? O cheiro da água salina os atrairia para o oceano Índico, ainda que esse fosse o oceano errado? Era o que eu imaginava. E se os encurralássemos no sentido da corrente do rio e os mandássemos de volta para o mar do Norte de navio, em tanques construídos para esse propósito a fim de poderem correr para as áreas de alimentação na Islândia, o que aconteceria? Passariam lá o inverno e depois partiriam rumo ao seu rio inglês nativo, ou tentariam encontrar o oceano Índico?

Poderíamos monitorá-los por rádio. Imaginei nosso entusiasmo se os descobríssemos descendo a costa da África em busca de sua nova casa.

De repente eu quis o projeto. Era tão estranho que uma nova ciência fundamental pudesse ser descoberta. Todo o nosso entendimento da natureza da migração das espécies talvez fosse transformado. Talvez testemunhássemos, com o tempo, a evolução de uma nova subespécie de salmão que pudesse tolerar águas mais quentes, talvez aprender a se alimentar da rica sopa do oceano Índico.

De repente Mary perguntou em voz alta:

— O quê?

— O que o quê?

— Você estava falando. Dormindo. Sobre procriação. E produção de ovos. É nisso que pensa depois de fazermos amor? Nos seus malditos peixes e seus ciclos reprodutivos?

Acendeu a luz de cabeceira e sentou-se na cama. Por algum motivo estava inteiramente desperta e muito irritada. Tenho reparado que a culpa faz as pessoas partirem para o ataque. Talvez fosse essa a questão. De todo modo, eu não queria brigar por causa dos ciclos reprodutivos do salmão nem por qualquer outro motivo, por isso respondi pacificamente:

— Querida, gostaria que pensássemos um pouco na nossa própria reprodução.

— Não seja ridículo — retrucou. — Nós dois sabemos que antes de eu passar a ganhar mais de 100 mil libras por ano ou você mais de 70 mil... o que parece improvável em função da sua atual relação com seu departamento... nossa renda líquida não será suficiente para bancar um filho. Além disso, não estou preparada para interromper minha carreira por três meses, nem sequer por um mês. Uma gravidez poderia afetar minhas possibilidades de promoção que, neste exato momento, acredito ser bem melhores do que as suas. Você sabe disso tudo. Por que volta ao assunto?

Então bocejou. Pelo menos tinha esquecido do que a fizera despertar. Parecia um pouco aturdida.

— Claro que sei, querida — concordei. — Você tem razão. Apague a luz e vamos dormir um pouco.

No entanto, não consegui dormir. Fiquei na cama acordado, pensando em nosso casamento e imaginando se eu estava sendo injusto com Mary ou ela comigo. Perguntei a mim mesmo se as coisas poderiam ter sido diferentes se tivéssemos tido filhos. Pensei na procriação de salmões nas regiões montanhosas do Iêmen. Esses pensamentos não saíam de minha cabeça, um após o outro, como salmões jovens serpenteando na água cintilante de um uádi.

Saltei da cama e fui para o quarto ao lado. Pensei que fazer anotações em meu diário talvez me ajudasse a dormir.

Não ajudou.

3

Viabilidade da introdução de salmão no Iêmen

Proposta submetida pelo Dr. Alfred Jones, do Centro Nacional para a Excelência da Pesca (CNEP), à Fitzharris & Price, em 28 de junho

Resumo executivo
O CNEP foi convidado a dar um parecer à Fitzharris & Price sobre a viabilidade da introdução de salmonídeos migratórios no sistema de uádis do Iêmen. O objetivo de mais longo prazo é desenvolver oportunidades para o turismo impulsionado pela pesca de boa qualidade no país. A península arábica tem uma rica costa pesqueira natural que é aproveitada por todos os Estados do golfo. A exploração pesqueira e, cada vez mais, a boa administração pesqueira são bem compreendidas na região.

No entanto, até hoje a pesca esportiva com linha não tem sido acessível à maior parte da população. Isso poderia mudar, em tese, se peixes migratórios, como o salmão, pudessem ser introduzidos no sistema fluvial. A proposta nesse caso é introduzir o salmão no uádi Aleyn, no Iêmen ocidental, como um projeto piloto. O objetivo de mais longo prazo é desenvolver uma pesca de salmão controlada nesse uádi e, subseqüentemente, em outros cursos d'água onde condições favoráveis possam ser encontradas ou criadas.

Admite-se que o Iêmen não seja, em muitos aspectos, o ambiente ideal para a introdução de peixes migratórios cujo hábitat de reprodução seja a margem setentrional da zona temperada e cujas áreas de alimentação encontrem-se no Atlântico Norte. Alguns problemas óbvios incluem:

- Cursos d'água passam da condição de secos à de sujeitos a inundações em períodos de tempo relativamente curtos e apenas nos meses de verão úmido nas regiões do Iêmen passíveis de monções.
- Temperaturas atmosféricas médias desfavoráveis indicam que a temperatura da água tende a ser significativamente mais alta do que a tolerada pela espécie *Salmo salar* sem desenvolver estresse.
- A viagem migratória dos salmões, admitindo-se que os cursos d'água das regiões mais altas possam ser semeados com peixes juvenis na estação úmida, seria um pouco mais desafiadora do que a viagem normal para o Atlântico Norte por ser milhares de quilômetros mais extensa e envolver uma passagem pelo cabo da Boa Esperança e uma subida pela costa oeste da África antes da entrada nas águas onde o salmão é em geral encontrado. O limite meridional anterior do salmão do Atlântico é a baía de Biscaia, e o limite meridional do salmão do Pacífico Norte é a Califórnia setentrional.
- Com o fim das chuvas, em setembro, as condições nos cursos d'água se tornariam secas e quentes e é improvável que algum salmão ainda residente no sistema sobrevivesse.

Há vários outros aspectos mais técnicos na natureza relacionados ao ecossistema local, falta de vida invertebrada nos uádis (embora haja uma abundância de artrópodes, como escorpiões), questões bacterianas e a desconhecida questão da predação. Especulamos que busardos, abutres e outros predadores locais logo se acostumariam a comer salmões encalhados em águas relativamente rasas.

Consideramos vários modelos de sistema fechado e nossas propostas atuais, baseadas apenas em informações já disponíveis, como as seguintes:

1. O salmão do mar do Norte seria encurralado quando tentasse entrar no seu rio de origem e colocado em um recipiente resfriado contendo água salina do mar do Norte. Um sistema de condensação e reciclagem seria instalado para minimizar perdas por evaporação. Meios para controlar os níveis de temperatura e oxigênio dentro dos tanques também precisariam ser encontrados. O recipiente seria enviado por via aérea para o Iêmen. O tanque de armazenamento seria equipado com uma saída para o uádi, a qual poderia ser aberta sempre que necessário.
2. Quando a água doce da chuva entrasse no sistema, a saída seria aberta para permitir que ela escorresse para dentro do tanque de armazenamento. Os salmões são anádromos — adaptam-se a ambientes tanto de água salgada quanto doce. Especulamos que o salmão, ao sentir o cheiro de água doce, deixaria o ambiente salino e procuraria migrar rio acima para encontrar áreas para a desova. Embora o salmão não pudesse reconhecer o "cheiro" da água (o mecanismo pelo qual os salmões no mar identificam a água estuarina do rio no qual foram apanhados ainda é parcamente compreendido), acreditamos que haveria

uma possibilidade razoável de ele entrar na água doce. "Forasteiros" são com freqüência encontrados em rios ingleses e escoceses — salmões que entram em um rio diferente daquele onde foram desovados.

3. A migração rio acima dependeria de alguma engenharia civil no curso d'água, sujeita a levantamento, para:
   a. Garantir que gradientes e obstáculos naturais não obstruam o movimento dos peixes ao longo de pelo menos dez quilômetros de leito de rio, considerada a distância mínima adequada para um experimento piloto significativo.
   b. Garantir, se possível, algum nível de fundo de escoamento do aqüífero para conseguir um nível mínimo de água no curso d'água para evitar que os peixes encalhem entre inundações.
4. Entendemos que no uádi Aleyn já existe um *falaj* de condutos de pedra para a irrigação de vários bosques de tamareiras e que poderia ser adaptado para o propósito acima.
5. Salmões buscam leitos de cascalho cobertos por camadas relativamente finas de água bem oxigenada para desovar. Entendemos que há abundância de cascalho no Iêmen, e no uádi Aleyn em particular. É pelo menos teoricamente possível que os peixes sejam estimulados a desovar, ao mesmo tempo em que estaríamos introduzindo salmões de desova verão/outono no curso d'água e eles estariam procurando desovar no fim de sua viagem rio acima caso houvesse o hábitat correto. Isso dá origem à excitante possibilidade de o salmão introduzido poder desovar naturalmente, ou pelo menos ser capturado com eletropesca e

recolhido pelos ovos, permitindo, em ambos os casos, que uma chocadeira seja instalada perto do uádi Aleyn, onde a geração seguinte de salmões juvenis teria uma excelente chance de sobreviver. Isso criaria uma geração de salmões cuja verdadeira casa seria o uádi Aleyn. O modo como seus instintos migratórios poderiam ser subseqüentemente administrados deve ser objeto de pesquisa adicional. Especulamos que um segundo tanque de armazenamento com água salgada poderia ser criado e utilizado para enganar os salmões que retornam descendo o rio, fazendo-os pensar que sentem cheiro de água do mar, e encurralá-los e mantê-los em um ambiente de água salina.

Neste estágio não tentamos avaliar o custo do projeto até que o cliente tenha tido a oportunidade de considerar e comentar o esboço apresentado. Calculamos que, excluindo o tempo do CNEP e os encargos para a administração do projeto, os custos de capital ficariam em aproximadamente 5 milhões de libras. Ainda não consideramos os custos operacionais.

Aguardamos instruções do cliente.

Fitzharris & Price
Agentes & Consultores Imobiliários
St. James's Street
Londres

Dr. Alfred Jones
Centro Nacional para a Excelência da Pesca
Departamento de Meio Ambiente e Agricultura
Smith Square
Londres

6 de julho

Estimado Dr. Jones,

Agradecemos a proposta de projeto por nós recebida em 29 de junho. Nosso cliente, que no momento encontra-se no Reino Unido, já teve a oportunidade de avaliar o documento e deseja discutir o assunto pessoalmente com V. Sa. Posso afirmar que sua posição foi extremamente positiva quanto ao modo profissional e construtivo com que a questão foi abordada.

Solicitamos-lhe a gentileza de assinar o acordo de confidencialidade em anexo, que nos permitirá transmitir a V. Sa. informações adicionais com relação ao nosso cliente e ao projeto.

Após receber a cópia assinada, farei contato com V. Sa. para fixarmos um próximo encontro.

Atenciosamente,

Harriet Chetwode-Talbot

De: Fred.jones@ncfe.gov.uk

Data: 7 de julho

Para: Mary.jones@interfinance.org

Assunto: Iêmen/salmão

Imaginei que você gostaria de saber que as relações entre mim e David Sugden voltaram a ser amistosas. Apresentei o esboço de uma proposta de viabilidade do projeto Salmão no Iêmen para a Fitzharris & Price. A reação foi muito calorosa... entusiástica até, para falar a verdade. Dei de cara com David Sugden na máquina de café hoje (por acaso? Ele simplesmente apareceu enquanto eu aguardava um cappuccino, então também tomou um e conversamos um pouco). Tanto quanto consigo me lembrar, suas palavras foram: "Ficamos todos muito bem impressionados com o trabalho apresentado à Fitzharris & Price. Material visionário. Poderia ser um projeto de destaque no devido tempo."

Grunhi alguma coisa, pois você sabe que não suporto bajulação, e perguntei se estava tudo certo com a assinatura do acordo de confidencialidade antes de irmos adiante. Respondeu que sim e até deu-me tapinhas nas costas. Ele não é uma pessoa de se aproximar muito e essa foi uma demonstração e tanto de sua parte.

O caso é que, se eu tivesse simplesmente concordado assim que David pediu meu envolvimento no projeto, ele teria apenas considerado meu trabalho uma coisa natural, sem nada de especial. Porque fiz um pouco de barulho — para testar seu próprio comprometimento com um projeto tão fora do comum — ele agora acha que ganhou uma batalha importante e que com certeza é um excelente

administrador. A verdade é que se alguém souber lidar com esses burocratas logo terá todos comendo na sua mão. Espero que esteja tudo bem em Genebra e que você volte depressa para casa. Estou com saudades.
Alfred
Bjs

De: Mary.jones@interfinance.org
Data: 7 de julho
Para: Fred.jones@ncfe.gov.uk
Assunto: Lavanderia

Alfred,
Você pode ir à lavanderia em High Street buscar algumas roupas que não tive tempo de apanhar antes de pegar o avião? Seria possível mandá-las para cá via Fedex ou DHL, já que estou com pouca coisa para vestir e ainda não encontraram alguém para substituir o sujeito cujo trabalho estou fazendo? Ficarei muito grata.
Por aqui está tudo bem, o trabalho é puxado, mas acho que estou agradando. Ainda não tenho muita certeza de quando estarei de volta ao Reino Unido.
Beijos.
Mary
P.S.: Por favor, não se esqueça de apanhar as roupas na lavanderia hoje à noite e mandá-las no máximo amanhã de manhã.
P.P.S.: Fico feliz de saber que você está resolvendo seus problemas com DS.

De: David.Sugden@ncfe.gov.uk

Data: 7 de julho

Para: Herbert.berkshire@fcome.gov.uk

Assunto: Iêmen/salmão

Imaginei que você ficaria satisfeito em saber que o (anteriormente relutante) cientista que eu gostaria que trabalhasse no projeto está agora comendo na minha mão. Alimentei-o com algumas idéias sobre a maneira de abordar o trabalho e ele apresentou uma primeira consideração bastante razoável sobre a proposta, que foi bem recebida pelo cliente.
Procurarei mantê-lo informado. Sinta-se à vontade para transmitir este comentário ao pessoal de cima se achar que deve.
Saudações,
David

Memorando
De: Peter
Para: Primeiro-ministro
Assunto: Iêmen/salmão
Data: 8 de julho

PM,
Imaginei que seria bom dar-lhe informações atualizadas sobre o projeto Iêmen (para o caso de você não lembrar, tem a ver com salmão). Avançamos um passo e está tudo pronto para a partida. No entanto, acredito que ainda não devemos anunciá-lo na mídia. Quero ver se ele vai de fato deslanchar

antes de arriscarmos uma exposição sobre o que é, afinal de contas, um tema incomum. Por outro lado, todos nós sabemos que a maioria dos funcionários públicos vaza como peneira e, sem dúvida, os engenheiros de pesca não são melhores nem piores do que o resto deles. Queremos garantir que, ao chegar a hora de o assunto vir a público, faremos isso com nossas próprias palavras e deixaremos claro de quem é a iniciativa (sua).

Darei novas informações assim que as tiver.

Peter

P.S.: Nunca perguntei. Você sabe pescar?

4

Trechos extraídos do diário do Dr. Jones: seu encontro com o xeique Muhammad

12 de julho

Um dia muito estranho.

Consegui um encontro hoje com Harriet (Chetwode-Talbot) na Fitzharris & Price, na James's Street, no primeiro horário da manhã. Devo admitir que estava ansioso por descobrir alguma coisa mais sobre o projeto e o cliente. Posso até dizer que a maior ansiedade era por reencontrar Harriet, pois ela me deixou impressionado pelo modo inteligente e profissional com que se comportou até aqui. Sua capacidade de comunicação é diferente da de David Sugden que, a propósito, é agora meu mais novo amigo. Ele e eu tomamos um drinque juntos sexta-feira à noite, após o trabalho.

Bem, fui então até a St. James's Street e anunciei-me na recepção. Fiquei de certo modo surpreso ao ver Harriet sair de seu escritório carregando uma maleta e com uma capa de chuva no braço.

— Vamos a algum lugar? — perguntei.

Deu-me bom-dia e sugeriu que eu descesse com ela. Preciso registrar aqui que ela é de fato muito atraente quando sorri, sendo seu rosto um pouquinho de nada severo quando em repouso. Fomos até a rua, onde um grande carro preto nos aguardava. O motorista saiu e abriu as portas para nós. Quando embarcamos, Harriet virou-se para mim e anunciou:

— Vamos nos encontrar com meu cliente.

Perguntei se poderia falar-me alguma coisa sobre ele, porém Harriet respondeu apenas:

— Prefiro deixar que ele mesmo fale, se o senhor não se importar.

O carro deslizou até Piccadilly e dobrou à direita. Harriet enfiou a mão na bolsa e tirou dela alguns papéis. Colocou os óculos e perguntou:

— O senhor não se incomoda, não é mesmo? Preciso dar uma olhada em alguns papéis referentes a outro negócio em que estamos atuando para nosso cliente.

Acomodou-se e leu. Enquanto isso o carro passava pela ponte Vauxhall. Fiquei um pouco surpreso; imaginei que iríamos até algum lugar como Belgrave Square ou Eaton Place. Recostei-me no confortável banco de couro branco com cheiro de novo e achei bom o luxo ao qual não estava acostumado. Não tenho carro. Não vejo sentido, com os impostos cada vez mais altos. Atravessamos o sul de Londres. Seria possível que o xeique morasse em Brixton?

— Desculpe-me Harriet, mas ainda estamos muito longe? — perguntei.

Ela tirou os óculos, levantou a cabeça dos papéis que estava lendo e deu-me outro sorriso.

— É a primeira vez que usa meu nome de batismo.

Sem saber o que responder, limitei-me a dizer:

— Ah, é mesmo?

— Sim, é verdade. E não, não estamos muito longe. Só vamos até Biggin Hill.

— Vamos nos encontrar com seu cliente em Biggin Hill?

— Não. O avião dele vem nos buscar.

— Quer dizer que vamos para o Iêmen? — perguntei, alarmado. — Não peguei meu passaporte. Não peguei nada.

— Faremos uma visita rápida ao xeique na casa dele perto de Inverness. Ele gostou da sua proposta, mas quer falar-lhe sobre ela pessoalmente.

— É muita gentileza da parte dele dizer que gostou — observei.

— Ele é muito gentil, mas gostou de sua proposta porque ela lhe trouxe esperança.

Foi só o que ela disse e não voltou a falar até chegarmos ao aeroporto.

Em qualquer outra ocasião eu teria achado a experiência de voar em um jato particular extraordinária por si só; não é com muita freqüência que viajo de avião, seja de que tipo for. Mas, na verdade, aquele era apenas um vôo para algum lugar. Notável mesmo foi o que aconteceu depois que chegamos.

Quando aterrissamos no aeroporto de Inverness, outro carro preto nos aguardava do lado de fora do terminal. Dessa vez era um Range Rover. Tomamos a A9 e seguimos rumo ao sul por aproximadamente vinte minutos, quando pegamos uma estrada de pista única e atravessamos um mata-burro. Uma placa avisava: "Propriedade Glen Tulloch. Particular." Continuamos pela estrada estreita na direção de algumas colinas distantes, descemos até um vale arborizado e margeamos um rio fascinante cheio de simpáticos poços escuros onde devia haver muitos peixes. Acompanhamos o rio por mais dez minutos até que, circundada por gramados úmidos e de aparência imaculada, uma grande casa de granito vermelho surgiu à nossa frente. Havia torreões em cada uma das extremidades e um pórtico central com pilares que rodeavam a imponente porta de entrada e degraus que desciam até o cascalho.

No momento em que o Range Rover parou na frente da casa, um homem de terno e gravata desceu a escada. Por um momento imaginei que pudesse ser o cliente, mas quando descemos do carro ouvi-o dizer:

— Bem-vinda de volta a Glen Tulloch, Srta. Harriet.

— Como vai, Malcolm? — perguntou Harriet.

Malcolm inclinou a cabeça como resposta, deu um murmúrio respeitoso na minha direção e pediu que o acompanhássemos. Entramos na casa por um grande salão quadrado recoberto de madeira escura. Uma mesa redonda com um vaso de rosas ocupava o centro. Alguns quadros escuros retratando cervos pendiam das paredes e exemplares de salmões montados em placas de madeira, com a inscrição de peso e data da captura, ocupavam o espaço entre os quadros.

— Sua Excelência está orando — explicou-me Malcolm — e depois ficará ocupado por uma hora ou duas. Srta. Harriet, vá por gentileza até o escritório, onde ele a encontrará dentro de alguns instantes.

— Divirta-se — disse-me Harriet. — Nos vemos mais tarde.

— Acompanhe-me, por favor, Dr. Jones — pediu Malcolm. — Vou mostrar-lhe seu quarto.

Fiquei surpreso ao descobrir que tinha um quarto. Pensei que estava ali para uma reunião rápida e que em seguida voltaria para o aeroporto. Imaginara que passaria trinta minutos, talvez uma hora, com o xeique, quando ele ouviria tudo que eu teria a lhe dizer e logo me dispensaria. Malcolm levou-me até um quarto no primeiro andar. Era enorme, mas confortável, com uma cama com dossel e uma penteadeira, e um grande banheiro contíguo. Pelas janelas de caixilhos altos eu podia ver a vegetação rasteira subir pelas montanhas. Sobre a cama havia uma camisa xadrez, uma calça cáqui, meias grossas e um par de botas de borracha.

Malcolm deixou-me surpreso e encantado ao dizer:

— Sua Excelência imaginou que o senhor talvez gostaria de pescar durante uma hora ou duas antes de reunir-se com ele, para relaxar um pouco depois da viagem. Ele espera que as roupas sejam confortáveis. Não tínhamos idéia do tamanho que o senhor usa. — Apontou para uma sineta ao lado da cama e disse-me que, se eu a tocasse quando estivesse pronto, ele me levaria para conhecer o *gillie*, Colin McPherson.

Meia hora mais tarde, com Colin ao meu lado, caminhei pela margem do rio que tínhamos acompanhado até chegar à casa. Colin era baixo, tinha cabelos ruivos, rosto quadrado e ar taciturno. Olhou-me com desânimo quando fui apresentado a ele, calçado com as novíssimas botas Snowbee que tinham separado para mim e sentindo-me um tanto ridículo.

— Nunca saiu antes para pescar, senhor? — perguntou.

— Para falar a verdade, já saí, sim — respondi. Seu rosto iluminou-se por um instante, porém logo voltou a ficar sombrio.

— A maioria dos cavalheiros que vem visitar o proprietário destas terras nunca segurou um caniço nas mãos.

Garanti que me esforçaria ao máximo e então caminhamos até o rio. Colin carregava um caniço de quase cinco metros e uma pequena rede. Falou um pouco sobre o rio e sobre pesca enquanto seguíamos pela margem. O rio tinha cerca de trinta metros de largura e um bom fluxo de água.

— Tivemos um pouco de chuva durante a noite e talvez alguns peixes tenham aparecido. Mas duvido que o senhor veja algum hoje.

Por fim chegamos a um pequeno lago natural de mais ou menos cinqüenta metros de comprimento, com águas cristalinas que corriam sobre um fundo de cascalho. Tramazeiras e amieiros projetavam-se da margem oposta e consegui ver alguns fios pendurados nos galhos onde pescadores mais do que ambiciosos tinham prendido suas linhas.

— O senhor não será pior aqui do que os outros — sugeriu Colin. Parecia duvidar que eu algum dia tivesse sequer visto um peixe, quem dirá pescado algum. Entregou-me o caniço que separara para mim. Manuseei-o por alguns instantes para me acostumar. Tinha excelente equilíbrio, resistência e força. Avancei alguns passos dentro da água, como Colin sugerira, e comecei a dar linha.

— Dê mais linha, avance um passo, depois dê um pouco mais de linha, avance outro passo — instruiu-me Colin da margem.

Quando já tinha dado um pouco de linha, tentei um arremesso Spey duplo e vi com prazer que a linha deslizou como seda, a mosca aterrissando suavemente na água.

— Já vi arremessos piores — observou Colin, com tom mais amigável do que até então. Em seguida sentou-se à margem, tirou do bolso um cachimbo e começou a brincar com ele. Desliguei-me do que Colin fazia e concentrei-me na pesca. Avançar um passo, arremessar a linha, observar a mosca rodar suavemente na direção da água escura, retirar a linha, mais um passo e arremessar a linha. Hipnotizado pelo fluxo da água e pela beleza silenciosa do poço, concentrei-me na pescaria. Em determinado momento vi um remoinho e algumas bolhas adiante da minha linha, na margem oposta, e pensei que pudesse ter sido um peixe se agitando. No entanto, não ousei encompridar o arremesso com medo de emaranhar minha linha nos galhos pendentes. Em outro momento vi um repentino brilho azul e bronze e ouvi Colin, agora alguns metros acima, exclamar: "Martim-pescador."

Afinal cheguei ao fim da corredeira e a água ficou lenta demais para eu prosseguir com a pesca, por isso caminhei de volta para a margem. A essa altura eu tinha quase esquecido de onde me encontrava, tão concentrado estava na atividade, tão tranqüilizado pelo silêncio absoluto só quebrado pela música da água sobre o cascalho deslizando para o próximo poço. Então Colin apareceu ao meu lado.

— Vou trocar a mosca por outra com um pouquinho mais de cor. Talvez uma Ally Shrimp. Dá para ver um peixe abaixo daqueles amieiros.

— Acho que o assustei.

Voltamos para a margem e, enquanto Colin prendia uma nova mosca, olhei para trás. Vi o caminho para a casa e, adiante dele, o pântano. Ouvi o grito estridente de um casal de ostraceiros e, mais ao longe, o inconfundível cacarejar de uma tetraz. Colin entregou-me o caniço e voltei para a água. Avancei como da vez anterior e exatamente quando estava indo para o local onde pensei ter visto algo se mexer, tive aquela sensação estranha que às vezes nos invade quando alguém nos observa. Soltei a linha e girei a cabeça para olhar. Cerca de trinta metros atrás de mim e um pouco acima, na estrada, estava um homem baixo, com turbante branco e roupas brancas. Parecia completamente deslocado naquela estrada, com o pântano às suas costas. Estava parado, de pé e em silêncio. Observava-me com atenção.

Um puxão na minha linha me fez voltar a atenção para o rio. Surgiu um remoinho, depois borrifos e de repente a linha começou a desenrolar ruidosamente da carretilha com extrema velocidade quando o peixe mordeu a mosca e começou a tentar nadar para longe. Com o coração aos saltos, levantei a ponta do caniço e comecei a puxá-lo. Não demorou muito: dez minutos mais tarde eu tinha trazido para a margem uma truta de água salgada prateada de tamanho médio, que Colin prodigiosamente fez aterrissar na sua cesta.

— Dois quilos e meio — exclamou. — Não está ruim! — Parecia satisfeito.

— Vamos devolver — sugeri. — Colin não aprovou a idéia, mas fez o que pedi e em seguida tomamos o caminho de volta para a casa.

Mais tarde

No final só me encontrei com o cliente agora de noite. Quando voltei para a casa fui entregue a Malcolm, que vinha a ser o mordomo. Sempre imaginei que mordomos usassem paletós pretos e calças listradas, se parecessem com Sir John Gielgud, o ator, e andassem de um lado para o outro com um copo de xerez equilibrado em uma bandeja de prata. Malcolm vestia terno escuro, camisa branca e gravata preta. Tinha ar sombrio e discreto e se movimentava silenciosamente pela casa. Acompanhou-me de novo até o quarto, onde tornei a vestir a roupa com que chegara. Depois me ofereceram chá na biblioteca, com sanduíches de pepino feitos com pão sem casca, e me disponibilizaram os jornais do dia para ler — todos, do *The Times* ao *Sun*.

De tempos em tempos Malcolm enfiava a cabeça pela fresta da porta e pedia desculpas por me fazer esperar. Sua Excelência estava ocupado em uma conferência telefônica que se prolongava por mais tempo do que pretendia. Sua Excelência estava de novo fazendo suas preces. Sua Excelência participava de uma reunião, mas se liberaria a qualquer momento. Por fim, perguntei:

— A que horas sai nosso vôo de volta para Londres?

— Amanhã de manhã, senhor, após o café.

— Mas não trouxe bagagem. Não sabia que a idéia era ficar.

— Não se preocupe, senhor; verá que tudo está preparado no seu quarto.

O pager de Malcolm tocou, ele pediu licença e saiu, retornando pouco depois.

— Tomei a liberdade de preparar seu banho, senhor, caso queira subir, tomar seu banho e trocar de roupa. Sua Excelência o encontrará aqui na biblioteca para drinques às 19 horas. Balancei a cabeça quase sem acreditar e voltei a subir as escadas atrás de Malcolm, que me conduziu até o quarto. A essa altura eu já começava a conhecer o caminho. Entrei e tomei meu banho, estendido na água quente misturada com algo que cheirava a pinho e pensando na singularidade do dia.

Enquanto observava da água o teto do banheiro, fui invadido por uma profunda sensação de paz. Era como se estivesse de férias. Estava longe do escritório, longe de casa, e tinha tido o prazer totalmente inesperado de pegar um peixe, algo que me acontecia mais ou menos a cada dois anos (Mary não é muito fã de pescarias; diz que são cruéis, um desperdício de dinheiro, maçantes para quem não participa e, portanto, uma auto-indulgência de minha parte). Saí da banheira, sequei-me com uma imensa toalha branca e voltei para o quarto. Embora estivéssemos no auge do verão, havia fogo na lareira e as lâmpadas de cabeceira estavam acesas. O quarto estava aquecido e suavemente iluminado, o que me estimulou a me jogar na cama para um cochilo de vinte minutos. Mas pensei que poderia não acordar a tempo para o jantar, por isso sentei-me e fiz algumas anotações no meu diário sobre o dia passado aqui e a truta do mar que pesquei.

Ao terminar, inspecionei as roupas deixadas para mim sobre a cama. Havia um traje a rigor, camisa e smoking, roupas de baixo limpas, meias, tudo no tamanho certo, como se tivessem sido feitas para mim. No tapete ao lado da cama havia um par de sapatos pretos, muito bem polidos. Também serviram como uma luva. De certa forma eu não estava surpreso. Saí do quarto e, quando cheguei ao patamar no alto da escada, vi Harriet vindo da outra ala da casa na minha direção. Vestia um deslumbrante vestido de noite preto com um cinto. Devo admitir que estava surpreendentemente charmosa. Viu-me, sorriu e desculpou-se:

— Lamento muito que tenha precisado esperar. Sua Excelência têm sempre inúmeros afazeres e infelizmente precisou tratar de vários deles esta tarde.

Inclinei a cabeça para indicar minha compreensão. Não me importava mais ter ficado o dia inteiro à espera. Sentia-me curioso e na expectativa, como se algum segredo importante estivesse para ser revelado. Estava ansioso por me encontrar com o cliente de Harriet.

Descemos a escada lado a lado. Harriet usava um perfume que, embora suave, fez-me lembrar do cheiro de um jardim em uma noite de verão após a chuva. Surpreendi-me inalando-o enquanto descia os degraus atrás dela. Mary diz que perfumes caros são uma forma de exploração feminina e não um substituto para o uso freqüente de água e sabonete. Entramos na biblioteca e lá, de pé no centro do tapete diante de uma lareira acesa, estava o homem baixo vestido com roupas brancas que eu vira à tarde na estrada. Agora eu reparava que as roupas e o turbante eram debruados com ouro. Seu rosto era bem moreno, com bigode e barba grisalhos sob um nariz adunco e olhos castanhos pequenos e fundos. Tinha aspecto tranqüilo e sua postura era bem ereta, de modo que era fácil esquecer a sua altura.

— Bem-vindo à minha casa, Dr. Alfred — saudou-me, estendendo a mão.

Aproximei-me para apertá-la e enquanto isso Harriet tomou a palavra.

— Gostaria de lhe apresentar Sua Excelência o xeique Muhammad ibn Zaidi bani Tihama.

Troquei um aperto de mão com o xeique e todos permanecemos de pé, um olhando para o outro, até que Malcolm chegou com uma bandeja de prata com um copo de uísque e duas taças de champanhe. Xeique Muhammad pegou o uísque e Malcolm perguntou-me se eu queria algo diferente ou aceitava o champanhe.

— O senhor deve estar surpreso — observou o xeique Muhammad em muito bom inglês — por eu beber álcool. Nas minhas casas no Iêmen, claro, jamais bebo; não há uma gota de bebida alcoólica em nenhuma de minhas residências. Mas quando descobri que o uísque era chamado de água da vida, senti que Deus compreenderia e me perdoaria um pouco se eu o bebesse na Escócia uma vez ou outra. — Sua voz era profunda e sonora, com poucos dos sons guturais que as pessoas de língua árabe às vezes utilizam.

Tomou um gole de uísque e pronunciou um "Ah" sem emitir nenhum som, apenas com os lábios, em sinal de aprovação. Tomei um gole de meu champanhe. Estava gelado, delicioso.

— Está bebendo um Krug 85 — explicou o xeique Muhammad. — Eu não bebo, mas amigos meus garantem que é saboroso.

Fez um gesto para que nos sentássemos e Harriet e eu nos instalamos lado a lado em um grande sofá, enquanto ele se acomodava à nossa frente. Começou então a falar sobre o projeto do salmão. Embora já seja tarde, lembro-me com muita clareza das palavras do xeique. Ele é um homem, imagino, cuja presença e palavras não são rapidamente esquecidas por quem o conhece.

— Dr. Alfred — prosseguiu xeique Muhammad —, sou muito grato pelo trabalho que desenvolveu até agora com relação à idéia de trazer salmão para o Iêmen. Li sua proposta e a considerei excelente. Mas é claro que o senhor imagina que somos todos completamente malucos.

Murmurei algo como "de modo algum", mas com um gesto ele recusou minhas negativas.

— É obvio que sim. O senhor é um cientista, e muito bom, conforme fui informado. Um luminar no Centro Nacional para a Excelência da Pesca. Então aparecem alguns árabes dizendo que querem salmão! No Iêmen! Para pescar! Claro que o senhor imagina que somos todos completamente malucos.

Tomou mais um gole de uísque e olhou ao redor. Malcolm apareceu não sei de onde com mesinhas para apoiarmos os drinques, depois sumiu para algum canto da sala fora da luz.

— Tenho observado uma coisa curiosa — continuou Sua Excelência — ao longo dos muitos anos em que visito este país. O senhor me desculpará se eu falar com franqueza sobre seus compatriotas? — Fiz que sim com a cabeça, mas ele já contava como certo que eu o desculparia, porque continuou quase sem pausa.

"Neste país ainda existe uma grande dose de esnobismo. De onde venho também temos uma ampla variedade de classes sociais, mas todos aceitam essas classes sem questionar. Sou um xeique da classe *sayyid*. Meus conselheiros são juízes islâmicos. Os empregados de minha propriedade são *nukkas*, ou mesmo *akhdam*. Mas cada um conhece seu lugar e cada um fala com o outro livremente e sem medo do ridículo. Não é o que acontece aqui no Reino Unido. Ninguém parece saber a que classe pertence. Qualquer que seja a sua classe, todos sentem vergonha dela e querem parecer que pertencem a alguma outra. A classe *sayyid* aqui assume o discurso dos *nukkas* a fim de não se sobressair e eles falam como motoristas de táxi, e não lordes, porque têm medo de que os julguem mal. O inverso também é verdade. Um açougueiro, um *jazr*, pode ganhar muito dinheiro e adotar o discurso da classe *sayyid*. Ele também se sente constrangido caso pronuncie mal uma palavra ou use o tipo errado de gravata. Seu país é dominado por preconceitos de classe. Não é esse o caso, Harriet Chetwode-Talbot?

Harriet sorriu e inclinou a cabeça de modo ambíguo, mas se manteve calada.

— Entretanto, tenho observado há muito tempo — completou Sua Excelência — que há um grupo de pessoas que, na paixão por seu esporte, ignoram tudo o que se refere a classes. Os *sayyid* e os *nukka* são unidos e permanecem juntos à beira do rio e falam livremente, sem restrição ou acanhamento. É obvio que falo de pescadores de salmão, na verdade, de pescadores de todo tipo. Altos ou baixos, ricos ou pobres, eles esquecem de si mesmos na contemplação de um dos mistérios de Deus: o salmão, e por que algumas vezes ele morderá a isca e outras vezes não.

Tomou mais um gole de uísque e Malcolm apareceu logo ao seu lado com um decantador e um sifão de soda.

— Meu povo tem seus defeitos, também — continuou o xeique. — Somos impacientes e às vezes violentos, pegamos uma arma depressa demais para acabar com uma discussão. Embora nossa sociedade seja sob vários aspectos muito antiga e bem organizada, somos em primeiro lugar membros de nossa tribo, e só depois membros de nossa nação. Afinal de contas, minha família e minha tribo viveram nas montanhas de Heraz por mais de mil anos, mas meu país existe há apenas algumas décadas. Ainda há muitas divisões em nossa nação, que não muito tempo atrás era dividida em dois países e muito, muito tempo atrás era formada por vários reinos: Saba, Najran, Qa'taban, Hadramawt. Tenho reparado que neste país, embora haja violência e agressão, os *hooligans* no futebol, por exemplo, há um grupo para quem paciência e tolerância são as únicas virtudes. Refiro-me aos pescadores de salmão em particular, e a todos os pescadores em geral.

A voz do xeique Muhammad era suave e baixa, porém ele tinha o dom de conquistar atenção e respeito com cada palavra que pronunciava. Permaneci calado, sem ousar nem querer interromper sua cadeia de pensamento.

— Formulei a idéia de que a criação de um rio de salmões no Iêmen seria sob todos os aspectos uma bênção para meu país e meus concidadãos. Seria um milagre de Deus se isso acontecesse. Eu sei. Meu dinheiro e a sua ciência, Dr. Alfred, sozinhos não chegariam a tanto. Mas assim como Moisés descobriu água no deserto, se Deus quiser conseguiremos que o salmão nade nas águas do uádi Aleyn. Se Deus quiser, as chuvas de verão encontrarão as correntes, bombearemos água do aqüífero e o salmão percorrerá o rio. E então meus concidadãos... *sayyid, nuqqa, jazr* e todas as classes e tipos de homens... se posicionarão lado a lado nas margens do rio e pescarão salmão. E suas naturezas, também serão transformadas. Eles sentirão o encantamento desse peixe prateado e o amor irresistível que o senhor conhece, Dr. Alfred, e que eu conheço, pelo peixe e pelo rio onde ele nada. E então, quando se começar a falar sobre o que esta tribo disse ou aquela tribo fez, ou sobre como proceder com os israelenses ou os norte-americanos e as vozes se tornarem acaloradas, alguém dirá: "Levantemo-nos e vamos pescar."

Tomou o último gole de seu uísque e perguntou:

— Malcolm, prepararam o jantar para nós?

Estou cansado agora e não me recordo muito bem do resto da noite; lembro-me, no entanto, dessas palavras do xeique exatamente como ele as pronunciou. Sei que é, como ele mesmo afirma, um plano louco, mas é uma forma de loucura branda e até nobre, uma loucura à qual não se pode opor resistência. O que comemos e bebemos não sei dizer, a não ser que tudo estava delicioso. Acho que serviram cordeiro. O xeique não bebeu vinho durante o jantar, apenas água; comeu pouco e falou apenas o suficiente para incentivar Harriet e eu a falar sobre um ou outro assunto.

Outra coisa que disse, enquanto bebíamos café aromatizado com cardamomo na biblioteca após o jantar, foi:

— Se o projeto for bem-sucedido, será mérito de Deus e a ele deverão ser dirigidos os agradecimentos. Se fracassar, Dr. Alfred, o senhor poderá dizer que um pobre homem tolo e iludido insistiu que o senhor tentasse alcançar o impossível. E sem dúvida algo de bom resultará do seu trabalho, aconteça o que acontecer. Alguma coisa nova será aprendida, que era antes desconhecida; o senhor será acertadamente louvado por ela e todo o resto será esquecido. E se o projeto fracassar a falha será minha, porque meu coração não estava puro o suficiente, minha visão não estava clara o suficiente, minha força não foi suficientemente grande. Mas todas as coisas podem ser conseguidas se Deus assim desejar.

Colocou de lado a xícara de café e sorriu para nós, preparando-se para nos desejar boa noite. Algo me fez retrucar.

— Mas nada de ruim acontecerá, Sua Excelência, se o projeto não funcionar.

— Tenho falado com muitas pessoas esclarecidas e com imames sobre meu sonho a respeito da pesca de salmão. Tenho comentado com eles como acredito que essa criatura mágica leva todos nós para mais perto de Deus... pelo mistério de sua vida, pela longa jornada que enfrenta através dos oceanos até encontrar as águas do mesmo rio em que nasceu, que é, nesse aspecto, como nossa própria jornada na direção de Deus. E eles têm me dito que um muçulmano consegue pescar tão bem quanto um judeu ou um cristão, sem nenhuma ofensa a Deus. Mas não é isso que os *jihadis* dirão. Eles dirão que estou trazendo os métodos dos cruzados para a terra do islã. Se eu fracassar, na melhor das hipóteses me ridicularizarão. Se acharem que posso ter êxito, com certeza tentarão me matar.

É noite fechada agora e as pesadas cortinas estão cerradas em meu quarto, mas ainda consigo ouvir o pio das corujas no bosque. Em um minuto largarei a caneta, mas ainda preciso escrever estas palavras: sinto-me em paz.

19 de julho

David Sugden chamou-me no seu escritório hoje de manhã. Fez sinal para que eu ocupasse a cadeira à sua frente. Estava radiante.

— Você parece ter usado todo o seu charme com seu amigo árabe.

— Com o xeique Muhammad?

David concordou com a cabeça e empurrou uma grossa pilha de documentos para o lado oposto da mesa.

— Isto chegou da Freshwaters agora de manhã. São os advogados do xeique. E são muito caros, também, imagino. — Tamborilou sobre os documentos. — Cinco milhões de libras esterlinas. É o que diz aí.

A Freshwaters tinha mandado um rascunho de contrato para nos fornecer uma base legal e comercial para o projeto Salmão no Iêmen.

— Está tudo aí — informou David. — Nosso departamento jurídico já está dando uma olhada, mas o documento contém tudo o que poderíamos querer. Cláusulas de não-penalidade se o projeto não der certo, pagamento sob quaisquer circunstâncias, garantias bancárias, pagamentos a cada etapa para manter a alocação de recursos. É maná vindo do céu — prosseguiu, erguendo os olhos para o teto. — Se eu não conseguir trazer parte desses 5 milhões para o orçamento de algum de meus projetos com escassez de recursos é porque definitivamente perdi o jeito.

Aleguei que esperava que não fôssemos tomar o dinheiro do xeique Muhammad sob falsos pretextos.

Devo ter me expressado com muita veemência, porque David fez um gesto com a mão e retrucou:

— Não banque a velha chata, Alfred. Você sabe a que me refiro. O que quis dizer foi que todos os departamentos no CNEP podem atribuir custos a este projeto por uma razão ou outra. Ele terá seu rio de salmões no deserto... ou não, conforme o caso. Conseguimos 5 milhões de libras aconteça o que acontecer. Agora, vamos aos detalhes. Eu dirijo o projeto e assumo a responsabilidade pela comunicação com outros departamentos...

— Com o Ministério das Relações Exteriores, por exemplo?

David bateu com o dedo indicador na lateral do nariz em um gesto teatral.

— O gabinete do primeiro-ministro está envolvido agora; Peter Maxwell tem feito contato pessoalmente. Mas esqueça que lhe contei isso. Falando sério, devo lhe pedir que seja muito discreto a respeito disto tudo. O xeique, o MREC e na verdade todos querem manter o projeto abafado até termos certeza de que sabemos o que vai acontecer com ele. Por isso, lembre-se de ficar de bico calado. — Riu para mostrar que falava de brincadeira. — Pois bem, onde estávamos? Ah, sim. Você ficará encarregado das operações: refiro-me à equipe de pesquisa e depois à administração do projeto. Deverá se reportar a mim.

Girou a tela do computador para que eu pudesse vê-la e apresentou-me o plano de um projeto. Que burocrata! Organizou tudo de modo que eu faça todo o trabalho e ele receba o crédito (mas não a culpa, se houver motivo para alguma). Ele de fato não sabe do que se trata tudo isso. Não tem idéia do quanto será difícil, de quanta pesquisa científica precisará ser feita, dos modelos de ecossistema que precisarão ser construídos, das avaliações do impacto ambiental, da definição dos níveis de oxigênio dissolvido nos cursos d'água do

Iêmen, da amostragem bacteriana a ser realizada. Minha cabeça parece que vai explodir quando penso na complexidade dos detalhes. E agora vem este idiota falar em "pagamentos a cada etapa", "apresentação de resultados" e "alocação de recursos".

23 de julho

Mary voltou de Genebra hoje à tarde. Está dormindo no quarto de hóspedes. Duas horas em casa e tivemos uma discussão.

Em primeiro lugar, quando tentei contar-lhe sobre o xeique Muhammad e sua fantástica visão de salmões correndo nas águas dos uádis do Iêmen, cortou-me:

— O cara deve estar louco. Você tem certeza de que quer entrar em projeto tão absurdo?

— Você mesma me aconselhou a entrar — argumentei.

— Aconselhei a não jogar fora seu trabalho em um acesso de mau humor; não a ligar seu nome a algo que pareça um suicídio profissional. De todo modo, espero que saiba o que está fazendo.

— Também espero — afirmei com frieza.

Houve um longo silêncio e ela depois pediu desculpas, alegando que seu dia fora puxado.

Mary muitas vezes diz que teve um dia puxado. Parece pensar que é a única pessoa que fica até tarde no escritório, que precisa participar de reuniões maçantes e resistir ao impulso de simplesmente tamborilar na mesa ou rabiscar a agenda. Todo mundo fica cansado. Eu tinha uma bolha de entusiasmo dentro de mim, uma imagem capturada dentro dessa bolha do xeique vestido com roupas brancas falando com sua voz tranqüila a respeito das visões de rios de salmões brilhantes, das águas escuras de seu próprio rio nas terras altas, das trutas de água salgada que nele se escondiam. Eu queria contar sobre o jato particular que nos levou até lá, sobre o mordomo Malcolm, sério e imaculado, sobre as bolhas no champanhe. Em algum lugar nessa imagem, vista pelo lado errado de um telescópio, estava Harriet, linda em seu vestido de noite, a cabeça jogada para o lado ou inclinando-se à frente para ouvir o que o xeique dizia. Queria partilhar tudo isso com Mary. Queria dividir com ela meu entusiasmo científico, a idéia de que com o dinheiro do xeique Muhammad eu poderia fazer algo diferente, algo que nunca tinha sido feito antes; mudar as regras do jogo.

Mas ela não estava interessada, e a imagem na bolha escureceu e sumiu; enterrei-a bem dentro de mim. É a primeira vez que não partilho algo importante com Mary. Ela simplesmente não queria saber.

Mais tarde, no jantar, descobri o que se passava na cabeça dela.

— Querem que eu me mude para Genebra — contou. Não olhou para mim enquanto falava, apenas concentrou-se em enrolar o macarrão no garfo.

— Que se mude? — perguntei, largando meu próprio garfo.

— Que me mude, sim, que troque de cidade.

— Por quê?

— Porque o cara que saiu em licença médica não vai voltar.

— Por que não?

— Porque morreu.

Considerei a questão; parecia conclusiva. Então perguntei:

— Por quanto tempo?

— Não sei. Seis meses, no mínimo.

— Bem, claro que isto é impossível — concluí, e logo desejei não ter me manifestado.

— Impossível por quê? — perguntou Mary com calma, fitando-me com ar de espanto e endireitando-se na cadeira.

— Bem, o que quero saber é como você conseguiria. Temos nossa vida aqui. Meu trabalho é aqui. Nossa casa é aqui.

Mary ficou em silêncio e comeu um pouco mais de macarrão. Por fim, falou:

— Mais ou menos já respondi que aceito.

Bem, claro, depois disso falei o que me veio à cabeça e Mary falou o que veio à dela. Agora está dormindo no quarto de hóspedes e eu estou sentado aqui escrevendo meu diário, e dentro de um minuto vou largar a caneta e deitar no nosso quarto com os olhos abertos, rangendo os dentes.

5

Trechos extraídos do diário do Dr. Jones: questões matrimoniais podem ter confundido seus critérios

28 de julho

Hoje, como nos últimos dias, passei a maior parte do tempo em reuniões com a Fitzharris & Price, eu indo ao escritório de Harriet ou ela visitando o CNEP. Havia estimativas de custo a preparar, projetos a serem elaborados, fornecedores de equipamentos a contatar. No início nos reuníamos em Smith Square, porém David Sugden sempre encontrava um modo de aparecer de repente na minha sala e pedir para ver o que estávamos fazendo. Isso tomava muito tempo, sobretudo porque ele gostava de nos explicar como fazer o que quase sempre já tínhamos feito.

Ele tem um jeito de olhar para Harriet que não me agrada nem um pouco. Esta noite ele me disse, depois que ela voltou para os escritórios da Fitzharris & Price:

— Garota brilhante, não acha?

— Sim, parece muito capaz.

— Suponho que seja uma avaliadora juramentada por profissão. Será que não acha tudo isto demais para uma garota como ela?

Não sei por que fiquei chateado com a observação. Talvez fosse pelo tom, não pelas palavras.

— Acho que está dando conta do recado. Tem uma cabeça muito bem organizada.

— É atraente, também — sugeriu.

Como não respondi, David esfregou as mãos por um momento, os olhos fixos no linóleo do chão do corredor em que tinha interrompido minha caminhada da sala de reuniões para o meu escritório. Então perguntou se Harriet era casada. Na verdade, eu sabia a resposta e expliquei a David que ela era noiva. Ele não fez nenhum outro comentário e voltou para a sua sala.

A razão pela qual eu sei que Harriet é noiva é que ela me levou para almoçar hoje. Tínhamos passado a manhã examinando planilhas e ambos precisávamos de um descanso, por isso, quando sugeriu almoçarmos (refeição que eu em geral não me dou o prazer de fazer), aceitei na hora.

Descobrimos na vizinhança um restaurante com comida do Oriente Médio que nos pareceu uma boa escolha. Pedi uma salada e água. Harriet pediu uma salada e um cálice de vinho branco. Quando o garçom trouxe nossas bebidas, ela ergueu o cálice, olhou-me por cima da borda e sugeriu:

— Um brinde... ao projeto.

Ergui meu copo, mas ela não me permitiu brindar com água mineral, por isso pediu vinho também para mim, apesar de eu ter insistido que nunca bebo durante o dia. Erguemos então nossos copos e dissemos ao mesmo tempo, em tom muito solene:

— Ao projeto.

Nossos olhos se encontraram enquanto bebíamos um gole de vinho, mas desviei o olhar, constrangido sem saber por quê. Harriet estava tranqüila e largou os óculos na mesa antes de me perguntar se eu era casado. Quando respondi que sim, acrescentou:

— Sua esposa faz o quê?

— Mary? Trabalha na área financeira de um grande banco internacional.

— Uma mulher de carreira, como eu — deduziu Harriet com um sorriso.

Mary, no entanto, não era como Harriet; ela jamais teria pedido um cálice de vinho no almoço, muito menos me persuadido a pedir um também.

"Não há problemas com álcool quando posto no seu devido lugar", Mary costumava dizer, "e no que me diz respeito, durante a semana seu lugar é dentro da garrafa, e é lá que deve permanecer". E Mary não se vestia como Harriet nem, para ser sincero, tinha o perfume de Harriet. Mary não acreditava em roupas nem perfumes femininos elegantes. Usava em casa terninhos folgados de linho, que substituía pelos de cor cinza no trabalho. Tinha cheiro de limpeza, de sabonete anti-séptico. Sempre foi asseada e ordeira... Para minha aflição percebi que estava comparando as duas mulheres e que o resultado era desfavorável para Mary. O que havia de errado em usar um elegante vestido até a metade da perna em vez de um terninho que parecia ter sido desenhado por um membro novato do partido comunista chinês? O que havia de errado em ter o agradável perfume de pêssegos amadurecendo em uma estufa em vez de algo que lembrava um suave desinfetante industrializado?

Falamos por um momento sobre Mary e suas infindáveis viagens.

As saladas chegaram e concentrei-me por um instante em caçar com o garfo uma azeitona que rodava pelo prato. Decidi então que era minha vez de manter a conversa em andamento e perguntei a Harriet se ela era casada.

— Não, mas devo me casar na primavera.

— Ah, acaba de ficar noiva?

— Ainda não saiu nos jornais, mas sairá tão logo Robert volte.

— Volte de onde?

Harriet repousou o garfo e a faca sobre o prato, baixou ou olhos por um instante e respondeu em voz baixa:

— Do Iraque.

— O que ele faz no Iraque? — perguntei, observando-a. Seu olhar risonho e afável desaparecera e agora seus lábios estavam apertados e ela empalidecia. De repente percebi que ela estava à beira das lágrimas. Em pânico, tentei fazer uma brincadeira.

— Bem, quem sabe a gente consegue um contrato para introduzir salmão no Eufrates e assim você vai até lá para encontrá-lo?

Quaisquer que tenham sido os méritos da observação, ela funcionou. Harriet pareceu espantada, mas logo sorriu. Não acredito que ela imaginasse que sou o tipo de pessoa que costuma fazer brincadeiras, e estaria certa. Falamos durante algum tempo sobre Robert e suas aventuras.

— Ele não esperava ir para o Iraque — explicou. — Íamos passar uma semana de férias na França antes de eu me dedicar inteiramente ao projeto do salmão. Aí ele recebeu um telefonema e a próxima coisa que aconteceu foi ele me ligar do aeroporto de Frankfurt para contar o que tinha ocorrido e dizer que já estava a caminho. — Permanecemos em silêncio por algum tempo antes de Harriet continuar: — A pior coisa são as cartas. Ou chegam com semanas de atraso ou simplesmente não chegam. E quando consigo receber, elas foram censuradas com tanto rigor que é impossível decifrar o que Robert estava tentando dizer.

Depois disso, ela pareceu não querer continuar a falar do assunto. Que estranho! Poucos minutos antes Harriet e eu éramos, em um certo sentido, completamente estranhos um para o outro. Eu passara algum tempo com ela durante a última semana, ou as duas últimas, talvez. Tinha sido bastante tempo, até, mas tudo em clima muito profissional. Minha admiração por sua habilidade não tinha limites, porém eu desconhecia por completo suas circunstâncias pessoais e talvez jamais tivesse feito uma pergunta referente à sua vida particular se ela não tivesse de repente proposto o almoço.

Consultei então o relógio e vi que eram quase 14 horas. Pagamos a conta e voltamos depressa para o projeto do salmão.

22 de agosto

Tenho trabalhado direto das 7 até as 19 ou 20 horas. Estou quase sempre cansado demais para escrever meu diário. Mas quero manter um registro de tudo agora que, por fim, estou envolvido em um trabalho de tamanha significância. Já se passou quase um mês desde minhas últimas anotações e o projeto salmão no Iêmen tem evoluído. Estamos gastando dinheiro de verdade: não às centenas, não aos milhares, não às dezenas de milhares; estamos gastando tanto dinheiro e tão depressa que uma empresa de contadores foi contratada. Colocaram os controles financeiros no lugar e preparam relatórios sobre o orçamento, que seguem para o xeique que, tenho certeza, nem sequer os olha. Fui à Finlândia por dois dias conversar com alguns fabricantes especializados em equipamentos para fazendas de criação de peixe e discutir o projeto dos tanques de armazenamento no uádi Aleyn. Estive na Alemanha para conversar com uma indústria que fabrica tanques utilizados para transportar peixes tropicais e discutimos como projetar e construir os recipientes que levariam os primeiros salmões de avião para o Iêmen. Mary viajou para Nova York e de lá voltou para Genebra a fim de participar de conferências sobre administração de risco que me soavam enigmáticas. Harriet voou para Glen Tulloch para se reunir com o xeique e depois foi com ele ao Iêmen discutir assuntos desconhecidos para mim. Todo mundo voava para todos os lugares. Todos, com exceção de David Sugden.

Ele começava, acredito, a ficar um pouco enciumado pelo modo como o projeto crescia, estendendo suas gavinhas por cada canto do CNEP. Havia grupos de pessoas construindo modelos matemáticos para mostrar o que acontecia aos níveis de oxigênio na água em altas temperaturas; outros investigavam o possível impacto microbiológico de bactérias iemenitas sobre o salmão; outro grupo formara uma comissão para escrever um trabalho intitulado "Visão 2020; pode o salmão do Atlântico (*Salmo salar*) colonizar a parte sul do oceano Índico?" A idéia era que o salmão colocado no Aleyn pudesse um dia percorrer o uádi rumo ao mar e nadar para o sul através do equador e descer até as margens do oceano Antártico, passar pelas ilhas Kerguelen para se alimentar dos gigantescos cardumes de *krill* nas bordas da capota polar.

Acho que foi esse trabalho que deixou David Sugden maluco. Ele entrou enfurecido na minha sala hoje e disse que queria trocar uma palavra comigo. Eu estava no telefone com Harriet, mas disse que ligaria para ela mais tarde e desliguei.

David puxou uma cadeira e sentou-se. Estava irritado, porém tentava não demonstrar.

— Esse projeto do salmão está inteiramente fora de controle — começou.

Perguntei de que modo.

— Está todo mundo gastando dinheiro como água. Você fez três viagens internacionais só neste mês.

— Não é dinheiro nosso, claro — justifiquei. — O xeique examina todos os gastos feitos e todos os gastos previstos e os contadores conferem tudo, e não tenho notícia de que ele esteja insatisfeito. E não consigo inventar uma tecnologia para transportar salmão até o meio do deserto sem conversar com os fornecedores de equipamentos. Não podemos comprar esse tipo de material pelos classificados das revistas especializadas, você sabe.

Tenho um certo prazer em falar assim com David. Sei que ele não pode fazer nada a respeito. O xeique me dá apoio em primeiro lugar, a agência em segundo. Harriet deixou isso bem claro várias vezes, e David está tão bem informado quanto eu. Sentindo-se incapaz de continuar a insistir no aspecto dinheiro, David começou a queixar-se de o comitê ter escrito um relatório visionário sobre o salmão do Atlântico no oceano Índico.

— O que pode acontecer se tudo der incrivelmente errado e for parar na imprensa?

— Se tudo der incrivelmente errado?

— Essa história de o salmão do Atlântico conseguir de fato desovar nos uádis do Iêmen e depois migrar para o oceano Antártico. A idéia do salmão do Atlântico nadando em algum lugar ao sul do cabo da Boa Esperança é uma proposta tão afrontosa que poderia destruir para sempre a credibilidade de nosso Centro se chegasse ao conhecimento da imprensa.

Olhei-o com atenção. Esse era o homem que poucas semanas antes tinha dito que me mandaria embora se eu não apresentasse idéias para o projeto do salmão.

Fui salvo de precisar responder pelo telefone que tocou. Tirei-o do gancho para pedir à telefonista que retivesse minhas ligações, mas antes disso uma voz afável falou:

— Sou Peter Maxwell, diretor de comunicação do gabinete do primeiro-ministro. É Alfred Jones?

Cumprimentei-o, coloquei a mão sobre o bocal e pronunciei sem emitir nenhum som "Peter Maxwell" na direção de David Sugden, para que ele lesse meus lábios. David se endireitou na cadeira e espichou o braço para pegar o fone.

— Entendo que David Sugden está aí ao seu lado — disse Maxwell antes de pedir que fosse acionado o viva-voz.

Apertei o botão e coloquei o fone no gancho. A voz de Peter Maxwell vinha agora do alto-falante — macia, mas de certo modo também dura.

— Escutem, dentro de poucos minutos vou para a reunião matinal de instruções com o primeiro-ministro. Podem dar-me uma posição atualizada do projeto? Como vão as coisas?

— Estamos no caminho certo, Sr. Maxwell — respondeu David.

— Um pouco mais de detalhes seria interessante.

— Prefiro que Alfred fale sobre isso. Ele está mais envolvido no aspecto prático do que eu.

— O aspecto prático é exatamente o que quero — observou Peter Maxwell com voz animada.

Fiz então um breve relato do trabalho em curso.

— Ótimo, Fred. Pode colocar tudo isso em um e-mail e enviá-lo assim que desligarmos? Tem uma caneta? Anote meu e-mail.

Anotei-o e Maxwell prosseguiu.

— O primeiro-ministro está interessado no projeto. Quer que tenha êxito. Eu mesmo quero ter um envolvimento maior quando tiverem avançado um pouco mais. David, por enquanto quero que venha me apresentar um relatório mensal, o primeiro daqui a um mês, ou antes, se houver algum desenvolvimento excepcional. Fale com minha secretária e combine com ela dia e hora. E quero que todos no seu Centro se mantenham afastados da imprensa. Nada a respeito do projeto Salmão no Iêmen deve cair no domínio público sem que meu gabinete autorize primeiro. Entendido?

Após essa conversa com Peter Maxwell, o humor de David Sugden mudou para melhor. Participar de reuniões mensais na residência do primeiro-ministro era algo que ele jamais sonhara encontrar pela frente.

Saiu do escritório radiante.

Mais tarde

Esta noite Mary chegou em casa antes de mim. Estou fazendo estas anotações no quarto de hóspedes. No início ela se mostrou afável. Quando entrei em casa vinha um cheiro delicioso da cozinha. Mary consegue ser uma excelente cozinheira quando quer, o que não acontece com muita freqüência. Ela estava preparando um molho e usava um avental. Cumprimentei-a com um beijo e perguntei o que estava cozinhando. Respondeu que era macarrão com vieiras e que havia uma garrafa de vinho branco na geladeira.

Isso era inédito. Como já mencionei, Mary nunca bebe durante a semana e poucas vezes nos fins de semana.

— Vou me trocar e já volto — expliquei. — Você deve ter chegado cedo.

— Sim, estou de partida para Genebra de novo amanhã de manhã, por isso pensei que seria ótimo fazermos um jantar simpático antes de eu ir.

Ah, então era isso. Quando desci, o jantar estava pronto e dois cálices de vinho gelado nos aguardavam na mesa da cozinha.

— Está realmente bom — elogiei após a primeira garfada. E era verdade. Mary balançou a cabeça e mencionou algo sobre estar sem prática.

Tomei um gole de vinho e perguntei:

— Você ainda não tem idéia de quanto tempo ficará em Genebra?

— Bem, a questão é exatamente essa — respondeu, largando o garfo. — Já lhe disse antes que estou substituindo alguém que caiu doente e morreu. Querem que eu fique lá por pelo menos um ano, não apenas em uma base temporária. Estão impressionados com meu trabalho.

Falei que era um pouco difícil acreditar que ela fosse a única pessoa no banco que eles tinham para mandar para Genebra. Mary franziu a testa.

— Por que não eu? Sou muito eficiente. É uma grande oportunidade. É uma promoção, ainda que o salário não seja muito diferente.

Estava acontecendo de novo. Mary poderia ter sido um dos generais de Napoleão: para ela, o ataque não era apenas a melhor forma de defesa, era a única forma de defesa. Começamos a discutir. Apesar de minha intenção de manter a conversa no nível calmo e racional que prefiro, também fiquei irritado. Lembro-me de ter dito, quase aos gritos, que não acreditava que ela tivesse pensado por cinco minutos sequer sobre quais poderiam ser os meus sentimentos. Mary então reclamou que eu era muito egoísta, que dava pouca importância à carreira dela e que era sempre impossível conversar comigo porque eu não pensava em outra coisa a não ser nos meus malditos peixes.

— Devo ter lhe dito uma dúzia de vezes que se me oferecessem o emprego em Genebra em base permanente, o passo seguinte seria quase com certeza um cargo melhor em Londres. Já lhe disse isso uma dúzia de vezes — repetiu.

— Pelo menos uma dúzia — ironizei. Isso não me ajudava em nada, mas não consegui me conter.

— Bem, sinto muito se o aborreci. E aqui vai uma notícia que você não ouvirá muitas vezes porque não estarei aqui para repetir. Parto para Genebra amanhã. Ficarei fora por pelo menos seis meses até ter direito a uma folga. Não posso vir para casa nos fins de semana porque no banco se trabalha aos sábados de manhã, também. Se quiser me visitar, deixei o endereço e outras informações na minha escrivaninha.

Estava de fato aborrecida. Falou que eu não me importava com ela; que vivia enterrado na minha própria carreira, e que agora, na nossa última noite, estava sendo sarcástico e egoísta. Empurrou o prato e ouvi-a subir as escadas correndo e bater a porta do quarto.

Não tive coragem de entrar lá esta noite. Tentarei falar com ela de manhã, antes que se vá.

23 de agosto

Hoje de manhã fiz um último esforço. Estava em frangalhos pela noite anterior. Essas discussões acaloradas me deixam exausto e passei a noite inteira de mau humor. Apesar disso, às 5 horas já estava de pé. Desci ainda de pijama e encontrei as malas de Mary na sala. Ela tomava uma caneca de chá, sentada à mesa da cozinha.

Lançou-me um olhar não muito amigável e perguntou o que eu fazia de pé tão cedo.

— Vim me despedir de você, claro — respondi. — Querida, não quero que se zangue. Vou sentir sua falta.

— Bem, devia ter pensado nisso antes de ser tão desagradável comigo ontem à noite.

A campainha tocou. Era o seu táxi.

Mary levantou-se. Permitiu que eu lhe desse um beijo rápido no rosto e então em um instante ela, a bagagem e o táxi tinham partido. Por quanto tempo, não sei. Por um ano? Para sempre?

6

Correspondência entre o capitão Robert Matthews e a Srta. Harriet Chetwode-Talbot

Escrito e despachado no aeroporto de Frankfurt

10 de maio

Minha querida Harriet,

Não sei como lhe contar. Tentei seu celular e deixei recado, mas quando você chegar a ouvi-lo já terei saído do país e estarei fora de alcance por telefone e também por e-mail.

Recebi uma ligação de meus superiores e eles me deram não mais de cinco minutos para fazer as malas e correr para o aeroporto. Fomos em vôo comercial até Frankfurt, onde me encontro agora. Estou escrevendo de um pequeno café na sala de embarque. Temos alguns minutos antes de pegar o vôo de conexão para Basra.

Sim, parece que estou a caminho do Iraque e isto significa que a semana que passaríamos juntos não existe mais. Querida, estou tão chateado quanto você ficará ao ler esta carta. Uma coisa já decidi: cumprirei meu tempo aqui, que deve ser de umas 12 semanas, mas quando voltar quero organizar minha vida. Pretendo deixar as forças armadas. Não sou especialmente ambicioso por promoção — não podem me forçar a ir para o Estado Maior. Apenas me alistei porque meu pai insistiu, e porque eu jamais chegaria à universidade. Eu só queria me divertir durante alguns anos. Bem, me diverti bastante e me trataram muito bem. Suponho que, quando me dão um tapinha no ombro e me mandam para algum lugar um pouco desagradável, não posso reclamar.

Mas agora encontrei você, e o estilo de vida dos fuzileiros navais não serve mais para mim. É bem como você diz. Seria tão bom sossegar um pouco e voltar a me estabelecer em algum lugar, em vez de estar o tempo todo de passagem.

É um consolo muito pequeno para umas férias arruinadas, mas espero que você compreenda. Não se preocupe com o Iraque, é apenas um revezamento rotineiro de pessoal. Eu não estava na lista, mas alguém teve um acidente leve e por isso me mandaram ocupar seu lugar. Não vamos fazer nada perigoso. O lugar ficou muito mais calmo com o passar dos anos. É mais uma questão de relações públicas do que qualquer outra coisa. Eu quase preferiria que víssemos alguma ação, porque de outro modo este pode ser um lugar muito monótono, especialmente na época do ano em que é quase impossível sair à rua porque é quente demais.

De todo modo, estarei pensando em você. Partiremos em viagem no minuto em que eu voltar. É uma promessa.

Escreva para mim assim que puder, a/c de BFPO Basra Palace, Basra; a carta deve chegar nas minhas mãos bem depressa. Não se preocupe se não receber notícias minhas durante algum tempo. Se eu estiver na base em Basra, a correspondência é entregue quase na mesma hora, mas se estiver no interior pode levar algum tempo até eu conseguir lê-la.

Por isso, nunca se preocupe comigo. Estarei bem.

Amo você.

Robert

Capitão Robert Matthews
a/c BFPO Basra Palace
Basra
Iraque

12 de maio

Querido Robert,

Você pode imaginar minha primeira reação quando ouvi sua mensagem no meu celular. Fui com raiva até a escrivaninha e peguei a pasta com todos os documentos das reservas de hotel e dos aluguéis de carro e rasguei. Depois desatei a chorar.

Em outras palavras, comportei-me tão mal quanto você deve ter esperado, mas acho que admitirá que tenho uma certa razão. Esperei com *tanta* ansiedade as férias que passaríamos juntos na França. Agora fico o tempo inteiro imaginando que alguma coisa terrível pode lhe acontecer, mas sei que é apenas bobagem minha de novo, acrescida de uma imaginação hiperativa. Não acho que você tenha um pingo de imaginação nem que se preocupe muito com alguma coisa. Pelo menos é o que sempre me diz e, claro, ficará perfeitamente bem com os amigos à sua volta, até porque já fez tudo isso antes.

Agora parece que aceito um pouco melhor a situação e só queria dizer que penso em você a cada minuto, e que quando estou dormindo é com você que sonho. Você não pode querer mais do que isso, não acha?

Não largue a Marinha apenas porque sua namorada reclama cada vez que precisam se afastar um do outro. Se é de fato isso que você quer fazer, então é claro que está certo. Mas não o faça só por mim se for um sacrifício, porque assim me culparia quando ficasse chateado e impaciente e acabaríamos nos separando cinco minutos mais tarde. Não quero me separar de você; quero casar com você. De todo modo, que outra coisa você faria? Falaremos sobre isso na sua volta. Não decida nada até então.

Milhões de beijos.

Harriet

Capitão Robert Matthews
a/c BFPO Basra Palace
Basra
Iraque

15 de maio

Querido Robert,

Gostaria de saber por onde você anda e o que está fazendo. Isso me deixaria um pouco menos preocupada. Espero que, onde quer que esteja, não se sinta muito desconfortável e que não corra demasiado perigo. Tentei localizar sua unidade na internet, mas, claro, não consegui.

Não é estranho escrevermos cartas um para o outro? Como não tenho permissão para lhe mandar e-mails e também não posso usar o telefone, fiquei sem escolha. Além de algumas poucas cartas de agradecimento e uma ou duas que mandei para você, não escrevo para ninguém desde quando costumava escrever para minha mãe enquanto estudei fora. Mesmo naquela época era quase sempre para pedir que ela me mandasse mais dinheiro. E como não tenho a menor idéia do que você está fazendo no Iraque, graças a Deus, esse é um assunto que não podemos comentar. Por isso, suponho que terei de aborrecê-lo ao máximo falando de mim.

Nosso cliente, um xeique do Iêmen (não estou autorizada a dizer seu nome para ninguém... eu até lhe diria, mas de todo modo isso não significaria nada para você), nos procurou com a idéia mais extraordinária que alguém possa ter. Quer que contratemos os maiores engenheiros de pesca do Reino Unido para introduzir o salmão no Iêmen. Ele tem uma propriedade rural perto de Inverness, que o ajudamos a comprar poucos anos atrás, com alguns quilômetros de rio que parecem muito bons para a pesca em junho e julho. Você deve imaginar como é. O xeique acabou se tornando um pescador e tanto e, mais do que qualquer outra coisa, adora ir lá pescar. Também gosta de ir a outros rios sempre que pode. Tem quase obsessão pela pesca, muito mais do que pela caça. Já o vi em ação, e parece saber o que está fazendo.

É uma figura impressionante. Pequeno mas com uma bela postura, e transmite um senso de poder que é impossível ignorar. Não quero dizer com isso que gosto dele — e ele com certeza também não gosta de mim... mulheres européias altas e magras não fazem o seu tipo. É feliz no casamento, de todo modo, e a esposa número quatro é a atual favorita.

Não sei o que faremos com relação a esse pedido. Ele está visivelmente obcecado pela pesca e pelo projeto Salmão no Iêmen em particular. Parece quase errado tirar dinheiro dele para um projeto tão idiota quanto esse, que está fadado ao fracasso, mas é *muito* dinheiro e só as nossas taxas de administração do projeto já representariam um excelente retorno.

De todo modo, querido, escrevi apenas para dizer que penso em você o tempo todo e sinto muito a sua falta.

Te amo muito.

Harriet

Scarsdale Road, 5
Londres

15 de maio

Harriet querida,

Que bom receber notícias suas. Tenho certeza de que esta carta levará uma eternidade para chegar até você, mas onde estamos agora fica a mais ou menos ██████ milhas de qualquer lugar *Conforme Capítulo XII, Artigo 83, do Regulamento de Segurança, referências que possam indicar localização, intenção ou capacidade de uma unidade devem ser suprimidas de toda e qualquer correspondência. Departamento de Segurança, BFPO Basra* e o calor é de pelo menos ██ graus na sombra. *Veja acima. Departamento de Segurança, BFPO Basra.* Não tenho permissão para contar-lhe o que estamos fazendo, mas não é nada muito divertido e as condições são █████ ██████. Os iraquianos são muito amistosos ou absolutamente assassinos-██████ ██ █████ ██ Assim, uma carta recebida de casa é a chance de a gente se desligar e esquecer de tudo durante alguns minutos. Continue a escrever. Cada carta sua que chega é como um longo e refrescante gole d'água.

Paro por aqui. É provável que o censor ▇▇▇▇▇▇ em Basra apague a maior parte do que escrevo, de todo modo. *Senhor ou senhora, como mencionado antes, de acordo com o Capítulo XII, Artigo 83, temos instrução, de acordo com o regulamento militar, para suprimir referências em correspondência particular que possam comprometer a unidade envolvida ou agir contra os interesses das forças britânicas. Departamento de Segurança, BFPO Basra.*

Toneladas de amor,

Robert

Bjs

Capitão Robert Matthews
a/c BFPO Basra Palace
Basra

10 de junho

Meu querido Robert,

Sua resposta levou *semanas* para chegar e alguém muito maldoso no setor de censura em Basra cancelou grande parte do que você escreveu e depois rabiscou a carta inteira. É terrível pensar que alguém mais lê o que escrevemos um para o outro. Além disso, há todas as outras coisas que eu gostaria de lhe dizer, mas que não direi porque não posso, porque nada mais é privado.

Os jornais estão repletos de notícias sobre o Iraque de novo. Parece que a situação voltou a piorar após anos de relativa calma: crianças são mortas a tiros, muita gente é estraçalhada por carros-bombas ou disparos feitos dos helicópteros. Chego a estremecer quando penso que você está no meio disso. Por que tudo tem que recomeçar bem na hora de sua chegada aí?

Não acredito que algum dia me conte como é de fato esse lugar, nem depois de seu regresso. Não vejo a hora de você voltar para casa.

Tivemos uma reunião no escritório dias atrás e decidimos tentar ajudar nosso xeique com seu projeto Salmão no Iêmen. Todos diziam coisas como "Não é nossa função explicar ao cliente o que ele pode ou não fazer... nosso trabalho é ajudá-lo a fazer". O fato é que há séculos não participávamos de um negócio realmente grande. As coisas andaram devagar por um tempo. Por isso fui indicada para escrever a uma determinada pessoa que nossos contatos no DMAA dizem ser um dos maiores engenheiros de pesca. De tão arrogante nem se deu ao trabalho de responder pessoalmente... sua secretária foi quem mandou uma carta curta contendo dez boas razões pelas quais a idéia inteira não passava de uma perda de tempo. É claro que não me contentei com a resposta, então liguei para um velho amigo meu que trabalha no MREC e contei o que estava acontecendo. Perguntei: "Não acha que, com todas as notícias ruins que chegam do resto do Oriente Médio, essa história tem tudo para ser uma boa novidade? Não deveríamos incentivar nosso cliente a gastar seu dinheiro, por mais maluco que o projeto pareça? Esta não é uma notícia boa sobre a cooperação anglo-iemenita?" Imaginei estar sendo inteligente ao pensar sob esse ângulo, não acha? Isso apenas me ocorreu porque você tinha acabado de ser mandado para aí.

De todo modo, a idéia pareceu ter feito meu velho amigo (sim, está certo... um antigo namorado, mas de *muito* tempo atrás), pensar em uma saída. Ele disse: "Sabe de uma coisa, Harriet, acho que você pode estar com uma proposta excelente nas mãos. Deixe-me falar com algumas pessoas." Só sei que pouco tempo depois alguém do gabinete do primeiro-ministro em Downing Street me procurou e pediu mais detalhes sobre a idéia do xeique. Na manhã seguinte me telefonou um bajulador chamado David Sugden, que disse ser o "chefe imediato" do homem a quem eu escrevera, um tal de Dr. Jones, e que o Dr. Jones tinha agora "chegado a um acordo" com relação ao projeto. Por fim, recebi hoje de manhã a visita do próprio Dr. Jones. Se alguma vez alguém entrou na minha sala com o rabo entre as pernas, esse alguém foi o Dr. Jones.

Ele era exatamente como eu tinha imaginado após falarmos por telefone. Não era muito alto; tinha mais ou menos a minha altura, digamos 1,70 m. Cabelos ruivos, rosto quadrado e pálido como o de quem não sai para a rua, e não parecia ser dado a brincadeiras. Também passava a impressão de que tornaria as coisas tão difíceis para mim quanto possível. Eu tinha, no entanto, feito a lição de casa e consegui mostrar-lhe que conhecia um pouco do que estava dizendo, e depois de algum tempo ele se mostrou quase sensato. Pude perceber o cientista dentro dele pensando "Isso não pode ser feito" quando comecei a falar. Quando terminei, senti que ele estava pensando "Será que na teoria há algum modo de isso ser feito?" Assim, ele foi pelo menos honesto o suficiente para aceitar que poderia estar errado e, na verdade, ele não era afinal tão arrogante. Tinha cara de ser dominado pela mulher, isso sim.

Espero que você nunca pareça ser dominado por mim quando nos casarmos. Tentarei não provocá-lo demais.

Te amo muito.

Harriet

Scarsdale Road, 5
Londres

15 de junho

Querida Harriet,

seguíamos por uma estrada e de repente havia armas apontadas na direção errada. e o helicóptero chegou após alguns minutos de ansiedade, uma antiga mesquita muito bonita com azulejos azuis pedaços como resultado de um erro de um piloto americano. Fora isso, nada de muito excitante aconteceu; é acima de tudo o calor e as moscas que nos põem para baixo. Ontem entramos em uma cidadezinha perto de e por acaso demos de cara com um menininho na rua. Tinha havido uma visita dos insurgentes sunitas perdeu a mãe e ficou no meio da rua gritando. Os jornais de domingo chegaram afinal com quatro semanas de atraso, mas, antes que tivéssemos condições de tomar um banho e lê-los, recebemos novas instruções. não pensei que esperavam que ficássemos tão perto de De todo modo, ordens são ordens e imagino que precisamos ir para lá. Não consegui tempo nem para voltar à base e pegar uma muda de roupa. Seria fantástico conseguir uma camisa limpa.

Penso o tempo inteiro em você com muito amor.

Robert

Capitão Robert Matthews
a/c BFPO Basra Palace
Basra
Iraque

22 de junho

Robert querido,

Não consegui entender bem sua última carta. O censor atacou-a com a caneta e riscou a maior parte das palavras. De todo modo, continue a me escrever. Pelo menos assim fico sabendo que você está bem e ainda pensa em mim. Às vezes quase morro de preocupação. A gente fica sabendo de muitas histórias aflitivas pelos jornais e de outras ainda mais terríveis quando conhece alguém que tenha algum parente onde você... onde imagino que você esteja.

É preferível que eu continue minha história sobre os salmões. O Dr. Jones saiu-se melhor do que o esperado. Escreveu uma proposta absolutamente brilhante para a introdução do salmão no Iêmen. É técnica demais para que eu descreva aqui e de todo modo você morreria de tédio se eu explicasse todos os detalhes, mas a conclusão é que ele acredita, em teoria, que algo pode ser feito. Quando a entreguei, o cliente ficou impressionado. Ele próprio telefonou, coisa que nunca faz, e disse: "Traga o Dr. Alfred Jones para minha casa na Escócia. Se eu gostar, pago quanto ele quiser para colocar o projeto em operação. É uma pessoa inteligente, mas preciso encontrar-me com ele para saber se é também honesto e se podemos confiar que executará o projeto."

Telefonei então para o Dr. Jones e o cliente mandou o motorista nos levar até um pequeno aeroporto no sul de Londres, onde mantém seu Learjet, e voamos juntos para Inverness. O Dr. Jones ficou um pouco temeroso e não falou muito. Os olhos percorriam nervosamente a cabine do avião, como se não conseguisse acreditar no que estava acontecendo. Já voei pelo menos duas vezes em jatos particulares de clientes e por isso, claro, consegui fazer de conta que tudo era parte de um dia normal de trabalho.

Chegamos a Glen Tulloch mais ou menos na hora do almoço, mas logo precisei me reunir com o agente para tratar de vários problemas de rotina com relação à propriedade. O xeique esteve conosco por poucos minutos, deu algumas instruções e de novo desapareceu. Quando voltou, disse: "Mandei o Dr. Jones pescar com Colin. Observei-o da estrada durante algum tempo. É um pescador de verdade, não apenas um cientista. Estou feliz com sua escolha, Harriet Chetwode-Talbot." Quando me chama assim nunca tenho certeza se há ironia em sua voz ou se está simplesmente seguindo o que considera ser o modo correto de se dirigir a alguém.

Respondi que estávamos com sorte. "Não é sorte, Harriet Chetwode-Talbot. É a vontade de Deus. Ele colocou esse homem no meu caminho, o homem certo na hora certa, *insh'Allah*. Conversarei com ele mais tarde, no jantar, mas já sei o que precisava saber."

E mais tarde no jantar ele de fato conversou com o Dr. Jones. Foi tudo muito simples e, de certo modo, muito comovente. Meu cliente é, eu acho, um pouco mais do que maluco, mas tem uma forma encantadora de loucura, uma maluquice quase divina. Ele acredita que o salmão e sua longa jornada de volta através de oceanos infindáveis até chegar ao rio onde nasceu sejam, de algum modo estranho, o símbolo de sua própria jornada para chegar mais próximo do seu Deus. Você sabe, algumas centenas de anos atrás o xeique talvez fosse chamado de santo, se é que há santos no islamismo.

Dr. Jones chamou-me de Harriet esta noite. Ele nunca me olha diretamente nos olhos. Acho que gosta de mim, mas é casado e por isso se sente culpado. Não se preocupe, meu querido. De minha parte pelo menos, só existe você.

Beijos

Harriet

Carta não datada e não assinada do Centro de Apoio à Família do Ministério da Defesa

Prezada Harriet Chetwode-Talbot,

Cópias de sua correspondência para o capitão Robert Matthews foram encaminhadas a este gabinete pela Segurança do BFPO Basra Palace.

O capitão Robert Matthews está agora, por razões operacionais, em uma área onde o serviço postal não pode ser garantido. Futuras cartas não serão, portanto, encaminhadas a ele. Da mesma forma, até posterior informação, não estarão disponíveis instalações postais na unidade.

O número da central telefônica abaixo a colocará em contato com o Centro de Apoio à Família, que oferecerá aconselhamento psicológico para ajudá-la a enfrentar qualquer trauma decorrente da perda de contato com um amigo próximo, parente ou cônjuge.

0800 400 1 200

O serviço de aconselhamento psicológico é um oferecimento gratuito do Ministério da Defesa, porém as ligações terão o custo de 14 pence por minuto.

Ministério da Defesa

7

Comentários da imprensa

Artigo publicado no Yemen Observer *em 14 de agosto*

Projeto de pesca para as terras altas da região ocidental do país

O xeique Muhammad ibn Zaidi surpreendeu o mundo árabe com a decisão de introduzir a pesca de salmão no uádi Aleyn, na província de Heraz. É compreensível que os iemenitas façam perguntas sobre a legitimidade do projeto. Nossa opinião é que devemos aguardar para ver qual será a realidade científica do projeto do salmão.

O projeto está sendo debatido animadamente em jantares familiares e nos encontros de mascadores de ervas. Muitos iemenitas pensam que a introdução do salmão em um país árido não é uma proposição realista nem econômica. Outros, no entanto, afirmam que o projeto está sendo elaborado por um cientista do Reino Unido especializado em engenharia de pesca e que há uma perspectiva real de que no futuro nossa indústria do turismo prospere com a venda de permissões para a pesca de salmão.

O ministro da Agricultura e da Saúde preferiu não tecer comentários, porém entendemos que a atual Lei Aquática nº 42 não proíbe expressamente o desenvolvimento da pesca de salmão no Iêmen. O xeique Muhammad está, portanto, habilitado a desenvolver esse tipo de pesca sem a necessidade de requerer consentimento ao governo.

Artigo publicado no International Herald Tribune *em 16 de agosto*

Xeique iemenita planeja novo ecossistema para uádis

Sana'a, República do Iêmen

O xeique Muhammad ibn Zaidi, figura-chave nos círculos políticos iemenitas, vem há tempos se destacando por sua visão pró-ocidente em um país cujo relacionamento com as nações ocidentais foi de algum modo abalado. No último domingo, insistiu que o presidente Saleh apóie um ecoprojeto revolucionário que tem recebido respaldo dos círculos governamentais do Reino Unido.

O xeique Muhammad planeja despender milhões de libras esterlinas com o governo britânico para introduzir o salmão selvagem escocês em um uádi do Iêmen ocidental. Em contraste com a política dos Estados Unidos, que no momento se preocupam em aumentar seu poderio militar na Arábia Saudita e no Iraque, o Reino Unido parece estar agora modificando seus fundamentos políticos. Embora representantes do governo britânico neguem qualquer relacionamento formal com o xeique Muhammad, um órgão do governo do Reino Unido, o Centro Nacional para a Excelência da Pesca, tem desempenhado um papel fundamental nesse projeto desafiador sob o ponto de vista ambiental. A política britânica na região parece agora buscar meios para apresentar imagens culturais e esportivas, provavelmente no esforço de abrandar o impacto de recentes ações militares no sul do Iraque.

Os fundos serão supridos pelo xeique Muhammad. Representantes do governo do Reino Unido se distanciaram do projeto sob a alegação de que se trata de iniciativa do setor privado. No entanto, é provável que um projeto de tal importância e que envolve alguns dos mais prestigiados engenheiros de pesca do mundo não consiga prosseguir sem a sanção do gabinete do primeiro-ministro Jay Vent.

Alguns observadores especulam que a iniciativa do xeique Muhammad talvez não seja universalmente bem-vinda em sua própria província. A área abriga muitas *madradas* wahhabistas radicais e escolas de treinamento religioso, e sabe-se que a pesca de salmão é considerada uma atividade inaceitável por alguns imames wahhabistas. Água é também um recurso escasso no Iêmen e seu desvio para viabilizar a introdução do salmão não terá apoio popular em um país onde a disponibilidade de água é muitas vezes uma questão de vida ou morte.

Artigo publicado no The Times *em 17 de agosto*

Engenheiros de pesca britânicos envolvidos em importante polêmica

Ficou evidente ontem no Parlamento a preocupação que um órgão-chave do governo, o Centro Nacional para a Excelência da Pesca, esteja extrapolando sua atribuições. Criado há uma década com o objetivo de dar apoio à Agência Ambiental no monitoramento e na melhoria da saúde de rios na Inglaterra e no País de Gales, o Centro vem sendo acusado de ter desviado mais de 90% de seus recursos para um projeto que visa introduzir o salmão do Atlântico no Iêmen.

O DMAA confirmou que o financiamento para o projeto Salmão no Iêmen não virá do contribuinte do Reino Unido, mas exclusivamente de recursos do setor privado. A população, no entanto, questiona se esse é um uso adequado de um departamento fundamental para o governo em um momento em que rios na Inglaterra e no País de Gales estão expostos a inúmeros desafios de cunho ambiental e dos mais variados tipos, como resultado do aquecimento global e dos riscos originados da poluição agrícola e industrial. Um porta-voz da Real Sociedade para a Proteção de Pássaros confirmou que, se o projeto Salmão no Iêmen for adiante, a sociedade tentará a exportação de cormorões ingleses para o Iêmen a fim de garantir que seja mantido o equilíbrio natural em qualquer rio onde haja salmões.

Trecho extraído da revista Trout & Salmon *de 18 de agosto*

Comentário

Reconhecemos que temos, de tempos em tempos, cantado louvores ao Centro Nacional para a Excelência da Pesca. Esse órgão conseguiu conquistar uma reputação favorável dentro da comunidade pesqueira por produzir um bom trabalho científico e ter bom senso.

A pesca com mosca tornou-se "a última moda" nos Estados Unidos, e mesmo no Reino Unido estamos descartando nossos casacos impermeáveis de algodão e substituindo-os pelo que há de mais moderno na tecnologia do vestuário da Orvis, da Snowbee e de muitos outros fabricantes. Têm sido produzidos filmes sobre pesca, que já foi considerada a modalidade mais maçante de esporte. Essa tendência consolidou-se com o filme *Nada é para sempre*, de 1992, ao mesmo tempo em que programas de televisão sobre pesca atraem grande público no horário nobre e são reprisados infinitamente pelos canais a cabo.

Assim, a pesca está na moda e seu encanto atravessa as fronteiras e torna-se verdadeiramente internacional, mas nada até agora nos preparou para a idéia de que as montanhas de Heraz, na República do Iêmen, em pouco tempo se tornarão o próximo parque de diversões para pescadores internacionais em busca das mais novas emoções da pesca esportiva de salmão.

Quem está por trás de tudo isso? Um rico e proeminente cidadão do Iêmen associou-se ao Centro Nacional para a Excelência da Pesca, organização cujo envolvimento em aventuras desse tipo jamais poderíamos prever. Mas dinheiro fala mais alto e os milhões de libras que o xeique Muhammad, do uádi Aleyn, está gastando fazem estrondo suficiente para atrair a atenção do CNEP e até (corre o boato) do diretor de comunicação do gabinete do primeiro-ministro.

Reviramos nossos arquivos na tentativa de encontrar algum caso similar de tamanho absurdo por parte de um departamento governamental, mas não existe nada comparável. Em uma época em que a saúde dos rios ingleses e galeses é tão frágil e os estoques de salmão e de truta de água salgada, para não falar na truta marrom, parecem ameaçados por mudanças climáticas, nossos melhores engenheiros de pesca se comprometeram com um esquema leviano que não trará rigorosamente nenhum benéfico para nossa própria comunidade pesqueira aqui no Reino Unido.

Trecho extraído do Sun *de 23 de agosto*

Macacão impermeável de pesca

Harriet Chetwode-Talbot, a glamourosa loira sonhadora que está elaborando o insensato plano de levar a pesca de salmão para o Iêmen, recusou-se a falar com nosso repórter quando lhe telefonamos hoje. Fizemos contato com a Srta. Chetwode-Talbot no escritório dos exclusivos agentes e consultores imobiliários de West End, Fitzharris & Price, para pedir-lhe que comentasse essa idéia absurda... vamos todos pescar salmão no deserto! Ela não conseguiu nos dizer muitos detalhes a respeito do projeto e negou-se a fazer qualquer comentário sobre seu chefe iemenita, o xeique Muhammad. Perguntamos, então, se gostaria de tirar o tailleur que vestia e posar para nosso fotógrafo com um macacão impermeável de pesca. Ainda estamos à espera da resposta de Harriet!

Carta ao editor da revista Trout & Salmon

Prezado senhor,

Sinto-me na obrigação de responder ao recente artigo sobre a introdução de salmão nos uádis do Iêmen.

Ao mesmo tempo em que aplaudo a intenção de introduzir o esporte da pesca com linha e anzol onde a pesca esportiva ainda não é amplamente praticada, sou forçado a perguntar o que há de errado com a pesca de peixes mais comuns? Não seria mais prático e, ouso dizer, mais acessível para o iemenita médio ter carpas e percas introduzidas em seus rios? Que tal considerar a pesca da truta arco-íris em águas paradas nos reservatórios iemenitas, um esporte ainda mais acessível e econômico para o pescador comum? Para mim, a decisão de introduzir salmão nos uádis do Iêmen sem qualquer consulta é característica de uma atitude elitista que ainda prevalece com demasiada freqüência nos círculos pesqueiros neste país e, ao que parece, também no Iêmen.

Cordiais saudações,

(Nome não divulgado)

Carta ao editor do Daily Telegraph

Prezado senhor,

Reconheço que tem havido muita especulação a respeito de um projeto para a introdução de salmão no Iêmen. Servi no Iêmen na década de 1950. Fiquei baseado em Aden e tive a oportunidade de ver pescadores locais sair à procura de tudo, de anchovas a tubarões. Lembro-me muito bem dos pescadores iemenitas de pé, em perfeito equilíbrio na proa de seus barcos, partindo para o mar para pescar toda sorte de peixe. Sei que a população iemenita é pescadora por natureza e estou certo de que saberiam aproveitar a excelente oportunidade de pescar salmões se ela lhes fosse oferecida.

Aplaudo a natureza imaginativa do projeto.

Atenciosamente,

(Major aposentado) Jock Summerhouse

Carta ao editor do The Times

Prezado senhor,

A República do Iêmen tem grande experiência no gerenciamento de sua atividade pesqueira. O Ministério da Pesca é o órgão responsável, e a estrutura legal para nossa atividade pesqueira é a Lei Aquática nº 42 (1991).

A indústria pesqueira do Iêmen é melhor do que qualquer outra, sendo responsável por uma coleta anual de 126.000 toneladas de espécies diferentes, em mar aberto ou não, tanto por meios artesanais quanto industriais. Nosso consumo anual de peixe é de 7,6 quilos per capita.

Foi divulgado pela imprensa que algumas pessoas têm interesse em instalar a pesca de salmão em cursos d'água iemenitas. Não temos conhecimento oficial de tais propostas no momento, mas podemos confirmar que elas estariam inteiramente de acordo com a excelente habilidade e a tradicional experiência iemenita na atividade pesqueira e na engenharia de pesca.

A Lei Aquática nº 42 não faz referência à pesca de salmão e precisaria receber uma emenda no devido prazo para incluir tal possibilidade. Respeitosamente concluímos que o projeto, se verdadeiro, seria de interesse nacional e um símbolo da cooperação anglo-iemenita.

Hassan bin Mahoud
Assistente do vice-diretor
Ministério da Pesca
Aden, República do Iêmen

8

Interceptação de e-mails trocados pela al-Qaeda (fornecida pelo Serviço de Inteligência Paquistanês)

De: Tariq Anwar
Data: 20 de agosto
Para: Membros da al-Qaeda no Iêmen
Pasta: Correspondência expedida para o Iêmen

De um atoleiro de dificuldades envio meus cumprimentos para o seu país onde há progresso e civilização — aqui temos muitos problemas com nossos irmãos do Talibã e eles nem sempre agem do modo mais perfeito e de acordo com a vontade de Abu Abdullah e de toda a nação do Islã. Também temos muitos adversários que pressionam de todos os lados... as forças especiais cruzadistas e mesmo nossos irmãos do Paquistão, que esqueceram a verdadeira fé e castigam nosso povo com armas e chibatas.
Tivemos a informação que o xeique Muhammad ibn Zaidi bani Tihami está agora unido em consórcio com o primeiro-ministro inglês cruzadista e gasta muitos milhões de dólares em projetos perigosos e absurdos para a introdução do salmão no Iêmen e para persuadir nossos irmãos iemenitas a pescar por esporte e não simplesmente para alimentar as bocas de suas famílias, como é seu dever.

Além do mais, já que todas as pessoas no Iêmen precisam trabalhar do raiar do dia até o anoitecer, seis dias por semana, apenas para manter o pão em suas bocas e nas bocas de seus filhos, o xeique deve estar esperando que eles pesquem também no sabá, o que é expressamente proibido pelo Corão.

O projeto é nocivo porque não é islâmico em sua natureza e porque tem como objetivo desviar a atenção dos malefícios maiores que os movimentos cruzadistas estão causando a toda a nação muçulmana no Iraque, Irã, Afeganistão e Palestina. Por isso deve ser interrompido.

Abu Abdullah recomenda que os companheiros dêem início a uma operação contra o xeique Muhammad ibn Zaidi. É preciso que telefonem a um de nossos irmãos em Finchley, Londres. Ele deve desenvolver com extrema urgência uma operação contra o xeique para liquidá-lo e impedir que o salmão chegue ao Iêmen. Já enviamos $27.805, que é o orçamento operacional, para a conta de sempre.

Pedimos a Deus que os oriente para o bem desta vida e da vida após a morte.

Que a paz esteja convosco e também a misericórdia e as bênçãos de Deus.

Tariq Anwar

De: Essad
Data: 20 de agosto
Para: Tariq Anwar
Pasta: Correspondência recebida do Iêmen

Caro irmão Tariq,
Não temos mais ninguém em Finchley — foram todos presos ou dispersados pela polícia britânica. Seria necessário mandar alguém daqui até a Escócia para descobrir o xeique, a não ser que o xeique voltasse para cá, para o palácio e a cidade onde mora.
Não acreditamos que a operação tenha muito apoio popular. O xeique Muhammad é conhecido em toda parte como um homem que segue os ensinamentos de Deus com grande rigor. Todas as pessoas em seu *wilayat* o reverenciam e adoram. Será difícil encontrar alguém que o liquide e certamente não pelo orçamento operacional mencionado.
Que a paz esteja com o irmão.
Essad

De: Tariq Anwar
Data: 20 de agosto
Para: Essad
Pasta: Correspondência expedida para o Iêmen

Irmão Essad,
Abu Abdullah não quer saber o que o senhor pensa a respeito do xeique Muhammad. O senhor esquece que nosso irmão Abu Abdullah tem família no Iêmen e está muito bem informado sobre quem é e quem não é

seguidor do verdadeiro caminho de Deus. Ele considera de extrema necessidade que o xeique seja liquidado, e logo.
Orçamento operacional: vôos $1.000 (só ida), locação de carro $500, alimentação $25, disfarce $200. Recompensa de $30.000 pagáveis à família do executante, considerando que ele próprio seja apanhado ou liquidado pelo serviço de segurança. Providenciaremos um celular limpo. Providenciaremos documentação. Total: $31.725, que representam um acréscimo de muitos dólares em relação à primeira proposta. E é só.
Os montantes operacionais necessários estarão disponíveis no correio de Finchley em uma conta no nome de Hasan Yasin Abdullah. Apenas o sistema bancário é controlado, não o correio. A recompensa será paga quando a operação for completada.
Favor confirmar. Abu Abdullah quer saber sua resposta.
Em nome de Deus.
Tariq Anwar

De: Essad
Data: 21 de agosto
Para: Tariq Anwar
Pasta: Correspondência recebida do Iêmen

Irmão Anwar,
Que a paz esteja convosco.
Encontramos um irmão aqui no Hadramawt que fala um pouco de inglês. Todas as suas trinta cabras acabam de morrer de febre aftosa. No momento ele não tem comida,

não tem dinheiro e não tem cabras. Ele fará o serviço. Por favor, mande o dinheiro e em seguida daremos início à operação.
Em nome de Deus.
Essad

9

Entrevista com Peter Maxwell, diretor de Comunicação do gabinete do primeiro-ministro

Interrogador: Por favor, descreva suas razões iniciais para envolver o primeiro-ministro no projeto Salmão no Iêmen.

Peter Maxwell: Sabe quem sou?

I: Sei. Peter Maxwell. Por favor, descreva suas razões iniciais para envolver o primeiro-ministro no projeto Salmão no Iêmen. Peço que tenha em mente que é do seu maior interesse cooperar plenamente com esta investigação.

PM: Muito bem. Eu sei. Claro que vou cooperar. Por que seria diferente? É do interesse de todos conseguir o quadro mais completo possível do que aconteceu. Estou escrevendo um livro sobre o caso. Ou pelo menos estava, até que alguém do seu grupo levou embora o manuscrito.

I: Foi considerado que seu manuscrito contém material que talvez constitua violação de confidencialidade e essa condição precisa ser reavaliada por esta comissão de inquérito antes que seja decidida sua devolução ou não.

PM: Estou profundamente magoado com o que aconteceu. Traumatizado. Quero que isso fique registrado. Estou traumatizado.

Nesse ponto a testemunha irrompeu em lágrimas e precisou de sedação branda. O questionamento recomeçou no dia seguinte e é aqui transcrito literalmente, na medida do possível. Detalhes da segurança operacional não foram liberados para o público.

PM: Meu nome é Peter Maxwell e sou... era... diretor de comunicação do gabinete do primeiro-ministro. Ocupei o cargo por dois anos. Sou amigo do primeiro-ministro desde muito, muito tempo. Não foi por isso que consegui o emprego; consegui o emprego porque, modéstia à parte, sou literalmente a melhor pessoa que eles já tiveram nesse tipo de trabalho. Poderia ter assumido o comando do gabinete. Se tivesse sido eleito membro do Parlamento, bem entendido. Mas toda aquela egolatria dos políticos da linha de frente não era para mim. Eu queria servir meu partido pelas vias laterais, pela sombra. É lá que opero. Na sombra. Deixe que outras pessoas recebam o crédito. Não seja a história, molde a história: este é o meu lema.

Jay [*o honorável primeiro-ministro James Vent*] foi uma dádiva de Deus para nosso partido. É o melhor primeiro-ministro que este país já teve desde Churchill. Desde Gladstone. Desde Pitt. Tirou o país da segunda divisão e levou-o de volta à elite dos negócios de âmbito mundial. Direto para o topo. Para a Liga dos Campeões. Tinha total domínio da Casa dos Comuns. Os membros jogavam a bola de qualquer jeito, de todas as posições... não importava qual... Jay as rebatia, não errava uma. Acertava em cheio cada lance.

I: O senhor parece estar citando o primeiro capítulo de seu livro. Queira, por gentileza, responder de maneira direta à pergunta que lhe foi feita. Como e quando decidiu recomendar ao primeiro-ministro que nos envolvêssemos no projeto Salmão no Iêmen?

PM: Se me permitir responder no meu próprio ritmo, ficarei muito grato. Era onde eu queria chegar. O senhor sabe, todos têm um dia em que nada dá certo. Qualquer um, por melhor que seja, pode ser apanhado desprevenido, ser golpeado de surpresa. É aí que consigo agregar algum valor. É o que faço. Se a notícia é ruim, apresento-a com a melhor luz possível. Se a notícia é *muito* ruim, chego com uma história diferente. O tempo de atenção da maioria dos meios de comunicação é de cerca de vinte minutos, e uma nova matéria, um novo ângulo, em geral os deixa tentados a largar o osso que você quer que larguem e a se interessar pelo novo osso que você está oferecendo. Isso é extra-oficial.

I: Receio que tudo o que o senhor disser será considerado oficial. Por favor, podemos continuar a discutir como iniciou seu envolvimento com o projeto Salmão no Iêmen?

PM: Foi um daqueles dias de notícias ruins que a gente às vezes tem. Foi quando o negócio do Iêmen apareceu pela primeira vez. Não consigo lembrar o que aconteceu. Acho que alguém tinha pendurado um mapa de cabeça para baixo e bombardeado um hospital no Irã no lugar de um campo de treinamento de guerra no deserto iraquiano. Não era o ideal sob o ponto de vista de apresentação, por isso fiz o que em geral faço. Troco e-mails com um pequeno grupo de amigos e pessoas esclarecidas no MREC e em um ou dois outros departamentos, e então mandei o habitual "Alguém tem uma boa matéria para mim?"

Em geral o que recebo me obriga a dar um duro danado para transformar em algo aproveitável. O senhor sabe, a inauguração de uma nova usina de tratamento de esgoto no sul de Basra, com uma foto de um general de pé ao lado de uma fossa. O Conselho Britânico mandou um grupo de dança folclórica em excursão ao Triângulo Sunita. É difícil vender esse tipo de matéria em uma entrevista coletiva — alguns de meus colegas de profissão andam bem cínicos hoje em dia. Mas a matéria vendeu-se sozinha. Herbert Berkshire, do MREC, telefonou-me e disparou:

— O que acha da idéia de pescar salmão? No Iêmen?

— Como é que é? — perguntei como resposta. Lembro-me de ter apanhado um atlas escolar que nunca fica muito longe da minha mesa de trabalho nestes dias de política externa ética. Nos tornamos éticos em tantos lugares que começo a me arrepender de não ter estudado mais geografia na escola. Dei uma folheada no atlas e ele mais ou menos abriu-se sozinho no Oriente Médio. Sim, lá estava o Iêmen, e sim, quase todo amarelo e marrom. — É um deserto — expliquei. — Ninguém vai encontrar muito salmão por lá.

Não entendo nada de pesca de salmão. Gosto de críquete, de dardo, de futebol, de dançar salsa e de outras coisas que ajudem a manter a boa forma física. Pesca de salmão! Não é isso que velhos com bonés de tweed e calças de borracha fazem debaixo de chuva na Escócia?

— É isso mesmo — confirmou Herbert. E contou-me sobre o xeique Muhammad do Iêmen. Disse que o xeique sempre tinha sido pró-britânico. Possuía uma propriedade na Escócia e tinha uma base de poder no Iêmen que incluía uma parcela de rendimento de petróleo. Dinheiro é um elemento-chave nessas situações. Se houver um baú de dinheiro em algum lugar, em algum projeto, você o esvazia quase que antes de começar. Herbert contou-me que o xeique tinha paixão pela pesca, em especial pela pesca de salmão. Tinha uma teoria estranha de que a pesca é um esporte que traz efeitos tranqüilizadores e benéficos às pessoas, e queria que seu próprio povo no Iêmen usufruísse desse benefício. Segundo Herbert, o xeique de fato acreditava nisso. — Devo confessar que tudo me pareceu uma *grande* bobagem, mas quem se importava? A história daria uma boa matéria. Ele queria gastar um monte de dinheiro com engenheiros de pesca britânicos que trabalhassem em um projeto para semear os cursos d'água iemenitas com salmão escocês. Com salmão vivo, quero dizer. Acreditava que se gastasse o dinheiro necessário conseguiria criar condições para que o salmão pudesse ser pescado durante a estação chuvosa no Iêmen.

Herbert disse que o xeique tinha tanto vontade quanto dinheiro para fazer algo acontecer. O homem queria gastar dinheiro financiando um projeto desenvolvido por um órgão do Departamento de Meio Ambiente e Agricultura, chamado Centro Nacional para a Excelência da Pesca. Eu nem lembrava mais de que essa divisão ainda existia; pensei que tivéssemos remanejado todas as suas subvenções de financiamento para um programa de construção de piscinas em áreas carentes povoadas por minorias étnicas. Lembro-me de ter feito uma anotação mental para verificar o assunto mais tarde. Meu ponto de vista era "peixe não vota". Quando é que as pessoas entenderiam uma coisa simples como essa?

Falei para Herbert que aquilo não daria certo.

— Vejo um D de desastre estampado no projeto — argumentei.

— Pense um pouco — insistiu. Começou a enumerar suas idéias e pude vê-lo com os olhos da minha mente estendendo os dedos da mão esquerda e dobrando-os para trás um a um com o indicador da mão direita. É uma coisa irritante que ele faz sempre nas reuniões, como se fosse um professor. — Um: as notícias que chegam da região são cada vez piores e não pegam bem para o governo. É a chance de conseguir uma foto nas primeiras páginas que *mostre* as palavras "Oriente Médio" na legenda e *não mostre* corpos. Dois: acabamos de restabelecer nossas relações diplomáticas com o Iêmen após recentes incidentes terroristas em que grupos iemenitas estiveram envolvidos. É uma oportunidade de sermos construtivos e abrir um diálogo novo e não-político com o país. Podemos mostrar água com peixes nadando em um país desértico. Não importa se dará certo ou não. O importante é que possa parecer que funciona, ainda que por apenas cinco minutos. Colocamos alguns peixes em um uádi, tiramos fotos e seguimos em frente.

— A idéia é boa, Herbert — admiti.

— Três: o presidente do Iêmen não tem participação no projeto, nem seu governo; é uma iniciativa privada. O gabinete e o chefe podem se envolver ou não, como queira. O Ministério das Relações Exteriores não precisa se envolver. Seu gabinete pode decidir apoiar ou não a idéia, dependendo de como as coisas lhe parecerem quando der uma olhada mais de perto. Mas poderia ser ótimo o primeiro-ministro ter condições de aparecer promovendo algo científico, algo esportivo, algo cultural, como isso. E há uma história incrível sobre como as idéias e a ciência ocidental podem transformar o severo ambiente desértico e a vida das pessoas que nele vivem. Acho que deve procurar seu chefe.

Quanto mais eu pensava, mais gostava da idéia. Era ganhar ou ganhar.

— Herbert, obrigado pela sugestão. Gostei. Vou levá-la ao chefe — como eu gostaria de ter desligado na cara dele quando pronunciou "pesca de salmão" pela primeira vez.

I: Quer dizer que seu interesse inicial pelo projeto do salmão foi puramente por razões políticas?

PM: Claro, política é o que faço. Não era pago para pensar em peixes; era pago para pensar sobre o que faria o chefe parecer um bom político. De todo modo, foi assim que começou. Escrevi para o primeiro-ministro e ele entendeu tudo de imediato. Não fez perguntas. Apenas disse: "Vá em frente, Peter. Excelente trabalho", ou algo parecido, e depois tive de correr. Em nossa primeira exposição à imprensa nos desequilibramos um pouco. Isto é, saiu alguma coisa no *Yemen Observer*. Como é que eu poderia prever? Depois o *International Herald Tribune* pegou a história e de lá ela foi direto para os jornais do Reino Unido, depois vieram os tablóides. Então tivemos de agir, manter controle dos fatos, garantir que a história adquirisse a nossa versão. Viu a entrevista no noticiário da manhã, não viu? Agora estou muito cansado. Não quero responder a mais nenhuma pergunta hoje.

I: Para seu conhecimento, não estou desligando o gravador.

10

Transcrição de entrevista com o primeiro-ministro, Sua Excelência o senhor Jay Vent, no *The Politics Show*, da BBCI

Andrew Marr [*na tela, para a câmera*]: Hoje abordaremos a questão da pesca de salmão, o que representa uma mudança interessante. Mais especificamente, conversaremos com o primeiro-ministro Jay Vent sobre a pesca de salmão no Iêmen. No início da semana falei com o primeiro-ministro sobre o assunto em seu gabinete, no número 10 da Downing Street.

Imagem do número 10 da Downing Street. Primeiro-ministro e Andrew Marr sentados em poltronas colocadas frente a frente, uma mesa com um vaso de flores entre elas.

AM: Primeiro-ministro, a idéia da pesca de salmão no Iêmen não é por si só um pouco visionária?

JV: Você sabe, Andy, às vezes alguém aparece com uma idéia que é improvável, porém heróica, verdadeiramente heróica. Acho que é o que acontece neste caso, com meu velho amigo, o xeique Muhammad. Ele tem uma visão.

AM: Muita gente, talvez por não conhecer muito bem o projeto, o descreveria mais como uma alucinação do que uma visão.

JV [*para a câmera*]: Sim, Andy, talvez para alguns a idéia soe um pouco maluca, mas não podemos temer as inovações. Meu governo jamais descartou idéias novas, desafiadoras, você sabe. Você sabe, Andy, se tivesse sido repórter quando o primeiro navio foi construído com ferro e não com madeira...

AM [*para a câmera*]: Às vezes parece que estou fazendo este trabalho há um longo tempo, primeiro-ministro.

JV: Muito bem, Andy. Parece que entendeu o que eu quis dizer. O que quis dizer foi que é provável que tenha parecido maluquice alguém dizer "Vou construir meu próximo navio de ferro e não de madeira". É provável que tenha parecido maluquice alguém dizer "Vou fazer este cabo atravessar o Atlântico e mandar mensagens telefônicas através dele". As pessoas riram, Andy. Agora, no entanto, o mundo mudou para melhor e tudo porque essas pessoas tiveram idéias heróicas, avançadas.

AM: Sim, primeiro-ministro, é tudo muito interessante, mas essas foram grandes invenções que mudaram a vida de milhões de pessoas. A pesca de salmão no deserto parece mais um esporte para uma minoria. Não é dinheiro demasiado a ser gasto por nenhuma boa razão em particular? Por que seu governo apóia um projeto aparentemente tão bizarro?

JV: Andy, não acho que seja essa a pergunta que deveria fazer.

AM: [*inaudível*]

JV: Acho que a pergunta que deveria fazer é sobre o que podemos realizar para melhorar a vida daquelas pessoas aflitas que vivem no Oriente Médio...

AM [*interrompe*]: Bem, talvez, primeiro-ministro, mas não foi essa a pergunta que acabo de fazer. A pergunta...

JV [*interrompe*]:... e não acha, Andy, que é pelo menos um pouquinho especial que estejamos sentados aqui conversando sobre mudanças em um país do Oriente Médio e na vida de seu povo para muito melhor [*câmera no primeiro-ministro*], sem mencionar envio de tropas, helicópteros e aviões de caça britânicos? Sim, fizemos isso no passado, porque nos pediram para fazer, alguém nos pediu e então não tivemos escolha. Mas agora é diferente. Desta vez, despacharemos nossos peixes.

AM: Então a exportação de salmão vivo para o Iêmen é agora uma política oficial do governo?

JV: Não, não, Andy. Nem tudo o que faço ou digo é política oficial do governo. Seus companheiros dos meios de comunicação atribuem a mim todos os tipos de poder, mas a vida não é exatamente assim. A política governamental oficial é, em última instância, o que diz respeito ao Parlamento. Não, estou apenas partilhando com você meu ponto de vista pessoal de que o projeto Salmão no Iêmen é especial e o considero merecedor de algum tipo de apoio e incentivo. Não é a mesma coisa que apoio oficial do governo, Andy.

AM: E por que o senhor apóia pessoalmente esse projeto, primeiro-ministro? Que atrativo especial vê na pesca de salmão no Iêmen quando há tantas outras crises políticas e humanitárias que demandam sua atenção?

JV: Andy, você tem razão quando diz que há naquela região uma lista infindável de problemas que precisam ser resolvidos. E nenhum governo dedicou tanto do seu tempo a questões globais do tipo que você menciona quanto o meu. Mas o que há de tão especial na pesca de salmão no Iêmen? O projeto não seria um modo especial de progredir? Não é uma forma de intervenção muito mais branda e tolerante e de algum modo... mais transformadora? Água no deserto? Não é um símbolo poderoso de...

AM: [*inaudível*]

JV: ...de um tipo diferente de progresso? Membros de tribos iemenitas junto a um córrego, com caniços de pesca na mão, à espera de que a noite chegue. Não é uma imagem mais interessante de retermos na memória do que um tanque em um cruzamento qualquer de Fallujah? Locais para defumar salmão à beira dos uádis. A introdução de um esporte brando e tolerante que promova a união entre nós e nossos irmãos árabes de um modo novo e profundo. Um caminho distante da confrontação.

Tudo isso será conseguido com a ajuda de cientistas do Reino Unido. E mais uma coisa: somos líderes mundiais em engenharia de pesca. Graças à política deste governo. Se conseguirmos introduzir salmão no Iêmen, onde mais poderemos fazê-lo? No Sudão? Na Palestina? Quem sabe quantas novas oportunidades de exportação este projeto abrirá, e não apenas para cientistas, mas para nossos fabricantes com padrão de classe mundial de equipamentos, roupas de pesca e moscas para a pesca de salmão.

Assim, como vê, Andy, talvez o projeto seja um pouco maluco, como diz. E talvez, apenas talvez, dê certo.

AM [*vira-se para a câmera, o primeiro-ministro fora do campo de visão*]: Obrigado, primeiro-ministro.

11

Continuação da entrevista com Peter Maxwell

Interrogador: Aquela entrevista indicou o apoio oficial do governo ao projeto do salmão?

PM: Pelo amor de Deus, não. O chefe era inteligente demais para ser acusado disso. Não, o que ele estava tentando fazer era criar um clima de aprovação para o projeto e passar a impressão de que gostava, pessoalmente, da idéia. Essa declaração teve excelente efeito. Foi destaque nos noticiários daquela noite e assim se manteve por vários dias de uma forma ou outra.

Não consigo lembrar do resto da entrevista, mas me recordo dessa passagem porque escrevi grande parte dela na noite anterior, sentado à mesa da cozinha no andar térreo da casa do primeiro-ministro, esvaziando uma garrafa de um chardonnay australiano com Jay. E lembro-me das cartas que recebemos nas semanas seguintes de todos os fabricantes de varas de pescar e de roupas impermeáveis para pesca. Poderíamos ter abastecido metade do gabinete com as amostras grátis que recebemos. Aliás, acho que abastecemos.

Jay atraiu a atenção da mídia com aquela entrevista. Tínhamos contado a história ao nosso modo. Conseguimos bons artigos de fundo no *Daily Telegraph* e no *The*

Times. Houve até uma matéria no *Guardian*, que foi apenas um pouco condescendente, mas não chegou a ser negativa. De repente, as reportagens sobre cadáveres no Oriente Médio passaram a ocupar as páginas quatro e cinco. As primeiras páginas falavam de peixe e até os suplementos e encartes apresentavam matérias sobre pesca, elogiavam esse esporte fantástico e comentavam sobre os personagens incríveis que eram os pescadores. Inclusive entrevistaram o guia de pesca do xeique na Escócia, Colin McPherson. Eu mesmo conversei com ele em um determinado momento. Falarei sobre isso mais tarde. Não consegui entender uma palavra do que o homem disse; imagino que os jornalistas também não e que simplesmente inventaram as entrevistas.

O ponto importante que quero salientar aqui é que, de repente, Jay começou a acreditar no que lia. Começou a acreditar que a idéia era dele, que sempre tinha sido idéia dele, exatamente como diziam os jornais. Penso que acreditava pela metade, embora nunca tenha aparecido para dizer em alto e bom som que procurou o xeique Muhammad ibn Zaidi em alguma recepção ou coquetel no número 10 da Downing Street e perguntou "Então, Muhammad, já pensou algum dia em pescar salmão? No Iêmen?" Isso aconteceu uma ou outra vez em algumas das estratégias que bolei para Jay. Ele as assumiu, e tudo acabou sendo idéia de Jay, iniciativa dele. Nunca me importei. Fazia parte do jogo. Criar a história, depois recuar para a retaguarda.

Posso pedir mais uma caneca de chá? Estou com sede. E mais alguns daqueles biscoitos, por favor?

A entrevista foi interrompida. A testemunha ficou agitada após consumir biscoitos recheados de creme e demonstrou incoerência. A entrevista recomeçou após um intervalo de quatro horas.

PM: Foi decidido pelo alto escalão que eu assumiria o projeto, garantiria que alguma coisa seria feita e que sabíamos bem quem eram os participantes e de onde vinham. No momento certo levaríamos a matéria de volta às manchetes, conseguiríamos a foto oportuna para o primeiro-ministro e veríamos qual o próximo passo a dar.

Durante algum tempo não aconteceu muito mais coisa. Pedi um relatório ao chefe do CNEP, um tal David Sugden. Ele me procurou e fez uma apresentação de uma hora em PowerPoint num dia de muito trabalho; falou sobre cronogramas, prioridades e prazos, mas na verdade pareceu não ter conhecimento de nada. Por isso tirei-o do circuito e eu mesmo fiz contato com a pessoa que estava de fato executando o trabalho, um profissional de nome Jones.

E: Foi a primeira vez que se comunicou diretamente com o Dr. Jones?

PM: Foi a primeira vez que nos encontramos. Devo confessar que não fiquei muito entusiasmado logo que o vi. Não me pareceu o tipo de homem dado a brincadeiras. O Dr. Jones, no entanto, tinha mais bom senso do que seu chefe. No início, deu-me a impressão de ser um pouco pedante, e quando veio encontrar-se comigo em Downing Street tratei-o com rispidez, só para que ficasse sabendo quem estava no comando. Depois de algum tempo, no entanto, percebi que ele não era tão ruim. Esse era apenas o jeito dele, aliado a uma boa dose de apreensão por se encontrar em meu escritório, no coração do poder no Reino Unido. Pareceu-me uma pessoa brilhante. Acho que era honesto, também, de modo ingênuo. Sob o ponto de vista político, não passava de um inocente, claro.

Depois de ouvi-lo resumir o trabalho que o CNEP tinha feito com relação ao projeto, que era basicamente conceitual, interrompi-o quando começou a falar sobre níveis de oxigênio dissolvido e estratificação da água e perguntei:

— Fred, isso vai dar certo? As futuras gerações de iemenitas pescarão salmão nos cursos d'água durante as chuvas de verão?

Pestanejou, olhou-me com ar surpreso e respondeu:

— Devo confessar que acho que não.

Perguntei por que estávamos fazendo tudo aquilo, já que essa era a sua opinião.

Ele fez uma pausa, pensou por um momento e depois respondeu com as seguintes palavras, se bem me lembro:

— Sr. Maxwell, tenho me feito a mesma pergunta muitas vezes ao longo das últimas semanas. Na verdade não sei a resposta. Acredito que haja mais de uma resposta, de todo modo.

— Tente algumas — sugeri, inclinando a cadeira para trás e colocando os pés sobre a mesa.

Dr. Jones contou-me, então:

— Em primeiro lugar, embora o projeto provavelmente não tenha sucesso, talvez também não fracasse. Talvez consigamos algum resultado, como uma pequena migração de salmões rio acima na época de cheia. Isso por si só seria tão extraordinário que bastaria para justificar todo o esforço que estamos concentrando no projeto... desde que, claro, não precisemos defender o que estamos fazendo em termos econômicos. E não precisamos. O xeique Muhammad tem sido liberal com seu dinheiro. Não questiona, reage favoravelmente às solicitações de recursos e aos custos excessivos assinando mais um cheque, e o projeto até agora excedeu em muito a estimativa original. Em segundo lugar, aconteça o que acontecer, o projeto terá realizado um avanço nas fronteiras da ciência. Entenderemos muitas coisas que desconhecíamos antes de iniciá-lo. Não apenas sobre peixes, mas sobre a adaptabilidade de espécies a novos ambientes. Neste sentido, já fizemos uma conquista.

— Depois, também — prosseguiu Dr. Jones —, há algo de visionário com relação ao xeique Muhammad. Para ele, não é uma questão de pesca, apenas. Talvez, em um determinado nível, nem tenha a ver com pesca, mas com fé.

— Agora você me deixou perdido, Fred — retruquei.

— O que quero dizer — explicou o Dr. Jones, tirando os óculos e polindo-os com um lenço branco e limpo — é que o que o xeique quer fazer é demonstrar que as coisas podem mudar, que não há impossibilidades absolutas. Na sua idéia, é uma forma de demonstrar que Deus pode fazer qualquer coisa acontecer, se quiser. O projeto Salmão no Iêmen será apresentado pelo xeique como um milagre de Deus, se for bem-sucedido.

— E se fracassar?

— Nesse caso, mostrará a fraqueza do homem e que o xeique é um pobre pecador indigno de seu Deus. Disse-me isso muitas vezes.

Seguiu-se um silêncio. Não ligo muito para essas coisas de religião, mas o chefe talvez goste, e rabisquei para mim mesmo algumas anotações para comentarmos mais tarde. Enquanto anotava, o silêncio continuou e quase esqueci que o Dr. Jones estava presente. Então ele sobressaltou-me com uma pergunta.

— Alguma vez já se encontrou com o xeique Muhammad, Sr. Maxwell?

Abanei a cabeça.

— Não, Fred, nunca. Mas estou pensando que talvez agora devesse encontrá-lo. Consegue organizar uma ida nossa à casa do xeique na Escócia, assim que possível?

— Acho que sim — confirmou Dr. Jones. — Ele volta ao Reino Unido hoje à noite. Tentarei conversar com ele pela manhã e darei notícias em seguida.

— Fale com minha secretária quando sair e verifique minha disponibilidade.

O Dr. Jones pôs-se de pé e falou com voz tranqüila.

— Sr. Maxwell, o xeique não é cidadão do Reino Unido. É um homem muito simples. Das duas uma: ou ele vai querer vê-lo ou não. Se decidir que sim, mandará seu avião, e se o senhor embarcar, ele o encontrará. Caso contrário, não o incomodará mais com o assunto.

Quando virou-se para sair, falei:

— Obrigado pela informação, Fred. — Imaginei que voltaria, porém retirou-se sem mais uma palavra.

I: Quando voltou a encontrar-se com Dr. Jones?

PM: Daqui a pouco respondo. Acabo de lembrar-me de outra coisa, que aconteceu tão logo Dr. Jones deixou meu escritório. Ainda não consigo acreditar que foi assim que tudo aconteceu. Eu jamais deveria ter me envolvido. Assim que Jones começou a falar sobre o xeique, sobre fé e tudo aquilo, eu deveria ter encerrado a entrevista, fechado a pasta e recomendado ao chefe que desistisse. Afinal de contas, o que tínhamos conseguido até aquele momento? Uma pequena reportagem para manter os jornais satisfeitos, a oportunidade de uma foto com alguma diferença? Culpo-me o tempo todo. Devia ter seguido à risca nossa agenda e não me deixado distrair. Pesca de salmão no Iêmen? O que isso faz pela lista de espera por uma vaga nos hospitais, pelos atrasos nos trens ou pelos congestionamentos que bloqueiam os cruzamentos? Quantos iemenitas estão registrados para votar nos principais colégios eleitorais de nosso partido? Era isso que eu deveria ter me perguntado se estivesse fazendo meu trabalho. Mas não me perguntei. Ao contrário, permaneci sentado, mastigando a ponta da esferográfica e sonhando acordado. Pensei no tranqüilo Dr. Jones dizendo: "Talvez, em um determinado nível, não tenha a ver com pesca, mas com fé." O que ele quis dizer com isso? O que fé significa de fato? Tenho fé em meu partido e em meu chefe. Como a pesca de salmão se encaixa nisso? Tudo bobagem. Fé é para nosso arcebispo de Canterbury e suas congregações cada vez menores. Fé é para o papa. Fé é para cientistas cristãos. Fé é para os povos abandonados no século passado e nos anteriores. Não faz parte do mundo moderno. Estamos vivendo em uma era secular. Vivo no coração do mundo secular. Colocamos nossa fé em fatos, em números, em estatísticas e em metas. A apresentação desses fatos e estatísticas é nossa tarefa, e conquistar votos é nosso propósito. Sou um guardião de nossa pureza de propósito. Somos os administradores racionais de uma democracia moderna, tomando as decisões mais favoráveis para salvaguardar e melhorar a vida de cidadãos ocupados que não têm tempo para resolver as coisas por si.

Lembro-me de ter imaginado que aquilo daria um discurso. Tirei a esferográfica da boca e comecei a refletir, pensando que poderia fazer algumas anotações para antecipar-me ao chefe. E, enquanto refletia, sonhei acordado.

I: Quer registrar um sonho como parte de sua prova?

PM: Estou tentando contar o que aconteceu. Eu mesmo ainda procuro entender.

Sentei-me em minha escrivaninha e, mesmo acordado, tive um sonho, tão nítido quanto se o estivesse assistindo no noticiário da Sky. O chefe e eu estávamos de pé na margem de um rio largo e pouco profundo, um rio onde muitas correntes cristalinas e cintilantes serpenteavam ao redor de ilhas de cascalho ou se precipitavam sobre pedras arredondadas. Ao longo das margens algumas poucas palmeiras balançavam suas frondes. Adiante do rio, montanhas de perturbadora selvageria e beleza erguiam-se abruptamente para o céu de um azul tão escuro que era quase indescritível como cor. O chefe e eu estávamos em mangas de camisa e senti o calor como uma chama acesa em meu rosto e antebraços. Ao nosso redor havia homens de túnicas brancas ou coloridas, homens altos e magros com turbantes de cores vivas e rostos escuros barbados, que apontavam na direção do rio. Em meu sonho, ouvi o chefe dizer: "Logo a água irá brotar nos uádis. E então o salmão migrará."

12

Correspondência por e-mail entre David Sugden, do CNEP, e o Sr. Tom Price-Williams, responsável pelo setor de pesca da Agência Ambiental

De: David.Sugden@ncfe.gov.uk
Data: 1º de setembro
Para: Tom.Price-Williams@environment-agency.gov.uk
Assunto: Salmão no Iêmen

Tom,

Como sabe, o projeto Salmão no Iêmen recebeu apoio semi-oficial do Ministério das Relações Exteriores e do primeiro-ministro. Deve saber também que um de meus colegas examinou o projeto seguindo algumas orientações minhas. Ele agora pediu-me que investigue junto à Agência Ambiental qual a melhor maneira de se conseguir salmão vivo para o projeto.

Por favor, considere esta correspondência informal e confidencial no presente estágio, mas estamos preparando uma solicitação para que a agência nos forneça dez mil salmões do Atlântico vivos que serão embarcados para o Iêmen em algum momento no próximo ano (datas a serem acordadas).

É evidente que cabe à agência informar qual o melhor modo de se conseguir isso, porém eu diria... se você aceitar a sugestão de um velho amigo!... que deve pensar em capturar uma percentagem acordada da média da migração dos salmões de vários dos principais rios ingleses e galeses e transportá-los para um centro de coleta que prepararíamos para esse fim específico com tanques de armazenamento projetados especialmente.

Desse modo, nenhum rio perderia uma proporção significativa de sua captura total e tenho certeza de que a maior parte da comunidade pesqueira ficaria satisfeita por contribuir para um projeto tão inovador e original.

É claro que estou fazendo contato com a Agência Escocesa de Proteção Ambiental, com os departamentos responsáveis pelos rios da Escócia e com a Comissão do rio Tweed para pedido semelhante. Talvez seja necessária uma reunião para decidir quantos salmões serão coletados de cada rio.

Um abraço,

David

De: Tom.Price-Williams@environment-agency.gov.uk

Data: 1º de setembro

Para: David.Sugden@ncfe.gov.uk

Assunto: Re: Salmão no Iêmen

David,

Não consigo pensar em um pedido menos aceitável do que o contido em seu último e-mail. Já imaginou a gritaria que teríamos na comunidade pesqueira e entre os proprietários de estabelecimentos ligados à pesca na

Inglaterra e no País de Gales... sem falar na reação de meus próprios colegas... se você me procurasse formalmente nos termos que propõe? A sugestão do rei Herodes de que o primogênito de todas as famílias na Palestina fosse morto seria considerada uma ofensiva leve comparada à proposta do CNEP. Você talvez não tenha idéia do tamanho do sentimento acalentado por clubes de pesca e pescadores em geral (para não falar em meus colegas de repartição) diante dos salmões que correm em seus rios, com os quais, imagino, têm muitas vezes uma ligação mais forte do que com os próprios filhos.

Minha vida não valeria a pena se sua proposta chegasse a vir a público, não que eu por um minuto sequer tenha considerado a espoliação de rios ingleses do salmão nativo para ser despachado para um deserto do Oriente Médio. Você precisa lembrar que a missão desta agência e do meu departamento é proteger o meio ambiente e conservar nossos estoques de peixe, não exportá-los. Realmente, não consigo imaginar que alguém aqui, em qualquer nível, aceitaria tal pedido, a não ser amparado por um ato do Parlamento, e mesmo assim é provável que renunciássemos todos no mesmo instante.

Como conseguiu se envolver nessa história?

Tom

De: David.Sugden@ncfe.gov.uk

Data: 2 de setembro

Para: Tom.Price-Williams@environment-agency.gov.uk

Assunto: Re: Re: Salmão no Iêmen

Tom,

Fiquei desapontado com sua resposta ao meu último e-mail, e considerei-a bastante petulante e até irracional, se me permite a franqueza. Talvez a esta altura você já tenha colocado a questão em perspectiva. Dez mil salmões não representam um sacrifício grande demais por uma causa apoiada pelo primeiro-ministro e trarão grandes benefícios às relações internacionais. A perda desses peixes pode ser facilmente compensada pela produção de uma de suas incubadoras.

Repito, para ter certeza de que você entende meu ponto de vista, *o projeto tem o apoio do primeiro-ministro.*

David

De: Tom.Price-Williams@environment-agency.gov.uk

Data: 2 de setembro

Para: David.Sugden@ncfe.gov.uk

Assunto: (sem assunto)

David,

Então seria melhor o primeiro-ministro mandar um ou dois regimentos também, se quer nossos salmões. De qualquer forma, ele só conseguiria isso passando por cima do meu cadáver.

Tom

13

Trechos extraídos do diário do Dr. Alfred Jones: seu retorno a Glen Tulloch

3 de setembro

Chovia hoje de manhã quando voltei a Glen Tulloch. Ao chegarmos, o céu estava cinzento e claustrofóbico. A névoa começava a descer e o chuvisco batia sem cessar contra as janelas. Estava muito escuro. Hoje as luzes ficaram acesas o tempo todo dentro de casa, mesmo durante o dia. E eu continuava chateado com a ida de Mary para a Suíça. Sentia uma desolação como nunca antes havia sentido. Lembrei-me da antiga canção "Chovendo em meu coração". Foi assim que me senti o dia inteiro, como se chovesse em meu coração.

Ficou acertado poucos dias atrás que eu acompanharia Peter Maxwell em uma visita a Glen Tulloch para um encontro com o xeique Muhammad, como pedira o Sr. Maxwell. Pegamos um avião para Inverness e de lá nos levaram de carro até o xeique e, claro, o xeique não estava. Tinha se atrasado em Sana'a, perdera a conexão em Riyadh, ou algo parecido. Passei um longo tempo olhando pelas janelas enquanto esperávamos que o xeique voltasse. Do lado de fora, no gramado verde e uniforme que reluzia sob a chuva fina que caía sem trégua do céu cada vez mais carregado, havia 12 ou mais iemenitas com roupas brancas longas e vistosos turbantes cor de esmeralda. Cada um tinha na mão um caniço de pescar salmão de quatro metros e, como observei, estavam sendo treinados pelo *gillie*, Colin McPherson, na arte de arremessar uma linha. Parecia que recebiam instruções sobre a técnica do Spey duplo. Houve muita risada entre os homens quando metros e metros de linha se enrolaram em suas pernas, braços e pescoços. Um deles parecia em perigo iminente de ser estrangulado. Colin observava com ar que variava entre severo e ameaçador. Através do vidro eu via o movimento de sua boca transmitindo instruções, mas não conseguia ouvir as palavras. Um dos iemenitas devia estar traduzindo para ele. Peguei-me imaginando se seria fácil essa tarefa. Como se diria "Jogue a linha na água" em árabe?

— O que esses idiotas estão fazendo? — perguntou Peter Maxwell, mal-humorado. Era óbvio que não estava acostumado a esperar pelos outros.

— Colin está tentando ensinar-lhes a arremessar — expliquei. Peter Maxwell sacudiu a cabeça com ar incrédulo, atravessou a sala até uma grande mesa redonda e começou a folhear uma *Country Life*, fixando-se nos anúncios.

— Onde acha que o xeique está? — perguntou, empurrando abruptamente a revista para longe. — Quanto tempo ele vai nos deixar esperando desse jeito?

— Tenho certeza de que chegará daqui a pouco — afirmei. — É provável que agora já tenha aterrissado em Inverness.

— Ele sabe quem sou? Você não deixou claro... — Ouvimos um som macio, um farfalhar de tecido.

— Cavalheiros, Sr. Maxwell, desculpem-me por tê-los feito esperar. Bem-vindos à minha casa.

O xeique estava parado no vão da porta. Apresentei Peter Maxwell, embora fosse evidente que o xeique sabia quem ele era, e em seguida me afastei, sentindo-me isolado e infeliz, enquanto os dois conversavam.

Chovia em meu coração. Os versos banais da canção ecoavam na minha cabeça e não me deixavam em paz. Sentia um vazio no peito desde que Mary viajara para Genebra. E enquanto minha obrigação era pensar nos problemas do projeto Salmão no Iêmen, problemas tão vastos e complexos que deveriam ter ocupado cada minuto de meu tempo, gastado minha última caloria e meu último átomo de energia, eu pensava em Mary.

Quando Mary partiu para a Suíça ficou um vácuo na minha vida.

Sempre me considerei uma pessoa sensível, equilibrada. Quando preenchíamos nossas avaliações anuais de desempenho no trabalho precisávamos escrever sobre nossos colegas. Sei que na hora de meus colegas escreverem sobre mim, a primeira palavra que colocavam era sempre "equilibrado". A segunda era "sensível". Às vezes eu era descrito como "dedicado". Essas palavras eram o retrato verdadeiro do Dr. Alfred Jones que um dia fui.

Ainda me lembro de meu primeiro encontro com Mary. É uma lembrança que tem povoado minha mente com freqüência desde que ela foi embora. Freqüentamos Oxford na mesma época, já quase no final da década de 1970. Foi durante um encontro da Sociedade Cristã da Universidade de Oxford que nos conhecemos, quando cursávamos o primeiro período. Era uma noite de vinhos e salgadinhos, excelente oportunidade de socialização para aqueles de nós que acreditavam não ter tempo para ir a festas todos os dias. Lembro-me de ter reparado em Mary pela primeira vez quando a vi de pé junto à porta com um copo de vinho branco na mão, lançando um olhar de avaliação pelo recinto. Ela parecia... não sei mais o que ela parecia. Uma jovem de traços marcantes, magra, intensa, suponho... tanto quanto é agora. Não mudou muito com o passar dos anos, nem fisicamente nem em qualquer outro aspecto.

Viu-me com um copo de refrigerante, deu um sorriso e perguntou:

— Não confia no vinho?

— Tenho um ensaio para acabar de ler ainda esta noite — justifiquei.

Olhou-me com aprovação.

— Sobre o que está lendo?

— Biologia marinha. Estou me especializando em engenharia de pesca. E você?

— Sou economista — respondeu. Não disse "estou estudando economia" ou "um dia quero ser economista". Na sua cabeça, já se tornara o que queria ser. Fiquei impressionado.

— É seu primeiro período? — perguntei.

— É.

— Está gostando?

Mary tomou um gole de vinho e olhou-me por cima da borda do cálice. Lembro-me daquele olhar, equilibrado, desafiador.

— Não acho que gostar seja relevante. Se me perguntasse como estou me saindo, responderia que com uma ajuda de custo de quarenta libras por mês estou achando difícil, mas não impossível. Minha idéia é que se não conseguir controlar um valor tão pequeno eu realmente não deveria estar estudando economia. Afinal de contas, economia começa em casa. E você, está gostando do que faz? Sei pouco de zoologia. Imagino que seja um assunto relevante e de grande valor.

Sabe que quase todas as outras garotas que cursam o mesmo ano que eu na universidade liam literatura inglesa ou história? Por que será?

E então saímos. Jantamos fora naquela noite, em um lugar bem barato. Mary falou sobre seu desejo de escrever uma tese sobre o padrão ouro e eu discorri, receio que em minúcias excessivas, sobre a possibilidade de um dia os grandes rios industriais da Inglaterra se tornarem limpos de novo e a migração de salmões voltar a acontecer.

No fim do período de verão estávamos saindo juntos com regularidade e por isso não fiquei muito surpreso quando Mary sugeriu que eu a levasse a um baile de final de ano letivo. Foi talvez um pouco estranho para Mary fugir de sua habitual frugalidade e gastar dinheiro com um vestido de festa novo (ainda que em uma loja de segunda mão) e com cabeleireiro. Mas isso, como tudo na vida de Mary, fazia parte do plano.

Fomos com um grupo de amigos, jantamos e dançamos juntos. Passamos a maior parte da noite sob o toldo colocado no pátio interno da faculdade. O DJ tocou inúmeras vezes ao longo da noite a mesma música, "I'm Not in Love", do 10CC.

Em determinado momento, já de manhã cedinho, percebi que Mary e eu estávamos de certa forma sozinhos em uma mesa, separados de todos os amigos com os quais tínhamos ido. Mary olhava-me com mais intensidade do que de hábito. Tínhamos bebido muito mais vinho do que estávamos acostumados e ficáramos acordados até bem mais tarde do que era usual para qualquer um de nós. Tive aquela sensação leve, ardente, que pode dominar alguém em tais circunstâncias. Uma sensação de irrealidade combinada com a de que tudo é possível, às vezes com resultados inesperados. Mary estendeu o braço até o lado oposto da mesa e segurou minha mão. Não era a primeira vez que fazia isso e tínhamos inclusive nos beijado uma ou duas vezes, porém uma demonstração emocional desnecessária não era coisa que ela aprovasse inteiramente.

— Fred — começou. — Nos damos bem, não acha?

Por algum motivo a observação deixou-me nervoso. Lembro-me de que senti a garganta começar a secar.

— Sim, muito bem, claro.

— Temos tantas coisas em comum. Nós dois acreditamos em trabalho duro. Nós dois acreditamos no poder da razão. Somos ambos vencedores, cada um à sua maneira. Você é mais acadêmico; eu, mais ambiciosa em um sentido terreno. Quero ir para o mundo financeiro e você quer se tornar cientista profissional. Queremos da vida muitas das mesmas coisas. Formamos uma grande equipe. Não acha que tenho razão?

Comecei a ver aonde aquilo poderia levar. A sensação de irrealidade que eu sentira mais cedo se fortalecia, e eu falava, sentia e pensava como se estivesse em um sonho.

— Sim, suponho que tenha, Mary.

Ela apertou minha mão.

— Posso até me imaginar passando o resto da vida com você.

Eu não sabia o que dizer, mas ela falou por mim.

— Se me pedisse para casar com você...

O DJ tocava de novo "I'm Not in Love" e perguntei a mim mesmo o que significariam aquelas palavras. A verdade é que eu não sabia nada sobre amor do mesmo modo como não sabia nada sobre medo da morte ou viagens espaciais. Era algo com que nunca tinha me deparado ou, se tivesse, não soubera qual a utilidade. Significava que eu não estava apaixonado, ou que estava e não sabia? Lembro-me de que tive a impressão de estar à beira de um enorme precipício, cambaleando em direção ao abismo.

Eu sabia que precisava dizer alguma coisa, e então senti a pressão do pé de Mary contra o meu, insinuando outras possibilidades, por isso perguntei:

— Mary, quer casar comigo?

Ela abraçou-me e respondeu:

— Sim, que boa idéia!

Houve uma explosão de alegria por parte de alguns de nossos amigos nas mesas vizinhas, que tinham percebido ou sido avisados do que acabara de acontecer.

Claro que o nosso noivado foi sensato. Concordamos que não poderíamos nos casar até que estivéssemos ambos formados e empregados e que nossos salários combinados tivessem chegado a mais de 4 mil libras por ano. Mary calculara (como ficou provado, acertadamente) que essa importância seria suficiente para pagar o aluguel de um pequeno apartamento em algum subúrbio de Londres, mais um empréstimo para uma ou outra viagem, uma semana de férias por ano e outros gastos. Muito antes do Excel da Microsoft, Mary tinha programas intuitivos no cérebro que lhe permitiam ver o mundo em números. Era minha protetora e minha guia.

Casamo-nos na capela da faculdade de Mary pouco mais de um ano após a formatura dela.

Tivemos um casamento estável durante muitos anos, pelo menos na aparência. Não tivemos filhos porque Mary achava, e nunca discordei dela, que precisávamos investir em nossas carreiras primeiro e só quando elas tivessem chegado a um determinado estágio, em nossa família. O tempo, no entanto, seguira seu curso e ainda não tínhamos filhos.

Sem esforço ela conquistou altos cargos no banco; para Mary não havia barreira intransponível. Consegui uma boa reputação como engenheiro de pesca e, embora com o passar dos anos eu ficasse muito atrás de Mary em termos de remuneração, sabia que ela respeitava minha integridade e meu crescente respeito no meio científico.

E depois, tão lentamente quanto a luz diminui em uma tranqüila noite de inverno, algo sumiu de nosso relacionamento. Digo isso de maneira egoísta. Talvez eu tenha começado a procurar algo que, em primeiro lugar, nunca existira: paixão, romance. Ouso dizer que, ao chegar aos 40 anos, tive a sensação de que de algum modo a vida passava sem que eu a tivesse aproveitado. Sequer experimentara as emoções que para mim tinham em grande parte vindo da leitura de livros ou da televisão. Suponho que se havia algo insatisfatório em nosso casamento era a minha percepção de que a realidade permanecia imutável. Talvez eu tenha passado da infância para a vida adulta depressa demais. Em um minuto eu estava abrindo rãs no laboratório de ciências da escola, no minuto seguinte já trabalhava para o Centro Nacional para a Excelência da Pesca e contava a população de mexilhões de água doce nos leitos dos rios. Em algum momento entre essas duas etapas algo ficara para trás: a adolescência, talvez? Algo imaturo, tolo, ainda que cheio de emoção, como aquelas canções favoritas de que eu me lembrava vagamente, como se tocadas em uma rádio distante, quase longe demais para entender a letra. Eu tinha dúvidas, anseios, mas não sabia por que nem para quê.

Sempre que tentava analisar nossas vidas e falar sobre isso com Mary, ela dizia: "Querido, você está a caminho de se tornar uma das maiores autoridades no mundo em larvas de tricópteros. Não permita que alguma coisa o desvie disso.

Você talvez seja pago inadequadamente... com certeza em relação a mim você é... mas excelência em qualquer campo é uma façanha que não tem preço."

Não sei em qual momento nossas idéias começaram a divergir.

Quando contei para Mary sobre o projeto, isto é, sobre a possibilidade de introduzir o salmão no Iêmen, alguma coisa mudou. Se houve um momento definidor em nosso casamento, foi esse. Parecia irônico, em um certo sentido. Pela primeira vez na vida eu fazia algo que poderia trazer-me reconhecimento internacional e que com certeza melhoraria minha situação — eu poderia viver durante anos apenas do circuito de palestras, se o projeto fosse bem-sucedido, ainda que pela metade.

Mary não gostou dessa história. Não sei de qual parte não gostou: do fato de eu talvez me tornar mais famoso do que ela, do fato de eu inclusive poder passar a ganhar mais do que ela. A possibilidade a deixava contrariada. Acho que o que ela realmente pensava era que eu estava disposto a fazer o papel de bobo: associar-me para sempre a um projeto ridicularizado pela comunidade científica como fraudulento e infundado, ficar marcado para sempre como um fracassado que se desviara do caminho da virtude pelo fascínio de orçamentos ilimitados, aparecer em seu registro funcional como uma mancha negra. "Mary Jones é uma colega íntegra. Pena que o marido tenha se tornado um charlatão em busca de publicidade. Isso poderia ter implicações negativas de relações públicas para o banco. Talvez fosse melhor deixá-la de lado desta vez."

Sim, é por isso que preciso escrever sobre Mary. Quando me mandaram trabalhar para o xeique, mandaram-me para longe do casamento. Ela viu uma oportunidade em Genebra e, com crueldade característica, aceitou. Ou talvez esse tenha sido o plano o tempo todo e ela decidiu que chegara o momento de fazer algo a respeito.

E eu poderia gostar ou apenas tolerar.

E ainda escrevo como se não a amasse. Devo tê-la amado, porque quando ela foi embora senti um grande vazio.

Nosso casamento não acabou, apenas tornou-se um casamento via e-mail. Comunicamo-nos com regularidade. Ela não pediu o divórcio, não sugeriu que vendêssemos o apartamento, nada disso. Ela está em Genebra, eu em Londres, e não temos planos de nos encontrar no futuro próximo. Sinto, enquanto faço estas anotações, que minha vida não tem sentido agora. E se ela não tem sentido, talvez tudo ao longo dos últimos quarenta anos tenha sido uma perda de tempo. Agora, enquanto escrevo meu diário, eu mesmo sinto-me como um diário deixado na chuva, do qual a umidade desbotou as palavras escritas à tinta com má caligrafia, o registro de milhares de dias e noites, deixando apenas uma página em branco e encharcada.

14

Entrevista com o Dr. Alfred Jones: seu encontro com o Sr. Peter Maxwell e o xeique Muhammad

Interrogador: Descreva as circunstâncias da entrevista do Sr. Peter Maxwell com o xeique Muhammad.

Dr. Alfred Jones: Não foi exatamente uma entrevista. *Isto* que estamos fazendo aqui é o que eu chamaria de entrevista, com todas as intermináveis perguntas que seus camaradas querem fazer. Não sei para que servirá tudo isso.

I: É claro que gostaríamos de conduzir estas entrevistas em clima amigável e de cooperação, Dr. Jones. Mas podemos fazer tudo de modo muito diferente, o senhor sabe.

AJ: Bem, eu não disse que não iria cooperar, mas quero falar sobre o encontro do meu próprio jeito. Foi há muito tempo, como o senhor sabe. Nem sempre consigo me lembrar de todos os detalhes.

I: O senhor conta do jeito que quiser. Mas não deixe escapar nada.

AJ: Farei o possível. Se bem me lembro, após a chegada do xeique, ele e Peter Maxwell tiveram uma conversa em particular. Não fui incluído. Era assunto político, imagino, e eu era um simples engenheiro de pesca. Fui deixado sozinho por uma ou duas horas. Pelo que consigo me lembrar, subi para o meu quarto e fiz anotações no meu diário, do qual o senhor mesmo já se serviu. Não me recordo palavra por palavra do que escrevi, mas sei que estava me sentindo muito deprimido. Era um dia sombrio e minha sensação era de infelicidade. Minha esposa não tinha exatamente me abandonado, mas parecia que sim.

Nem mesmo Harriet foi considerada importante o suficiente para ser incluída naquela parte dos procedimentos, embora estivesse por perto. Estava em Glen Tulloch antes de Maxwell e eu chegarmos.

I: Harriet? Está se referindo à Srta. Chetwode-Talbot?

AJ: Claro. Mais tarde fomos chamados ao escritório do xeique e compreendi que esperavam que eu fornecesse um relatório formal para o xeique sobre o andamento do projeto Salmão no Iêmen até aquela data. Eu não estava disposto a fazê-lo. Alguns dias antes, recebera alguns e-mails de meu chefe, David Sugden, que indicavam um obstáculo fundamental. David me dissera que coordenaria o setor de abastecimento do projeto, isto é, o abastecimento de salmões do Atlântico vivos. É evidente, como sempre, que ele não tinha idéia do que estava dizendo. Não tinha noção de onde conseguiríamos os salmões.

I: Então foram ao escritório do xeique? Quem participou do encontro?

AJ: Sim, fomos ao escritório do xeique e nos sentamos em torno de uma mesa de mogno comprida. Mais parecia uma mesa de jantar do que de escritório, e a única coisa na sala que lembrava um escritório era uma grande escrivaninha com um monitor de plasma em um canto. Malcolm, o mordomo, serviu chá a todos em xícaras de porcelana, em seguida retirou-se e o xeique fez um sinal para que eu começasse a falar. Esforcei-me ao máximo, então, para dar-lhe informações atualizadas. Peter Maxwell disse-nos que estava ali como "observador". Aparentemente já contara ao xeique sobre o apoio e o entusiasmo do primeiro-ministro com relação ao projeto, mas repetiu a informação para que Harriet e eu a ouvíssemos, e o xeique murmurou algumas palavras de agradecimento. Em seguida Maxwell recostou-se na cadeira com ar entediado e impaciente enquanto eu fazia meu relato.

— Os tanques para o transporte de salmão foram projetados e testados. Estamos usando Husskinnen, um especialista finlandês em engenharia ambiental, para fazer o trabalho de viabilidade e teste. Em termos gerais, estamos satisfeitos com nossas estimativas de custo e acreditamos que o salmão sobreviverá à viagem sem tensão excessiva por vibrações ou ruídos, já que o projeto isola o tanque dos peixes da própria aeronave.

Tiquei um item na minha lista e olhei ao redor à espera de perguntas. Fora o xeique, Harriet Chetwode-Talbot e Peter Maxwell eram as únicas outras pessoas na sala, e àquela hora Malcolm já saíra. Os três se mantiveram calados.

— Analisamos as amostras de água que nos mandaram do uádi Aleyn e dos aqüíferos. É obvio que preciso levar uma equipe até lá para ter uma idéia exata das condições e dos desafios que enfrentaremos, porém as amostras iniciais não sugerem fatores... à exceção de calor extremo e falta de oxigênio dissolvido... que possam representar uma ameaça ao salmão.

Peter Maxwell pegou seu Blackberry e começou a examinar os e-mails.

— O projeto dos tanques de armazenamento está agora na quinta revisão, xeique, e lamento dizer que nossa estimativa de custo inicial parecia um pouco otimista. Há um provável excedente de vinte por cento sobre nosso orçamento original para esta fase. A empresa de engenharia Arup está encarregada dessa parte do projeto.

"Em termos gerais, tencionamos fazer uma série de tanques de concreto adjacentes ao uádi. Eles se encherão com água da chuva e os níveis serão mantidos por água adicional bombeada do aqüífero. Os tanques serão parcialmente cobertos por uma tela de alumínio que permitirá a entrada de um pouco de sol, mas refletirá a maior parte do calor e isso deve ajudar a manter a temperatura da água dentro de um limite administrável. Para completar, teremos mecanismos de troca de calor ao longo das paredes dos tanques para ajudar a retirar o excesso de calor. Precisamos assegurar um equilíbrio entre manter os salmões confortáveis e garantir que o gradiente de temperatura quando eles entram no curso d'água não seja excessivo. Teremos fontes ao redor das paredes do tanque a fim de assegurar que haja oxigênio dissolvido na água para manter os peixes vivos. É interessante mencionar que tanto a Air Products quanto a BOC ofereceram o equipamento de oxigenação a um preço abaixo do custo, já que querem publicidade. Precisaremos de permissão oficial para instalar esses tanques e presumo que também será necessário fazer uma avaliação de impacto ambiental.

Com um leve gesto o xeique indicou o absurdo e a irrelevância de uma avaliação de impacto ambiental. Então atingi a parte do projeto que mais me preocupava.

Era um obstáculo real. Não conseguirmos pegar nenhum salmão. Acho que já lhe contei que a confiança de David de que conseguiria garantir essa parte do projeto tinha sido depositada na pessoa errada.

I: Vimos os e-mails mais relevantes.

AJ: Então sabe como David conseguiu irritar em curtíssimo espaço de tempo a maioria das pessoas que poderiam ter nos ajudado. Tínhamos conversado com agências ambientais e com a Agência Escocesa de Proteção Ambiental e não conseguimos encontrar um único rio na Inglaterra, no país de Gales ou na Escócia em condições de nos permitir retirar dele um único salmão que fosse. Lembro-me de ter visto Tom Price-Williams, a pessoa com quem falei na agência ambiental, empalidecer quando fiz essa sugestão em um dos encontros aos quais David me mandou... para tentar acalmar a situação depois de ele já ter provocado uma confusão generalizada.

— Tirar salmão de seus próprios rios e mandá-los para a Arábia Saudita? — perguntou Tom. — O senhor não conhece a comunidade pesqueira. Prefeririam vender seus filhos para servirem de escravos.

— Para o Iêmen, na verdade — retruquei.

— Até pegariam em armas — continuou. — Preocupam-se mais com aqueles peixes do que com qualquer outra coisa. Eu não excluiria um conflito armado se tentássemos coisa semelhante.

Expliquei toda a situação para o xeique. Peter Maxwell ergueu os olhos do Blackberry e o xeique franziu a testa. Harriet já sabia, uma vez que eu lhe contara no avião. Havia mais notícias ruins. Ainda que a agência ambiental ou a Agência Escocesa de Proteção Ambiental nos permitisse retirar alguns salmões de alguns dos rios mais abundantes, havia outro obstáculo crucial.

Aqueles salmões jovens nunca terão saído para o mar e se os criarmos até ficarem bem desenvolvidos, seus instintos os impulsionarão a procurar água salgada, onde todos os salmões passam de dois a três invernos antes de voltar para seus rios de origem no intuito de desovar. Assim, corremos o risco de gastar milhões para criar salmões desde a fase juvenil, mandá-los para o Iêmen e descobrir que quando os soltamos nos cursos d'água, em vez de nadar rio acima eles podem, por assim dizer, dobrar à esquerda rumo ao oceano Índico e sumir para sempre. Isso arruinaria o projeto como um todo.

Prossegui:

— O que fizemos a seguir, então, foi discutir com as agências ambientais a possibilidade de capturar, no seu retorno, os salmões que tivessem crescido no Tyne, no Tweed ou no Spey, se tornado adultos e voltado a seus rios para desovar. As agências se recusaram terminantemente a sequer considerar a hipótese. Em primeiro lugar, capturar salmões adultos e depois exportá-los para o Oriente Médio seria uma infração ao dever legal das agências que protegem este tipo de pescado. Seria necessário um ato do Parlamento que fizesse emendas em suas atribuições para poder tomar tal medida. E, como disse Tom, com certeza haveria uma revolta popular.

— Não chegaremos a esse ponto — retrucou Peter Maxwell. Ele agora acompanhava a discussão, e as palavras "ato do Parlamento" o tinham feito endireitar-se na cadeira e ficar de orelhas em pé como uma lebre. — Essa opção não existe.

— Estou certo que não — concordei — e, de todo modo, as agências não requereriam tal coisa. O outro problema que estas agências enfrentariam caso esse curso de ação fosse sugerido, seria um conflito por parte da comunidade pesqueira. Nenhum pescador do país permitiria que um salmão que está voltando ao seu rio original e que ele espera pescar fosse capturado e despachado para o Iêmen antes de ele ter a chance de tentar pegá-lo. Isso simplesmente não aconteceria.

— Além disso — Peter Maxwell me interrompeu —, o principal objetivo do governo em relação ao projeto é conquistar a boa vontade do Oriente Médio. Serei inteiramente franco quanto a isso, xeique Muhammad. E isso só pode ser conseguido se, ao mesmo tempo em que lutamos por ela, não criamos igual ou maior quantidade de má vontade em nossa própria casa. Má vontade entre eleitores. Assim, o resultado é que precisamos de outra solução ou descartamos o projeto.

Houve silêncio ao redor da mesa. Harriet olhou para os papéis sobre sua escrivaninha e permaneceu calada. Peter Maxwell observou os rostos de cada um, como se desafiasse alguém a contestá-lo.

— Sr. Maxwell — arriscou o xeique com voz branda —, é óbvio que o projeto prosseguirá, e é óbvio que será bem-sucedido. Tenho grande confiança no Dr. Alfred. Se ele me procura com um problema, sei que já terá encontrado a solução. Não é assim, Dr. Alfred?

— É, claro — confirmei. — Tenho uma solução. Mas não estou certo se gostará dela.

I: E qual foi essa solução?

AJ: Chegarei lá. Após a reunião subimos para os quartos, tomamos banho, trocamos de roupa e descemos para jantar.

I: Peter Maxwell disse mais alguma coisa durante o jantar, que o senhor se lembre?

AJ: Não me parece que as pessoas tenham falado muito naquela noite. Jantar era uma ocasião formal, silenciosa. Malcolm nos serviu, colocando-se delicadamente atrás de nossas cadeiras e oferecendo-nos o que eu me lembrava de minha última visita a Glen Tulloch: a mais deliciosa comida acompanhada dos melhores vinhos. Para mim, poderia haver cinzas no meu prato, vinagre no meu cálice. Mal toquei na comida, e tomei meu vinho sem sentir o gosto. Nem Peter Maxwell teve muito a dizer após uma ou duas tentativas malsucedidas de encorajar o xeique a falar sobre seus sentimentos de amizade para com o Reino Unido.

Vi Harriet olhar-me uma ou duas vezes e percebi que minha expressão talvez deixasse transparecer parte da angústia que sentia. Nunca fui muito bom para esconder meus sentimentos. Por um momento não se ouviu som algum à exceção do tinido dos talheres. O xeique não se incomodava que alguém falasse ou deixasse de falar; não sentia necessidade de distrair nem de ser distraído. O tipo de conversa social de que precisamos, como precisamos de ar para respirar, era estranho para ele. Havia coisas a serem discutidas ou não. Havia histórias a serem contadas ou não.

Peter Maxwell não conseguia suportar a situação. Eu percebia que ele gostava de ser o centro das atenções, e uma ou duas tentativas de puxar conversa, dessa vez principalmente com Harriet, tinham dado em nada.

Por fim, falou:

— Xeique, como sabe, o primeiro-ministro é apaixonado por pesca. Seria um pescador fanático se algum dia tivesse um pouco de tempo livre.

O xeique sorriu.

— Lamento essa falta de tempo. Deve ser muito triste gostar tanto de alguma coisa e nunca conseguir aproveitá-la.

— Bem, o primeiro-ministro é uma pessoa muito ocupada. Tenho certeza de que o senhor entende. No entanto, se conseguir levar adiante o projeto do salmão, ele ficará satisfeitíssimo com a oportunidade de vê-lo em funcionamento.

— Seu primeiro-ministro será muito bem-vindo se algum dia conseguir um tempo livre — respondeu o xeique.

— O que de fato quero dizer — prosseguiu Peter Maxwell — é que um convite oficial seu em uma data mais próxima do lançamento do projeto seria avaliado com muita atenção pelo número 10.

— Quem é esse número 10? — perguntou o xeique, fingindo estar confuso.

— Pelo gabinete do primeiro-ministro, foi o que quis dizer.

— Claro, o primeiro-ministro será muito bem-vindo em qualquer ocasião. Basta avisar, que o receberemos em nossa modesta casa e ele poderá juntar-se a nós e desfrutar sua paixão pela pesca por quanto tempo sua vida atribulada lhe permitir ficar. O senhor também será muito bem-vindo, Sr. Maxwell. Também é apaixonado por pesca?

— Não sei pescar — respondeu o Sr. Maxwell. — Nunca tive tempo de experimentar. Gostaria de ir, assim mesmo. Posso considerar que recebemos seu convite para assistir à inauguração do projeto Salmão no Iêmen, qualquer que seja a data?

— Claro, claro — confirmou o xeique. — Será uma grande honra.

— E, xeique — observou Peter Maxwell —, é claro que não sei quanto tempo Jay terá até analisarmos as datas com o senhor, mas acredita que se eu lhe propuser algumas datas ainda livres na agenda dele, podemos programar o lançamento do projeto em função delas?

— O Dr. Alfred e a Srta. Harriet Chetwode-Talbot são os guardiões do projeto, Sr. Maxwell, e é com eles que deve falar a respeito de datas e acertos desse tipo.

Peter Maxwell olhou-me e disse:

— Você me manterá informado, Fred? — Era uma ordem, não uma pergunta. Em seguida virou-se para o xeique e completou: — Uma última coisa, xeique. Jay... isto é, o primeiro-ministro... acredita que seria excelente para o projeto se ele pudesse ser fotografado ao seu lado com uma vara de pescar na mão. Talvez pudéssemos organizar para que ele pegue um salmão, ou algo assim, enquanto estiver lá. Imaginamos que talvez ele consiga voar para Sana'a, apanhar um helicóptero até o local, passar uns vinte minutos com a equipe do projeto, trocar alguns apertos de mão para fotos, apresentar algum tipo de premiação, em seguida vinte minutos com seu pessoal... isto é, com o senhor, xeique, e algumas das pessoas que vimos no gramado mais cedo hoje... todos com varas de pescar na mão. Poderíamos ter mais algumas fotos em grupo. Seria ótimo se todos vestissem roupas tribais completas, com *jambias* e tudo. Talvez Jay pudesse se apresentar, o senhor entende, como se fosse membro honorário da tribo...

Senti meu rosto corar por culpa de Peter Maxwell, porém o xeique apenas sorriu e fez um sinal com a cabeça.

— E o primeiro-ministro conseguirá dispor de vinte minutos para pegar um salmão comigo?

— Teremos de organizar a agenda, mas sim, precisamos de uma boa foto de Jay pescando um salmão. Talvez o primeiro salmão apanhado na península arábica. Seria uma excelente publicidade para o projeto. Claro, permitiríamos que o senhor usasse as fotos em todo o seu material publicitário.

— Às vezes demora um pouco mais para pegar um peixe — observou o xeique. — Mesmo aqui, em Glen Tulloch, onde temos muitos salmões, pode levar horas ou dias até que um seja apanhado.

— Deixo essa parte para o Fred — decidiu Peter Maxwell. — É ele o especialista em salmão. Mas veja bem, Fred, o primeiro-ministro estará esperançoso de fisgar um peixe. Não me interessa saber o que você fará; só quero é que garanta que isso vai acontecer.

Apenas olhei-o com atenção, mas o xeique falou antes que eu pudesse dizer o que gostaria de mandar Peter Maxwell fazer.

— Tenho certeza de que Dr. Alfred encontrará um modo de deixar seu primeiro-ministro satisfeito. Se ele for apaixonado por pesca, como o senhor afirma, ficará feliz com o que quer que aconteça, e terei um grande prazer em saudá-lo no uádi Aleyn, em dar-lhe as boas-vindas como nosso hóspede, e em pescar com ele em nosso novo rio. Talvez o Dr. Alfred possa encontrar um peixe para ele. Será como Deus quiser.

— Ótimo — exclamou Peter Maxwell. — Consideramos o projeto uma idéia excelente, xeique, muito criativa e inovadora, e o primeiro-ministro está contente que o senhor utilize engenheiros e cientistas britânicos para conseguir seus objetivos. Queremos muito participar, para que a nação iemenita possa compreender que nós, britânicos, somos aliados solidários, pró-democracia e pró-pesca, prontos a partilhar nossa tecnologia para ajudar os pescadores do Iêmen a realizar seus sonhos.

Olhou ao redor da mesa como se tivesse proferido um discurso, para ver o efeito sobre nós. Suponho que tenha sido mesmo uma espécie de discurso. O xeique fez um gesto com a cabeça e explicou:

— Não sou uma pessoa política, Sr. Maxwell, apenas desejo partilhar o prazer da pesca de salmão com alguns membros de minha tribo e mostrar-lhes o que pode ser feito se houver fé suficiente.

— Com sua fé e nossa tecnologia teremos salmões pulando por todo lado — afirmou Peter Maxwell — e o senhor pode esperar muitos turistas abastados, gastadores, beneficiando-se do projeto Salmão no Iêmen, tenho certeza. Isso pagará seu investimento muitas vezes. Agora, se me dá licença, tenho alguns e-mails para responder antes de dormir. — Pegou seu Blackberry e subiu para seus aposentos.

— Não acredito que o Sr. Maxwell tenha nos entendido bem — afirmou o xeique após a saída de Peter. — Mas talvez um dia Deus se revele a ele e o ajude a compreender.

Permanecemos os três sentados um pouco mais enquanto as velas na sala de jantar se consumiam. Estar com o xeique Muhammad tinha um efeito tranqüilizador sobre mim, sobretudo agora que estávamos sem a abrasiva presença de Peter Maxwell. Por um momento, ninguém falou.

Perguntei a mim mesmo se o xeique diria mais alguma coisa sobre Peter Maxwell, pois embora não tivesse dado a menor demonstração, eu estava certo de que não gostava dele. No entanto, surpreendeu-me ao olhar para mim e dizer:

— O senhor parece triste, Dr. Alfred.

Eu não sabia o que responder. Corei de novo e fiquei grato que à luz das velas a mudança de cor do meu rosto provavelmente não estava visível. Vi Harriet desviar o olhar do xeique para mim, decidida.

— Oh... não é nada. Alguns problemas em casa, só isso — expliquei.

— Alguma doença na família?

— Não, não, nada disso.

— Então não me conte, pois não me diz respeito. Mas lamento ver sua tristeza, Dr. Alfred. Prefiro vê-lo com espírito tranqüilo e com o coração e a mente voltados para o nosso projeto. Precisa aprender a ter fé, Dr. Alfred. Acreditamos que a fé seja a cura para todos os problemas. Sem fé não há esperança e não há amor. A fé vem antes da esperança e antes do amor.

— Receio não ser muito religioso — argumentei.

— Não pode saber — retrucou o xeique. — O senhor nunca olhou para dentro de si e se perguntou. Um dia, talvez, algo acontecerá que lhe fará formular a pergunta. Acho que ficará surpreso com a resposta que receberá.

Sorriu, como se percebesse que a conversa se tornava um pouco profunda para aquela hora da noite e então fez um gesto com uma das mãos. Malcolm materializou-se vindo não sei de onde e me deu um susto, pois eu estava absorto no que o xeique dizia, sem compreendê-lo. O mordomo deve ter permanecido nas sombras da sala de jantar, observando-nos, talvez ouvindo-nos. Puxou a cadeira para trás quando o xeique se ergueu. Harriet e eu nos levantamos na mesma hora.

— Boa noite — despediu-se o xeique. — Que o sono lhes traga paz de espírito. — Em seguida, sumiu.

Harriet e eu subimos a escada lado a lado, devagar e em silêncio. No patamar ela virou-se para mim:

— Fred, se houver alguma coisa sobre a qual queira falar com alguém... fale comigo. Posso ver que nem tudo está bem com você. Espero que conte comigo como amiga. Também não quero que se sinta infeliz. — Ela se inclinou e beijou-me no rosto. Senti seu perfume agradável. Suas mãos roçaram nas minhas por um instante. Então virou as costas e se afastou.

— Obrigado — falei, enquanto ela seguia pelo corredor na direção de seu quarto. Não sei se me ouviu.

Pensei por um instante sobre minha vida enquanto tirava a roupa em meu quarto. Estava aquecido e o fogo ainda queimava fraco na lareira. Pendurei no guarda-roupa meu traje a rigor emprestado, vesti o pijama igualmente emprestado e, após escovar os dentes, enfiei-me no meio dos lençóis brancos de linho da enorme cama macia.

Que noite estranha tinha sido aquela.

Lembro-me de ter pensado, deitado na cama, que tudo sobre minha vida era estranho naquele momento. Estou velejando em águas inexploradas e minha vida antiga é uma costa distante, ainda visível através da neblina da retrospecção, porém recuando até se transformar em uma linha cinzenta no horizonte. O que existe adiante, não sei. O que dissera o xeique? Senti o sono chegar depressa e as palavras que me vieram à mente, o último pensamento que tive ainda acordado, foram para ele, mas também pareciam vir de algum outro lugar: "A fé vem antes da esperança e antes do amor."

Há muito tempo não dormia tão bem como dormi naquela noite.

I: Descreva como encontrou os salmões.

AJ: Não é a minha lembrança mais feliz. O helicóptero fretado foi nos buscar após o café-da-manhã do dia seguinte e o xeique, Harriet, Peter Maxwell e eu embarcamos e afivelamos os cintos. As hélices começaram a girar e então, em um momento, os telhados cor de cinza e os gramados verdes e macios de Glen Tulloch deslizavam em sentido oblíquo abaixo de nós. Voamos no meio de velozes nuvens de chuva e sobre os pântanos marrons adiante das casas, que se elevavam gradualmente até se transformar em montanhas íngremes.

Então o helicóptero encontrou uma seqüência de lagos na direção sudoeste. Acho que deve ter sido o Great Glen. Nuvens baixas roçavam no helicóptero e de tempos em tempos encobriam a visão até que de repente o céu clareou e pareceu que estávamos voando rumo a um sol brilhante. Abaixo de nós, agora, lençóis de água alternavam-se com os verdes e os marrons de promontórios, e vi que estávamos perdendo altitude e nos aproximando da costa de um lago de água salgada. Vi de relance as estruturas que esperava enxergar abaixo de nós.

Aterrissamos em um estacionamento de carros próximo a alguns trailers. Por trás deles havia um píer com dois barcos amarrados, e mais adiante estruturas de metal cintilavam no lago sob a luz do sol. Quando os rotores pararam de girar, a porta de um dos trailers se abriu e duas pessoas com roupas impermeáveis e capacetes vieram nos saudar.

Quando já estávamos no solo o primeiro deles gritou, na tentativa de se fazer ouvir por cima do ruído do motor.

— Dr. Jones? Dr. Alfred Jones?

O piloto desligou os motores e respondi.

— Sou eu. Archie Campbell?

— Isso mesmo, sou eu. Bem-vindo às Fazendas McSalmon Aqua, Dr. Jones.

Apresentei-lhe Peter Maxwell, Harriet e o xeique. O xeique usava boina, um colete estilo militar com dragonas e calças cáqui de treinamento. Harriet e eu vestíamos casacos de tecido impermeável e calças jeans. Peter Maxwell usava uma capa impermeável branca por cima do terno e parecia, pensei, o detetive particular de um filme ruim.

Archie Campbell apontou atrás dele para as gaiolas presas nos lagos.

— Quer fazer um tour?

— Essa era a idéia.

Entramos no trailer e nos ofereceram xícaras de café solúvel quente. Depois Archie Campbell começou:

— Bem, em primeiro lugar quero explicar-lhes o que fazemos aqui. Criamos os melhores e mais frescos salmões que o dinheiro consegue comprar. Não acreditem no que lhes dizem. Não há nada de errado com o salmão criado em cativeiro. E pelo menos os senhores sabem por onde eles andaram, não é como os selvagens, que poderiam ter nadado por qualquer lugar!

Archie deu uma gargalhada sonora para mostrar que fazia uma brincadeira. Na parede da cabine havia um gráfico laminado que mostrava os diferentes estágios da criação de salmão em cativeiro: os viveiros de água doce onde as matrizes eram criadas para se tornar alevinos, depois filhotes; as gaiolas onde os salmões jovens eram soltos e criados até a fase desenvolvida; as grandes gaiolas mais adiante na água salgada do lago onde eram colocados até se tornar salmões maduros. Archie nos explicou tudo isso e depois, quando ficou óbvio que já era o suficiente para ele, sugeriu um passeio de barco.

Havia um barco de pesca adaptado amarrado a um píer; subimos e ele lentamente acelerou até o meio do lago. Agora que estávamos perto conseguíamos ver que as estruturas metálicas eram uma série de toras que formavam a parte de cima de gaiolas profundas presas ao leito do rio. A água no interior desse cercado estava agitada, fervilhando com a desesperada movimentação de dezenas de milhares de peixes, todos querendo ir para algum outro lugar. A cada poucos segundos um peixe pulava da água como se tentasse escapar ou alcançar alguma escada para peixes ou ainda subir correndo uma queda d'água que seus instintos ou suas lembranças diziam que deveria estar ali. Eu mal conseguia olhar. Ali estavam criaturas cujos mais profundos instintos as impulsionavam a nadar rio abaixo até sentir o cheiro da água salgada do oceano e em seguida encontrar as áreas de alimentação de seus ancestrais no extremo norte do Atlântico, onde viveriam pelos próximos dois ou três anos. E então, por um milagre ainda maior, retornariam para o sul, numa viagem que passaria pela foz de todos os rios onde elas poderiam ter nascido, até que algo as faria voltar ao norte mais uma vez à procura das águas costeiras até cheirar ou sentir de algum outro modo as águas fluviais que levavam ao lugar onde tinham sido geradas. Mas esses salmões passavam suas vidas inteiras em uma gaiola a poucos metros de profundidade e com poucos metros de largura.

— Veja esses filhotinhos — disse Archie Campbell, com voz simpática. — Olhe os exercícios que conseguem fazer. Não me diga que não são exatamente iguais a salmões selvagens.

A água ao redor das gaiolas estava turva por efluentes, e entulho de todo tipo flutuava por perto. O xeique olhou ao redor com crescente aflição. Depois virou-se para mim.

— É esse o único modo? O único modo?

— Sim — afirmei. — O único modo.

— E quantos vai querer, Dr. Jones? — perguntou Archie Campbell.

— Ainda estamos estudando os números. Pense em termos de cinco mil, se puder.

— É um pedido grande. Precisamos de um prazo.

— Sei disso — afirmei.

No vôo de volta para Glen Tulloch o xeique ficou calado durante algum tempo. Eu sabia que não era essa a situação que ele imaginara. Imaginara peixes prateados que tivessem voltado das águas batidas pelas tempestades do Atlântico Norte, parecendo pinturas, avançando miraculosamente pelas águas do uádi Aleyn. Não imaginara essas criaturas marinhas infestadas de parasitas, nascidas e criadas no equivalente a uma prisão gigantesca.

Mas isso era o que iríamos precisar usar: não havia outra solução. Por fim, o xeique deu um sorriso amargo e virou-se para Peter Maxwell.

— O senhor percebe, Sr. Maxwell, como nosso projeto responde aos desejos de seu governo? Como se encaixa em seus planos de ação? Libertaremos esses salmões do cativeiro. Daremos a eles a liberdade. E lhes daremos uma escolha. Soltaremos todos eles nas águas do uádi e eles poderão escolher se querem pegar o caminho que vai ao mar ou o caminho para as montanhas. Acho muito democrático, concorda comigo?

Peter Maxwell, lembro-me bem, mordeu o lábio e não respondeu.

15

Peter Maxwell é entrevistado para a coluna “Time Off” do *Sunday Telegraph* de 4 de setembro

Uma série ocasional de artigos publicados na Sunday Telegraph Magazine, *em que Boris Johnson entrevista figuras públicas conhecidas para descobrir o que fazem em seu tempo livre. Esta semana é a vez de Peter Maxwell, diretor de comunicação do gabinete do primeiro-ministro em Downing Street.*

Boris Johnson: Peter, vai me dizer que nunca tem um tempinho livre, certo?

Peter Maxwell: Boris, você está absolutamente certo. Quase nunca tenho. Esse é o problema com meu trabalho. Preciso estar disponível 24 horas por dia, sete dias na semana. Seja no escritório ou em viagem, preciso estar conectado. A maior parte do dia assisto ao vivo tudo que é mostrado por pelo menos três canais de notícias e recebo talvez duas centenas de e-mails em meu Blackberry. E ainda tenho as reuniões. Você não acreditaria se eu lhe dissesse de quantas reuniões sou obrigado a participar. Essa é apenas uma semana normal de trabalho, Boris, e minha semana de trabalho não acaba antes da noite de domingo e em geral recomeça segunda-feira cedo. Mas é quando o inesperado acontece, o que é uma constante, que a pressão vem para valer.

BJ: Você quer dizer "imprevistos, meu rapaz, imprevistos"?

PM: Não estou entendendo, Boris.

BJ: Harold Macmillan disse isso uma vez.

PM: Então Harold sabia o que estava dizendo.

BJ: Mas pelo menos imagine que tivesse alguns dias livres ou algumas horas que fossem. O que faria com eles? Pensaria em férias?

PM: Há muito tempo não tiro férias de verdade, Boris. Meus colegas sempre me sugerem que as tire, mas não acredito que algum deles tenha a mínima idéia do que aconteceria se eu não estivesse lá para cuidar de seus interesses. Cheguei a ir a Ibiza, uma vez, passar um fim de semana, e acho que gostaria de voltar se algum dia tivesse tempo.

BJ: E o que me diz de tempo para um pouco de exercício?

PM: Bem, como você decerto sabe, sou fanático pela boa forma e por isso, se consigo algumas horas de folga, quase sempre as dedico ao exercício físico. Acredito que todos saibam que adoro dançar salsa. O que talvez pouca gente saiba é que participei das finais de um concurso no distrito de Islington dois ou três anos atrás. Não estou dizendo que tenho a pretensão de ser o melhor na salsa, mas imagino que não esteja fazendo tudo errado, pois quase ganhei a Taça Salsa do Norte de Londres.

BJ: Algum outro esporte ou atividade recreativa desse tipo o atrai?

PM: O chefe e eu jogamos tênis às vezes...

BJ: O chefe é o primeiro-ministro, suponho.

PM: Isso mesmo.

BJ: E quem ganha?

PM: Bem, Boris, acho que meu emprego correrá risco se eu lhe disser!

Agora falando sério, estamos mais ou menos no mesmo nível, o que é ótimo. Acredito que quando você tem um trabalho intenso dentro de um escritório, quando fica ao telefone ou na frente do computador o tempo inteiro, por exemplo, qualquer coisa que o tire dali e conduza sua mente para longe das pressões e estresses diários só pode lhe fazer bem.

BJ: *Mens sana in corpore sano*... esse tipo de coisa, não é mesmo?

PM: Não estou entendendo de novo, Boris.

BJ: Existe algum outro interesse fora do trabalho sobre o qual possa nos falar, Peter, além do esporte?

PM: Gosto muito de música. Claro que gosto de salsa, nem é preciso dizer. Mas gosto de música clássica, também. A "Cavalgada das Valquírias" é uma das minhas favoritas absolutas. Acho uma peça fabulosa, muito evocativa.

BJ: O que exatamente ela lhe evoca?

PM: Sempre penso na maravilhosa cena de *Apocalipse Now* em que alto-falantes tocavam a música nos helicópteros de combate ao mesmo tempo em que jogam napalm em um vilarejo vietcongue. Um momento de fato comovente da história do cinema, e a música combina bem com ele.

BJ: Avançamos um bocado desde aquela época, não é mesmo, Peter? Isto é, jogar napalm em vilarejos insurgentes não é uma coisa que faríamos hoje, não é verdade?

PM: Estamos nos desviando do assunto, Boris?

BJ: Talvez. E leitura? Tem algum livro preferido?

PM: O *Hansard*, com a transcrição dos debates no Parlamento.

BJ: E obras de ficção? Romances, coisas assim?

PM: Na verdade, não. Romances não me dão grande prazer. Admiro as pessoas que conseguem organizar tão bem suas vidas que arrumam tempo para se acomodar em uma poltrona e ler algumas páginas de um romance. Eu, no entanto, não tenho tempo. Parece que tenho a mente inquieta, Boris, e ler um romance sempre me pareceu um desperdício terrível das horas que passo acordado.

BJ: Mas há um boato, Peter, que já deve ter chegado aos seus ouvidos, segundo o qual você está escrevendo um livro...

PM: Bem, biografia política é um gênero que leio quando tenho tempo. Quanto a escrever um livro sobre mim mesmo e minha passagem pela política, pode ser que em algum momento no futuro, quando estiver menos ocupado que agora, eu ache interessante olhar para trás e refletir sobre coisas que aconteceram durante minha vigília. Venho exercendo um cargo muito interessante nos últimos anos, no olho do furacão, Boris, e já vi e ouvi demais. Com certeza tenho material para um livro se algum dia tiver tempo de escrevê-lo. Mas não seria sobre mim, Boris, porque sou uma pessoa muito reservada e quieta. Preferiria escrever sobre alguns dos fatos que tenho testemunhado.

BJ: Bem, vamos torcer para que escreva esse livro algum dia, Peter. Eu, por exemplo, com certeza faria fila em uma livraria para comprar um exemplar. Alguma outra idéia sobre o que gostaria de fazer no futuro? Se a pressão algum dia diminuir um pouco, existe algo que você nunca fez e que gostaria de tentar no seu tempo livre... alguma ambição não realizada, por exemplo?

PM: Se surgisse a oportunidade, seria ótimo, Boris. No entanto, é engraçado que me pergunte isso porque, sim, há algo que nunca fiz e que ainda gostaria de fazer. Não é segredo que tenho atuado como uma espécie de elo informal para o chefe no que diz respeito ao projeto Salmão no Iêmen e, em conseqüência, passei a sentir que gostaria de experimentar a pesca de salmão. Você sabe, é um esporte maravilhoso. Visitei um lugar bem pouco tempo atrás, onde havia literalmente milhares de salmões dando saltos incríveis e eles são as criaturas mais fantásticas de se observar. Eles conseguem... não sei se você sabe, Boris... pular da água e se projetar no ar a uma altura considerável. É um belo espetáculo, e se nunca viu um salmão saltando, me avise que o colocarei em contato com esse lugar onde estive.

BJ: Obrigado, seria uma experiência muito interessante. Tem planos imediatos para pescar salmão, então?

PM: Bem, daremos um jeito de mandar colocar alguns em um antigo poço de onde eram retirados seixos perto de Chequers, hoje cheio de água, para que o chefe possa praticar. Ele ficou entusiasmado com a idéia, também. E se nós dois pegarmos o jeito de pescar salmão, como estou certo que pegaremos, espero que o xeique Muhammad ibn Zaidi nos peça para ir pescar com ele no Iêmen dentro de pouco tempo. Não seria excelente? Você precisa ir, Boris!

BJ: Mal consigo esperar. Tomara que me convidem. Até lá, então, Peter, e obrigado por conversar comigo.

16

Entrevista com a Srta. Harriet Chetwode-Talbot

Interrogador: Descreva seu primeiro encontro com o Sr. Peter Maxwell.

Harriet Chetwode-Talbot: Sim, lembro-me da visita a Glen Tulloch com Fred e Peter Maxwell. Foi horrível.

Peter Maxwell... isto está sendo gravado? Bem, não me importo... é o sujeitinho mais asqueroso que existe. Como pessoas desse tipo chegam a posições com tanto poder está acima da minha compreensão. Leu a entrevista estarrecedora que ele concedeu ao *Sunday Telegraph* quando voltou para Londres depois da visita a Glen Tulloch?

I: Será incluída na investigação. Por favor, descreva seu primeiro encontro com Peter Maxwell.

HCT: Ele não causou uma primeira impressão exatamente favorável. Não pode ser um sujeito de classe. Usa roupas que são juvenis demais para ele, apertadas na cintura, com ombreiras, um forro de seda vermelha que pode ser visto de todos os ângulos, peças que obviamente o fazem desembolsar uma fortuna com alfaiate. Camisas listradas de branco e vermelho com abotoaduras enormes. E as gravatas! E o que é *aquilo* que ele põe no cabelo! Uma coisa fedorenta!

Desculpe, eu precisava desabafar.

Era engraçado, no entanto, vê-lo atravessar com passinhos miúdos a grama molhada de Glen Tulloch com seus mocassins Gucci. O xeique o mandava fazer isso. Ele precisava sair na chuva e inspecionar os componentes da guarda de honra do xeique, ou o que quer que fossem. Duas dúzias de membros de tribos iemenitas... magros, com nariz adunco, homens de olhos ferozes que pareciam dispostos a matar qualquer um por uma ninharia. Ou por nada. E Peter Maxwell tinha de passar diante deles e fingir que os inspecionava enquanto mantinham-se em posição de sentido vestidos com *thobes*, as túnicas longas e quentes que envolviam seus corpos, e casacos por cima delas, segurando firme uma *jambia* em uma das mãos e a vara de pescar na outra. Se pelo menos eu tivesse me lembrado de levar a câmera digital. Poderia ter vendido *aquela* foto para o *Sun*!

Os mocassins dele estavam encharcados. Destruídos.

Lembro-me de ter pensado que talvez o xeique não tivesse um senso de humor bem desenvolvido. Ele nunca parecia disposto a fazer brincadeiras. Mas eu não tinha certeza.

Tivemos a noite mais difícil que se possa imaginar. Fred parecia deprimido. O xeique disse-me, antes de entrarmos no avião, que a esposa de Fred o deixara. Ou não o deixara, exatamente, mas decidira ir trabalhar em Genebra. Para mim era quase a mesma coisa. Não sei como o xeique sabia. Mas ele sempre parecia saber tudo.

Pobre Fred. Pobre de mim, também. Eu não tinha notícias de Robert, meu noivo, há semanas. Suas cartas pararam de chegar e as minhas começaram a ser devolvidas fechadas, com a mensagem de que não tinha sido possível encaminhá-las. Por isso estava sozinha, infeliz e morta de preocupação com o que poderia ter acontecido a Robert. O senhor deve entender por quê.

Ah, Deus.

A testemunha ficou emocionalmente perturbada por um breve espaço de tempo. A entrevista recomeçou uma hora mais tarde.

I: Continue, por favor, Srta. Chetwode-Talbot.

HCT: Estava estressada por causa do projeto. Ele se tornara grande demais. Eu tinha apoio em tempo integral de minha empresa para trabalhar nele. Havia uma quantidade imensa de coisas a fazer. Fred realizava um bom trabalho, não me interprete mal. A ciência, os estudos e propostas de engenharia que ele executou ou mandou executar foram brilhantes. Ninguém jamais saberá a quantidade de trabalho que aquele homem tinha. Mas, no fim das contas, Fred era um cientista, não um administrador. Assim, eu passava 12 horas por dia conversando com empreiteiros e auditores, coordenando a equipe do projeto, falando com banqueiros e com o escritório de Peter Maxwell, tentando convencer o chefe de Fred a largar um pouco do pé de seu funcionário, escrevendo relatórios e cartas, preparando planilhas para meus sócios, que estavam hipnotizados pelos honorários que entravam. Então, às 19 horas eu tirava o fone do gancho e me dedicava aos cento e tantos e-mails que tinham chegado.

Alguns eram de outras equipes que trabalhavam no projeto, mas outros eram de fabricantes de varas de pescar, de roupas impermeáveis e de equipamento de pesca variados que esperavam que usássemos seus produtos.

Outros ainda eram de pessoas ansiosas por trabalhar como consultores: empresários sauditas da indústria do petróleo aposentados que conheciam uma ou duas coisas sobre os cursos d'água locais, especialistas em piscicultura querendo nos dar aconselhamentos científicos, um perito em antigos sistemas árabes de irrigação que acreditava que nosso projeto havia sido previsto e descrito em hieróglifos nas paredes interiores da Grande Pirâmide. Recebi e-mails de pessoas interessadas em comprar pacotes turísticos de uma semana para pescar no uádi Aleyn, pessoas convidando o xeique para fazer uma palestra no próximo jantar da Associação de Pescadores com Caniço, gente querendo comprar quotas de uma casa de campo no Iêmen pelo sistema *time share*. Recebi diariamente e até quase de hora em hora pedidos de doações para a Associação dos Pescadores com Rede Aposentados, Associação dos Guias de Pesca Aposentados, Fundação Salmão do Atlântico Norte, Fundação Salmão do Atlântico, Fundações Rios, enfim, para praticamente toda fundação que se possa imaginar, exceto a Oxfam.

Pensando bem, acho que a Oxfam pediu recursos também. Por que não? Estávamos gastando dinheiro como água, para cunhar uma frase.

O projeto tomara conta de cada minuto de minha vida. Eu estava exausta, e ansiosa para saber se teríamos êxito. Estava preocupada com o que aconteceria com meu emprego quando tudo tivesse acabado; eu me desligara completamente do restante dos negócios e outra pessoa assumira minhas demais pastas. Eu tinha um único cliente: o xeique. Era apenas a certeza tranqüila daquele homem que me fazia manter a sensatez.

Não era de admirar que Fred e eu fôssemos companhias tão ruins naquela noite. Fred tinha um volume de trabalho tão grande quanto o meu e, ao que me constava, não recebia pagamento extra por isso. Fora deslocado do CNEP ganhando o mesmo mísero salário de antes. Pelo menos eu contaria com uma parcela dos lucros de meu sócio. E Fred estava mais exposto do que eu. Se o projeto fracassasse, sua reputação fracassaria também; haveria sempre alguém para apontar onde ele tinha errado. Se alcançasse êxito, eu não sabia o que poderia acontecer. Pelo que eu imaginava, poderia receber um título honorário. Ou ser considerado cidadão de Sana'a.

I: Pode concentrar suas observações no que de fato disse naquela noite?

HCT: Desviei-me do foco, não é mesmo? Sim, foi uma noite horrível. Peter Maxwell estava ora arrogante, ora provocador. Não sei o que era pior. Ele dominava a conversa, qualquer que fosse o assunto, e tentava com insistência levar o xeique a falar sobre o Oriente Médio. Queria que o xeique dissesse algo fora de propósito, imprudente. Então Peter ficaria com um trunfo nas mãos. Não o usaria. O arquivaria e manteria como munição para algum outro dia.

Depois começou a fazer comentários sobre como o primeiro-ministro ansiava pela oportunidade de tirar uma foto aqui, outra foto ali. Ele na verdade virou-se para Fred em um determinado momento naquela noite e disse-lhe para garantir que o primeiro-ministro pegaria um peixe e que não esquecesse que para isso ele cederia apenas vinte minutos de sua agenda. Acho que imaginou que salmões podiam ser impelidos para os pescadores como tetrazes para armas.

É óbvio que o xeique não deu atenção a ele. Foi extremamente educado e também conseguiu evitar que Fred dissesse algo de que pudesse mais tarde se arrepender. Faltou pouco para eu ver Fred expelir fogo pelas ventas em um ou outro momento no decorrer da noite. O xeique é um homem muito sutil e inteligente. Não se deixaria manipular por pessoas como Peter Maxwell. Ele simplesmente deixa que façam papel de bobo.

Por fim o próprio Peter retirou-se... para ir brincar com seu Blackberry, imaginei. O xeique então virou-se para Fred e disse-lhe, não exatamente nestas palavras, que tentasse relaxar e manter a calma. E falou mais alguma coisa, também, sobre fé e amor. Também não consigo lembrar das palavras que usou para isso. Foi um "xeiquismo" típico. Uma mistura de linguagem simples, direta e prática com uma boa pitada de misticismo.

De qualquer maneira, teve um efeito extraordinário sobre Fred. Ele endireitou-se de repente na cadeira como se tivesse sido cutucado com um daqueles bastões elétricos de tanger gado. Em seguida seu semblante começou a mudar. Abandonou a fisionomia triste e pessimista de burrinho Bisonho. Seu rosto assumiu um ar distante, como se estivesse vendo algo de que imaginava gostar, porém muito longe, longe demais para ter certeza do que via.

Quando Fred não estava abatido nem com uma expressão arrogante parecia bastante simpático. Subi a escada com ele e, no patamar, dei-lhe um beijo de boa-noite no rosto. Talvez não devesse tê-lo beijado. Talvez não fosse uma atitude profissional, mas não me importei. Sentia um pouco de pena dele e um pouco de pena de mim, por isso beijei-o. Ele olhou-me em seguida, mas não esboçou reação, pelo que fiquei agradecida. Disse apenas "obrigado" com voz muito baixa e parecendo de fato sincero.

Quando conheci Fred e ainda estávamos no estágio de chamar um ao outro de Dr. Jones e Srta. Harriet não-tenho-certeza-de-como-se-pronuncia-seu-sobrenome-por-isso-vou-dizê-lo-baixinho, acho que teria preferido beijar um salmão a beijar Fred. Agora não tinha tanta certeza. Fui deitar imaginando o que teria acontecido se eu o tivesse beijado para valer, nos lábios.

Na manhã seguinte tomamos um helicóptero para ver a fazenda de peixes. Fred tinha me contado sobre ela e não se cansava de repetir: "O xeique vai detestar. Vai detestar."

Mas não havia outro lugar onde conseguir os peixes, o senhor sabe. Precisávamos de tantos e parecia que uma tentativa de criar salmão selvagem e não de cativeiro encontraria tantos obstáculos e objeções que talvez demorasse muito, talvez uma eternidade. Eu não conseguia ver a diferença... naquela época. Fazendas de salmão criam salmão. Precisávamos de salmões, de muitos salmões. Qual era o problema?

Então Fred fez uma longa preleção sobre integridade genética e explicou-me por que o salmão selvagem a tem e o salmão de cativeiro não. Eu não conseguia entender por que isso era importante. Peixe é peixe, não é? Precisei fingir durante meia hora que estava interessada. Quando ele acabou o discurso, falei:

— Se é este o único modo de conseguir os salmões de que precisamos no tempo de que dispomos, vamos em frente, por favor.

O xeique de fato detestou a fazenda. Eu detestei-a, também. Detestei ver os pobres peixes amontoados daquele jeito nas gaiolas, nadando no meio da própria sujeira. Detestei o modo como pulavam no ar o tempo inteiro como se tentassem escapar de um enorme campo de prisioneiros, que, claro, aquilo realmente era. Sei que eram apenas peixes. Mas mesmo assim.

Peter Maxwell tirou algumas fotos, e foi só. Não disse uma palavra até voltarmos para o helicóptero. Acho que pensou que todos os salmões viviam daquele jeito, porque comentou como era fascinante ver criaturas selvagens tão de perto e que maravilhosa atração turística eles poderiam vir a ser. Então começou a conjeturar se não seria possível vender ingressos para as pessoas formarem fila diante das gaiolas e pescarem. Tirou o Blackberry do bolso e mandou para ele mesmo o recado de que devia falar com o governo escocês sobre o assunto. Vi Fred olhá-lo com tanto desprezo e aversão que foi sorte Peter não ter percebido.

Na volta para Glen Tulloch, o helicóptero apenas nos desembarcou e seguiu com Peter Maxwell rumo ao aeroporto para que ele pegasse o vôo de volta para Downing Street e relatasse tudo ao chefe. Disse: "O primeiro-ministro ficará muito bem impressionado com o que tenho para contar." Falou ainda sobre estar "profundamente satisfeito com o avanço conseguido" e sobre "como o primeiro-ministro ficaria encantado em participar da cerimônia de lançamento". Então virou-se para Fred e para mim e recomendou-nos que o mantivéssemos informado. Queria relatórios atualizados semanalmente por e-mail; queria que continuássemos trabalhando no projeto dia e noite. Devo confessar que tive vontade de dizer-lhe exatamente o que pensava. Fred era funcionário público, então isso talvez outorgasse a Peter o direito de dar-lhe instruções, embora eu na verdade não visse o motivo. Mas ele não tinha o direito de dizer a *mim* o que fazer. Eu trabalhava como sócia em uma empresa privada, o xeique era meu cliente e a única pessoa que poderia me dizer o que fazer.

Depois, Peter Maxwell desapareceu. Mais tarde fiquei sabendo que voltou direto para Londres e deu aquela entrevista ao *Sunday Telegraph Magazine* falando sobre o grande pescador de salmão que um dia viria a ser.

I: Por favor, descreva os fatos que se seguiram à partida do Sr. Maxwell.

HCT: Bem, Fred ficou vermelho de raiva depois que Peter foi embora. Virou-se para mim quando o helicóptero tomou a direção do aeroporto e disse "Aquele homem..." um pouco alto demais, porque o xeique escutou e comentou:

— Estou muito satisfeito que seu primeiro-ministro esteja interessado a ponto de mandar uma pessoa tão importante quanto o Sr. Maxwell até minha casa na Escócia para encontrar-se comigo. Estou contente que ele tenha vindo. Sua contribuição foi muito valiosa.

I: Descreva o alegado incidente no rio.

HCT: O xeique decidiu que, como dispúnhamos de algumas horas antes da volta a Londres, iríamos pescar. Fui convidada a sentar-me na margem do rio e observar. Esse foi então o motivo para estarmos no rio naquela tarde de outono, as folhas amarelecidas das sorveiras e os cachos de reluzentes framboesas vermelhas lembrando-nos de que o inverno estava próximo. O sol emanava calor suficiente para ainda ser agradável sentar na grama uniforme, macia. Eu sabia que estaria coberta de espinhos de pinheiro e bolor de folhas quando me levantasse, mas isso não importava.

As águas escuras do Tulloch corriam aos meus pés. Nas duas margens havia um denso bosque de bétulas, sorveiras e pinheiros. Uns poucos rododendros forneciam alguma proteção. Ouvi um faisão dar seu grito de alarme não muito longe. Observei os dois homens pescando.

Vestido com sua roupa à prova d'água, o xeique perdia um pouco da majestade. Era apenas um pescador comum, em harmonia com o rio, inteiramente concentrado no próximo passo e no próximo arremesso. Vi-o preparar a segunda laçada para o arremesso e ouvi o sibilo da linha quando, sem esforço aparente, uma grande extensão dela deslizou como seda e a isca aterrissou na água com um assovio. Trinta ou quarenta metros abaixo, estava Fred. Em terra, Fred tinha movimentos um pouco duros às vezes. Na água, era elegante, movia-se com facilidade, arremessando, como fazia o xeique, com economia e perícia que de certo modo surpreendiam quem estava acostumado a vê-lo atrás de uma escrivaninha. Ambos tinham esquecido de mim, esquecido do projeto, esquecido de tudo, exceto do momento imediato e do enigma das águas escuras que escondiam os peixes que buscavam. Em algum lugar após uma curva do rio estava Colin, pescando também, talvez como recompensa pela tentativa de treinar durante alguns dias o futuro pelotão iemenita de *gillies* do xeique, mas eu estava certa de que bastaria o xeique tocar um peixe com a isca para Colin aparecer como que por encanto ao seu lado com uma rede, pronto para ajudar a trazer o peixe para a margem.

Estava tudo tranqüilo. Minhas pálpebras pesavam. Sentia-me cansada, em frangalhos pelas semanas de trabalho, exausta pelas semanas de preocupação com Robert. Podia ouvir os sons musicais do rio, o sibilo da linha sendo arremessada, o canto ocasional de um pequeno mergulhão ou de outras aves pernaltas equilibradas em alguma pedra, o rabo movendo-se para cima e para baixo. Fui invadida por uma profunda sensação de calma, uma sensação de que tudo ficaria bem: o xeique teria seu rio de salmões, Robert me telefonaria de algum aeroporto dizendo que estava a caminho de casa, tudo estaria perfeito e eu seria feliz de novo. Então voltei a ouvir o grito de alarme do faisão. Ele me fez erguer os olhos.

Pelo meio das árvores, na nossa direção, aproximava-se um homem baixo, moreno, usando kilt e meias. Sua metade superior estava envolta em um volumoso casaco de couro. Na cabeça ostentava uma espécie de boina, que talvez lembrasse mais um vendedor de cebolas francês do que um membro de um clã das Highlands. Ouvi seus pés amassarem as primeiras folhas caídas do outono e dei-me conta de que parecia ter ouvido aquele ruído por alguns instantes antes de ver o homem. Então percebi que ele não era gordo. Parecia muito magro, na verdade esquálido, até. O que o fizera parecer maior era uma arma com cano longo que tirou de dentro do casaco.

Tudo então assumiu o aspecto de um balé subaquático. Tive todo o tempo do mundo para observá-lo engatilhar a arma, todo o tempo do mundo para me colocar rapidamente de pé, e todo o tempo do mundo para dar um grito de alerta para o xeique. Só que minha voz congelou na garganta, e a primeira pessoa a falar foi o homenzinho moreno. "Allahu akhbar", disse em tom familiar, com voz alta e clara.

A esse som, o xeique virou-se no rio, viu o homem e, sem nenhum sinal de alarme, respondeu "Salaam alaikum", levando as pontas dos dedos até as sobrancelhas e em seguida estendendo a mão como se para cumprimentá-lo. O homenzinho levantou a arma e apontou-a para o xeique, que ficou parado no meio do rio na expectativa de receber um tiro.

Tudo aconteceu muito devagar, pareceu-me na ocasião, mas talvez tenha levado cinco segundos. Então tudo ficou rápido de novo. Recuperei a voz e soltei um grito, não as palavras de alerta que eu tinha pensado em gritar. Pelo canto do olho vi Fred movimentar-se para a margem, avançando com a naturalidade de uma lontra na água que chegava à sua cintura. Ainda assim não havia possibilidade de ele conseguir nos alcançar a tempo. Mesmo que conseguisse, o homenzinho já teria talvez atirado nele também, e em mim. Esse era provavelmente o plano. Não havia guarda-costas à vista. O xeique jamais permitia a presença de outras pessoas perto do rio para não perturbar a tranqüilidade de sua pesca. Fechei os olhos, mas voltei a abri-los quando os primeiros tiros foram disparados.

Eles foram direto para o alto, enquanto o homenzinho fazia inexplicavelmente um movimento brusco para trás, gemendo e segurando o rosto. A arma escapou da mão dele e caiu no momento em que ele parecia tentar agarrar algo invisível. Em algum lugar atrás de mim percebi Colin esforçando-se para puxar uma grande vara de pescar vergada quase em duas. Ele tinha, não sei como, fisgado o homenzinho e agora girava o molinete.

Então desmaiei, ou pelo menos de algum modo me desliguei do que acontecia ao meu redor. Quando retomei consciência dos acontecimentos, estava deitada na grama e Fred curvado sobre mim, batendo nas costas de minhas mãos e perguntando: "Harriet, Harriet, você está bem?" Ou então: "Está tudo bem?" Havia um zumbido em meus ouvidos e eu não conseguia escutar direito. Depois tudo começou a retomar o foco devagar e consegui sentar-me e olhar em volta enquanto Fred me apoiava, passando um dos braços ao redor de meus ombros.

O homenzinho estava agora sentado na margem alguns metros adiante, pressionando a face com um lenço manchado de sangue. Falava sem parar em árabe com o xeique e chorava ao mesmo tempo. Quatro dos guardas iemenitas estavam por perto. Tinham abandonado suas varas de pescar e mantinham-se de pé com as mãos nos cabos das enormes *jambias* que usavam. Eu não tinha dúvida de que cortariam o estranho em pedaços caso recebessem do xeique algum incentivo, por menor que fosse, para fazê-lo.

Ouvi Colin dizer:

— Sim, vi quando ele surgiu do vale na outra margem, mas eu tinha sentido o puxão de um peixe na linha, de modo que por um segundo não prestei muita atenção nele. Então percebi que havia algo errado. O kilt era de tecido quadriculado do clã Campbell. Não há Campbells neste vale. Foram todos afugentados há muitas centenas de anos. Por isso deixei meu peixe para outro dia e vim arremessar meu anzol contra o homenzinho. — Riu e continuou: — Ele não lutou tanto quanto um peixe teria lutado. Em três minutos já estava na grama.

Nunca mais vi o homem. Acredito, pelo que ouvi de Malcolm mais tarde, que poucos dias após o incidente tenha sido mandado de volta para o Iêmen no jato do xeique dentro de um cesto grande com uma etiqueta "Harrods".

O xeique nos disse naquela noite no avião para Londres:

— Pobre homem! Não era um assassino. Era um pastor cujas cabras haviam morrido. Tinham dito a ele que sua família seria morta se ele não fizesse o que mandavam, e que receberia trinta cabras como *diyah*, uma compensação para ele ou para sua família, se o fizesse. Como chegou a esse ponto é um mistério. Ele falava um pouco de inglês e estava vestido com as roupas mais extraordinárias que se possa imaginar.

— O que acontecerá com ele? — perguntou Fred.

— Bem, isso não é comigo. Ele pediu meu perdão e é obvio que o concedi. Não é um homem mau. As pessoas que o mandaram até aqui são uma outra questão. Muito tempo atrás as expulsamos de nosso país, mas mesmo assim ainda representam perigo. Veja como de suas cavernas no Afeganistão ou Paquistão conseguem chegar até mim. Mas ele próprio será julgado por uma corte *sharia*, e tenho medo que a punição seja severa. Tomarei conta de sua família quando eu voltar. É tudo o que posso fazer.

— Pelo menos o senhor está a salvo agora, graças a Deus — observei. O xeique olhou-me com expressão afetuosa.

— Sim, devemos agradecer a Deus por escapar. No entanto, tentarão de novo, Srta. Harriet. Continuarão tentando até eu morrer.

17

Trecho extraído do *Hansard*

Casa dos Comuns
Quinta-feira, 9 de outubro
A Casa reuniu-se às 11h30
PRECES
(Presidente da sessão)
Respostas orais a perguntas
O primeiro-ministro

Sr. Hamish Stewart (Cruives & The Bogles) (Partido Nacionalista Escocês): Se ele listar seus compromissos oficiais para quinta-feira, 9 de outubro?

Primeiro-ministro (Sr. Jay Vent): Mais tarde, ainda esta manhã, terei reuniões com colegas de ministério, que tomarão a maior parte do dia.

Sr. Hamish Stewart: O primeiro-ministro encontrará tempo durante as reuniões com colegas para explicar seu apoio a mais um exemplo de como o atual governo e governos recentes têm julgado adequado interferir nas questões políticas, culturais e religiosas de um país soberano do Oriente Médio?

Primeiro-ministro: Suponho que o respeitável cavalheiro refira-se ao projeto Salmão no Iêmen.

Sr. Hamish Stewart: Correto. O primeiro-ministro explicará à Casa por que o atual governo está patrocinando a exportação de salmões vivos para morrerem desgraçadamente em um país desértico? Tem consciência de que a pesca de salmão não é uma atividade reconhecida no mundo muçulmano? Avalia a gritante intrusão religiosa e cultural que o projeto representa? A exportação de salmão foi, de algum modo, regulada por órgãos competentes, como a Agência Reguladora de Alimentos? A Sociedade para a Prevenção de Crueldade contra Animais está a par desse projeto? O primeiro-ministro pode nos garantir que está certo de que os peixes escoceses não sofrerão quando morrerem na areia graças ao excesso de calor?

Primeiro-ministro: São perguntas demais para serem respondidas de uma só vez. No entanto, se o respeitável membro do Cruives & The Bogles fizer uma pausa para respirar, responderei do modo mais objetivo que puder. O projeto Salmão no Iêmen é custeado por recursos privados que não envolvem este governo sob nenhum aspecto. Tampouco interfere nos assuntos políticos, culturais, ou outros da República do Iêmen. Ao contrário, é uma prova da política multicultural deste governo que um cidadão iemenita tenha passado a considerar este país a sua segunda pátria e que, como resultado de sua residência no Reino Unido, tenha desenvolvido interesse pela pesca de salmão e, em conseqüência, envolvido cientistas e engenheiros do Reino Unido no projeto.

É óbvio que temos também consciência de que um órgão do governo, o Centro Nacional para a Excelência da Pesca, foi escolhido como fonte primordial para os aspectos científicos do projeto. E é por esse justo motivo que nosso governo orgulha-se do seu continuado apoio à ciência ambiental e a projetos ambientais, o que não parece ser prioridade para a oposição.

Sr. Andrew Smith (Glasgow South)(Partido Trabalhista): O membro do Cruives & The Bogles está ciente de que a exportação de salmão para o Iêmen representa um pedido realmente grande para a respeitada empresa escocesa Fazendas McSalmon Aqua? Como resultado desse pedido, acredito que seis novos empregos estarão sendo criados na Escócia, em uma região onde a taxa de desemprego sempre foi alta. Claro, esses empregos não estão no distrito eleitoral do membro do Cruives & The Bogles, como também não estão no meu, mas saúdo esse tributo aos engenheiros ambientais escoceses e a luta por empregos na Escócia. Surpreende-me que o membro do Cruives & The Bogles não dê maior apoio a tais questões.

Sr. Hamish Stewart: Seria interessante que o respeitável representante do Glasgow South se familiarizasse um pouco mais com as questões de seu próprio distrito eleitoral antes de oferecer-me conselhos sobre assuntos que dizem respeito a outros. [*Gritos de "Vergonha!" A Casa é chamada à ordem pelo Sr. Presidente da sessão.*]

Será que o primeiro-ministro explicará à Casa, levando-se em conta que o governo não tem nenhum envolvimento de qualquer natureza no projeto, como acaba de afirmar, por que seu diretor de comunicação, Sr. Peter Maxwell, foi recentemente hóspede particular por dois dias do xeique Muhammad ibn Zaidi bani Tihama em sua propriedade em Glen Tulloch? O primeiro-ministro não tem consciência de que o xeique Muhammad é o principal financiador do projeto Salmão no Iêmen? [*Interrupções da bancada da Oposição*]

Primeiro-ministro: O respeitável cavalheiro refere-se corretamente ao cargo de diretor de comunicação que meu colega Peter Maxwell ocupa. Como tal, sua função não é apenas informar à nação sobre as políticas do governo e suas muitas conquistas [*Aplausos da bancada do Governo*], mas também relatar ao meu gabinete e a mim pessoalmente sobre assuntos nos quais eu tenha algum interesse. Estou particularmente interessado no projeto não apenas porque sempre fui apaixonado por pesca [*Risos da bancada da Oposição*], mas porque acredito que ele seja um exemplo fantástico de como, apesar das muitas diferenças existentes entre nossa nação e algumas nações islâmicas do Oriente Médio, valores culturais e esportivos conseguem transcender diferenças religiosas e políticas que porventura existam. E foi por esse motivo que instruí meu diretor de comunicação a deixar claro ao meu amigo, o xeique Muhammad, que, embora o governo não tenha uma posição oficial com relação ao assunto, não gostaríamos que obstáculos desnecessários fossem colocados no seu caminho, e desejaríamos ser mantidos informados sobre o andamento do projeto. Esta foi a razão da recente visita do Sr. Maxwell e devo acrescentar que acredito que ele tenha usado sua influência para garantir que a encomenda de salmões, ao qual meu respeitável amigo Sr. Smith referiu-se um ou dois minutos atrás, fosse feita a uma empresa escocesa e não norueguesa.

Sr. Gerald Lamprey (South Glos) (Líder da Oposição à Sua Majestade): Poderia o primeiro-ministro informar se não considera estranho que, quando trinta por cento do orçamento das forças armadas são gastos para patrocinar operações militares no Iraque, e agora na organização da defesa dos campos petrolíferos do Cazaquistão, o Sr. Peter Maxwell, mais alto membro não-eleito e *ex officio* do Gabinete [*Interrupções da bancada do Governo. O Presidente da sessão chama a Casa à ordem*], repito, o Sr. Peter Maxwell, gaste uma parte significativa de seu tempo pensando em salmões? Não é certo que este governo precisa considerar a consistência de suas políticas? Temos ouvido com muita freqüência nesta Casa que a democracia pode florescer do cano de uma arma, mas nunca ouvimos alguém dizer que a democracia tenha sido fisgada pelo anzol de uma linha de pesca. [*Risos*]

Primeiro-ministro: Não sei se o respeitável membro da Oposição espera uma resposta séria à sua pergunta, se é que ele fez de fato uma pergunta. Mas sim, o governo atual e os governos precedentes deste partido estão orgulhosos de seu recorde na introdução de ideais democráticos através do mecanismo de intervenção política e às vezes — o que é lamentável, porém inevitável — militar no Oriente Médio e na Ásia Central. E a história mostrará que estamos certos. Quanto ao projeto Salmão no Iêmen, que acredito ter levado de algum modo a esta linha de questionamento, se indivíduos da iniciativa privada que partilham o mesmo interesse pelo esporte da pesca com anzol desejam se reunir e criar o que será, posso dizer, um milagre da ciência e da engenharia, um verdadeiro florescer do deserto, eu, falando como cidadão, posso apenas aplaudir seus esforços. Devo também acrescentar que acredito que tais esforços levarão a uma harmonia maior entre as nações, do mesmo modo como o críquete e talvez o futebol, de forma mais ampla, têm feito. [*Interrupção: "Isso quer dizer que o primeiro-ministro não assistiu à partida entre Inglaterra e Holanda na sexta-feira passada, então?"]*

Sr. Hamish Stewart: Agradeço ao primeiro-ministro pelo esclarecimento, embora lamente dizer que não me sinto muito mais esclarecido do que antes quanto à posição do governo nessa questão. O primeiro-ministro encontraria tempo hoje, durante suas reuniões com colegas de ministério, para discutir com eles a tentativa fracassada de assassinato do xeique Muhammad ibn Zaidi bani Tihama na semana passada, em sua residência na Escócia, por um membro da rede al-Qaeda? O primeiro-ministro não concordaria que, nos termos de sua recente declaração quando se referiu ao desejo do governo de remover quaisquer obstáculos desnecessários ao projeto Salmão no Iêmen, o assassinato do xeique Muhammad, se bem-sucedido, teria talvez representado um obstáculo significativo para o projeto? [*Alvoroço em todos os lados da Casa*].

[*Pausa enquanto o primeiro-ministro consulta o secretário da Casa.*]

Primeiro-ministro: Transfiro a pergunta ao respeitável amigo e colega, o secretário da Casa.

Secretário da Casa (Sr. Reginald Brown): Meu departamento não tem ciência, até o momento, de tal tentativa, e eu ficaria grato se o respeitável membro partilhasse com meus funcionários, no devido tempo, as fontes de que dispõe para tais alegações.

Sr. Hamish Stewart: O secretário de Estado poderia ter lido um artigo sobre o incidente na página interna da edição da semana passada do *Rannoch and Tulloch Reporter*. Lamento que ele não encontre tempo para ler um jornal de tamanha importância, publicado semanalmente na minha zona eleitoral. O primeiro-ministro encontraria tempo ainda hoje, durante os debates com seus colegas de ministério, para considerar se alguém que é um proprietário de terras sempre ausente e que aparece em sua propriedade escocesa apenas uma ou duas semanas por ano e que, quando aparece, torna-se um ímã para a atividade terrorista internacional, é a pessoa adequada para jantar e beber na companhia de seu diretor de comunicação? O primeiro-ministro e seus colegas se incomodariam de explicar a esta Casa, após serem devidamente informados sobre fatos dos quais deveriam ter conhecimento, por que o ataque nunca foi oficialmente comunicado, e o que aconteceu com o agressor? Temos ciência de que é necessário de tempos em tempos deter e prender suspeitos de terrorismo sem prejuízo de outras investigações pendentes, mas neste caso a questão parece ter sido tirada das mãos do secretário da Casa. Ele se importaria em informar por quê? Poderia explicar qual é a política de extradição entre este país e o Iêmen e, se for o caso, qual o procedimento correto, e se tal procedimento foi acompanhado neste episódio? Se não foi, poderia explicar a esta Casa o que de fato aconteceu, e onde o alegado terrorista da al-Qaeda está agora?

18

A rescisão do contrato de trabalho do Dr. Jones

Trechos extraídos de memorandos e e-mails do governo

Gabinete do primeiro-ministro, Downing Street 10
De: Peter Maxwell
Para: Herbert Berkshire, Ministério das Relações Exteriores e Comunidade
Assunto: Projeto Salmão no Iêmen
Data: 14 de outubro

Herbert,
O primeiro-ministro foi questionado sobre o projeto Salmão no Iêmen na Casa, ontem. Não é um tema que ele queira que tome o tempo dos parlamentares. Nossa preocupação é que o envolvimento de um órgão do governo (CNEP) possa ser erroneamente interpretado como insinuação de que o projeto tem suporte oficial.

Você entenderá, é claro, que nossa postura sempre foi de apoiar o projeto Salmão no Iêmen. *Se ele der certo*, estou seguro de que o primeiro-ministro ficará feliz em apoiá-lo e talvez faça uma visita como convidado particular do xeique para observar a migração dos salmões. Enquanto isso, precisamos de mais oposição.

Sugiro que o cientista Jones, que está executando todo o trabalho no CNEP, seja imediatamente afastado do órgão. Se você acha que isso pode ser feito com uma palavra no ouvido certo, ele talvez consiga ser readmitido na Fitzharris, a empresa de consultoria que administra projetos para o xeique. Isso é problema deles. O importante é que nenhum funcionário público ou servidor do governo deve estar diretamente ligado ao projeto. O CNEP deveria, na minha opinião, ser aconselhado a não se envolver tão a fundo no projeto. Embora o Centro faça parte do DMAA, essa questão diz respeito essencialmente à política externa e é por isso que discuto agora o assunto com você.

Este memorando serve apenas como sugestão, claro. Cabe a você, na sua sabedoria, decidir qual o curso correto que os fatos devem tomar.

Peter

Memo

De: Herbert Berkshire

Para: Peter Maxwell

Assunto: Salmão/Iêmen

Data: 14 de outubro

Peter,

Obrigado pela sugestão de hoje. Acho prudente que o projeto Salmão no Iêmen seja considerado uma iniciativa inteiramente do setor privado, e farei o barulho apropriado nos ouvidos apropriados no momento certo.

Herbert

De: Herbert.Berkshire@fcome.gov.uk
Data: 14 de outubro
Para: David.Sugden@ncfe.gov.uk

David,
Há uma certa preocupação nos círculos (mais elevados) do governo com relação às atuais questões administrativas do CNEP. Toma corpo no nível ministerial a idéia de que o Centro pode ter abraçado o projeto Salmão no Iêmen com entusiasmo um pouco exagerado. Acho que você precisa saber que a política de Relações Exteriores é manter uma postura neutra no que diz respeito ao Iêmen, situado em uma região politicamente sensível do mundo. Política não é fazer, ou aparentar fazer, qualquer coisa que possa ser interpretada como interferência religiosa, política ou cultural em um determinado país pelo governo do Reino Unido. Lembro-me de ter comentado com você sobre um apoio técnico limitado do CNEP para o projeto Salmão no Iêmen como um gesto de boa vontade, mas não consigo imaginar que o seu departamento ou o meu tenha imaginado naquela época o nível de envolvimento que o Centro agora tem. No entanto, acho que você deveria saber que meu próprio departamento recomendou ao governo, e continuará a recomendar, que é importante não dar elementos que alimentem a idéia que a mídia e outros têm de que o projeto de algum modo recebe suporte oficial. Alguns ministros, eu sei, preocupam-se que o CNEP esteja agora excessivamente dependente do fluxo de renda do projeto Salmão no Iêmen e que observadores desinformados possam dizer que está mais ou menos no bolso de um único cidadão iemenita.

Embora ninguém (pelo que sei) queira a interrupção do projeto, imagino que um curso de ação criativo e responsável seria você colocar um pouco mais de distância entre sua agência, o projeto e seu patrocinador.
Herbert

De: David.Sugden@ncfe.gov.uk
Data: 14 de outubro
Para: Fred.jones@ncfe.gov.uk
Assunto: (sem assunto)

Fred, venha ao meu escritório o mais depressa possível, por favor.

De: Fred.jones@fitzharris.com
Data: 14 de outubro
Para: Mary.jones@interfinance.org
Assunto: Novo emprego

Querida Mary,
Perdi o emprego.
Houve, aparentemente, algumas perguntas embaraçosas na Casa dos Comuns com relação ao projeto Salmão no Iêmen na semana passada. Como resultado, um sujeito chamado Herbert Berkshire, do Ministério das Relações Exteriores e Comunidade, ligou para meu chefe e disse que talvez fosse melhor eu ser cortado da folha de pagamento do serviço público. Ao que parece, Peter Maxwell quer "águas cristalinas" entre o governo e o projeto Salmão no Iêmen.

Assim, a má notícia é que meu contrato de trabalho com o CNEP foi rescindido. David telefonou para o escritório e explicou-me que "não era mais conveniente sob todas as circunstâncias", que eu continuasse. "Havia preocupação no departamento com relação a desequilíbrios no volume de trabalho e prioridades devido às crescentes exigências do projeto." Recebi um cheque de indenização assustadoramente pequeno e outro referente a um mês de salário no lugar de aviso prévio. David Sugden entregou-me os dois ontem e acrescentou que eu tinha o direito de entrar com uma reclamação trabalhista caso não gostasse das circunstâncias em que meu contrato tinha sido rescindido. É desnecessário dizer que havia algo por trás da demissão. Quase ao mesmo tempo, a pessoa que administra a grande maioria dos negócios do xeique no Reino Unido (a Srta. Chetwode-Talbot, não me lembro se mencionei este nome antes) mandou-me uma oferta de emprego. O contrato será por um prazo inicial de três anos e meu salário será de... acredite se quiser... 120.000 libras por ano!!! Além disso tudo, receberei um carro, mais plano de aposentadoria, mais seguro-saúde, mais uma ajuda de custo especial pelas viagens e pelo tempo passado no Iêmen a trabalho. O resultado é que o projeto vai continuar, mas como agora estarei trabalhando para Fitzharris & Price, a empresa que administra os negócios do xeique no Reino Unido, o governo terá condições de dizer que não há envolvimento oficial do Reino Unido no projeto.
Não sei o que pensar de tudo isso. Por um lado, estou triste por deixar o Centro, onde passei a maior parte de minha vida profissional, e tenho certeza de que uma vez fora, jamais voltarei para lá, pelo menos não no mesmo cargo.

Por outro lado, agora que trabalho para o xeique, não estou mais limitado por todos os nossos procedimentos departamentais — posso simplesmente tocar o projeto e, para ser honesto, é isso o que mais quero.
Assim, Mary, sou agora um engenheiro de pesca muito bem pago e independente. Com um salário suficiente para você se permitir largar o emprego em Genebra e voltar para o meu lado. Sei que não é uma questão apenas de dinheiro, mas posso lhe pedir que pense no assunto?
Sinto falta de você.
Volte para casa.
Com muito amor,
Fred
Bjs

De: Mary.jones@interfinance.org
Data: 16 de outubro
Para: Fred.jones@fitzharris.com
Assunto: Novo emprego

Fred,
Não sei o que dizer. Parece que você foi forçado a deixar um emprego respeitável, ainda que não excessivamente bem remunerado e conseguido à custa de um trabalhou duro, para fazer um ou outro político sentir-se mais confortável. O que acontecerá com sua aposentadoria? Era um esquema de salário final, não era? Qual foi o acerto em relação ao novo plano de previdência? Duvido que o setor privado lhe dê algo tão generoso quanto conseguiria como servidor público. Agora você me diz que está trabalhando para a

Fitzharris & Price. Dei uma olhada no site deles. Parecem ser agentes imobiliários. O que faz um eminente (em tempos passados) engenheiro de pesca trabalhando para pessoas cuja atividade principal parece ser administrar e vender propriedades?

Sinto pena de você. Suponho que dinheiro seja uma compensação enquanto durar, mas por quanto tempo? O que acontecerá com você quando o projeto estiver pronto ou, o que é mais provável, for interrompido? Quanto a eu voltar, fico espantada que você tenha tão pouca consideração pela minha carreira e pelo que eu possa querer fazer. Receio que eu não seja uma pessoa tão impulsiva com relação a mudanças na carreira quanto você agora parece ter passado a ser. Tenho planos para a minha carreira que agora dependem de eu permanecer pelo menos dois anos no escritório de Genebra, e receio que não voltarei para casa apenas para lavar, passar e cozinhar para você. A vida não funciona assim, não em casamentos modernos entre pessoas profissionais. De todo modo, você não passará metade do seu tempo no Iêmen? Seu projeto não tem condições de ser conduzido inteiramente de detrás de uma escrivaninha, estou certa?

Por isso, sinto muito, mas sua repentina troca de emprego, longe de me fazer sentir mais segura com relação à nossa renda conjunta, deixa-me com a impressão de que é mais importante do que nunca que eu consolide minha posição como principal responsável pelo nosso sustento, a despeito do seu (provavelmente temporário, receio) aumento de salário.

Não, você não mencionou a "Srta. Chetwode-Talbot" para mim antes. Quem é ela? Sua nova chefe? Procurei saber

sobre essa moça quando consultei o site. A foto dela está lá. Não aparenta muito ser uma mulher de negócios, você não acha? Ela possui alguma qualificação?
Te amo.
Mary
P.S.: Sei que andei um pouco lacônica com relação a assuntos pessoais. Gosto quando você diz que sente minha falta. Tenho estado ocupada demais nos últimos tempos para refletir tão profundamente quanto devia sobre questões pessoais. Reconheço que é importante manter um equilíbrio trabalho-vida e que subordinar inteiramente a vida pessoal de alguém à sua carreira é contraproducente e tão capaz de arruinar o rumo dessa carreira quanto o contrário.
Portanto, você talvez queira anotar na sua agenda que tenho direito a uma folga em junho, isto é, daqui a apenas oito meses. Talvez fosse bom passarmos alguns dias juntos para reavaliar nossas vidas, em conjunto e individualmente.

De: Fred.jones@fitzharris.com
Data: 16 de outubro
Para: Mary.jones@interfinance.org
Asunto: Re: Novo emprego

Mary,
Estamos casados ou não?
Fred
P.S.: O que está insinuando sobre Harriet Chetwode-Talbot? Ela é uma administradora extremamente capaz que dirige um projeto cujo orçamento chega a milhões.

De: Mary.jones@interfinance.org
Data: 17 de outubro
Para: Fred.jones@interfinance.org
Assunto: Re: Re: Novo emprego

Fred,
Sugiro que retomemos nossa comunicação quando seu humor estiver melhor.
Mary
P.S.: Não estou insinuando nada sobre a Srta. Chetwode-Talbot. Ou Harriet, como você acaba de se referir a ela. Sei que minha vida pessoal está livre de culpa ou complicação. Confio que você possa dizer o mesmo.

Artigo no Daily Telegraph *de 1º de novembro*

Primeiro-ministro tem outras prioridades

Como conseqüência da denunciada tentativa de assassinato de um xeique do Iêmen nas Highlands escocesas, em declaração feita hoje um porta-voz do primeiro-ministro descartou a ligação de seu gabinete com o projeto Salmão no Iêmen. O porta-voz negou que tal incidente tenha ocorrido e citou a ausência de qualquer envolvimento das forças policiais locais.

O projeto Salmão no Iêmen foi oficialmente lançado em junho deste ano. Recebeu de início suporte técnico do Centro Nacional para a Excelência da Pesca. Agora o CNEP acaba de anunciar que suspendeu a assessoria à equipe do projeto do salmão. David Sugden, diretor do CNEP, declarou: "Não é uma prioridade para o Centro. É certo que fizemos alguns trabalhos de assessoria nos estágios iniciais do projeto, no entanto a prioridade do Centro sempre foi, e continuará a ser, trabalho científico de apoio à Agência Ambiental e a outros órgãos na tarefa de monitorar a atividade pesqueira nos rios ingleses e galeses. Fazer com que os salmões subam os cursos d'água no Iêmen nunca foi prioridade em nossa agenda e, embora estivéssemos extremamente satisfeitos por prestar uma contribuição técnica inicial, o projeto se distancia muito de nossa atividade-fim."

Em julho deste ano, o primeiro-ministro Jay Vent declarou seu apoio ao projeto Salmão no Iêmen, embora o projeto nunca tenha alcançado o status intergovernamental oficial. A percepção de outras iniciativas britânicas e norte-americanas na região resultou na recusa do gabinete do primeiro-ministro de uma associação mais estreita com a pesca do salmão no Iêmen.

O porta-voz de Downing Street 10 acrescentou: "O primeiro-ministro sempre defendeu iniciativas esportivas e culturais como esta, mas no momento suas prioridades são outras."

Editorial do Rannoch & Tulloch Reporter *de 3 de novembro*

Primeiro-ministro lança dúvida sobre a veracidade de nosso repórter

Na semana passada, publicamos o relato detalhado de um suposto atentado contra a vida de um eminente habitante local, proprietário de Glen Tulloch, o xeique Muhammad.

Informações de testemunha ocular que chegaram até nós sugerem que o indivíduo envolvido na tentativa vestia uma roupa com o xadrez característico dos Campbell para o que, estamos certos, não possuía autorização, mas que sem dúvida tinha o objetivo de evitar que fosse descoberto até aproximar-se o suficiente para praticar o atentado. Entendemos que esse indivíduo possa ser de origem árabe e que a tentativa de fazer-se passar por nativo da região não tenha sido muito bem-sucedida. Somos levados a crer que o suposto assassino foi coibido apenas no último momento pela intervenção de um dos empregados do xeique, o respeitado e diligente Colin McPherson.

Pelo que sabemos, o Sr. McPherson deteve o indivíduo com um anzol Ally Shrimp triplo preso a uma linha de 15 libras e levou menos de cinco minutos para imobilizá-lo. Após o fracasso do atentado, não está claro qual foi o destino do indivíduo. Não fazemos afirmações, apenas especulamos que, se ele não está em Glen Tulloch, está em algum outro lugar, possivelmente algum lugar com mais areia do que Glen Tulloch.

Não há dúvida de que acontecimentos em vales remotos da Escócia têm hoje pouco interesse para a imprensa de Londres ou mesmo de Edimburgo, mas ficamos surpresos que nenhum outro jornal julgue conveniente reproduzir nosso furo. Na verdade, tivemos a primeira manifestação de alguém de fora do círculo de nossos leitores habituais quando um funcionário do gabinete do primeiro-ministro nos telefonou e perguntou qual tinha sido a fonte de nossa reportagem. Não é a política deste jornal, e nunca foi, identificar sem permissão uma fonte jornalística. Neste caso, não temos tal permissão. Também verificamos pela imprensa nacional no dia seguinte à nossa publicação da matéria que ela foi rotulada de "embuste" por um porta-voz do gabinete do primeiro-ministro. Não somos dados a embustes neste jornal. Estamos aqui para noticiar fatos e estamos estarrecidos e alarmados com a insinuação maldosa feita pelo porta-voz do primeiro-ministro quanto à integridade e competência do *Rannoch and Tulloch Reporter*, que tem noticiado fielmente os fatos acontecidos em Glen Tulloch ao longo dos últimos cem anos.

Editorial do Trout & Salmon

Tradicional bom senso britânico

Estamos extremamente satisfeitos por registrar uma rara vitória do bom senso no mundo da engenharia de pesca britânica. Os leitores com certeza lembrarão de nosso desânimo no início do ano quanto ao modo como o Centro Nacional para a Excelência da Pesca fora levado a apoiar o projeto Salmão no Iêmen. Comentamos que já havia problemas suficientes ainda não solucionados em nossos próprios rios mesmo sem desviar os escassos recursos para o que parecia um projeto cientificamente inviável de introduzir salmão em cursos d'água inexistentes no Oriente Médio.

Foi, portanto, com uma certa alegria que tomamos conhecimento da declaração de David Sugden (diretor do CNEP), citada pela imprensa nacional, de que o CNPE não está mais envolvido no projeto. Devemos todos especular quanto às razões por trás dessa aparente mudança de posição por parte do governo, cujo interesse, suspeitamos, levou ao envolvimento inicial do CNEP.

Agora que o CNEP liberou os consideráveis recursos que estava destinando ao projeto Salmão no Iêmen, poderíamos, por meio destas páginas, recomendar ao diretor David

Sugden que aloque tempo para algumas questões científicas do mundo real? Precisamos desesperadamente de mais pesquisa sobre os efeitos de mudanças rápidas na temperatura da água na incubação dos ovos das carpas.

Artigo no Yemen Daily News
Traduzido do árabe por tarjim.ajeeb.com
(site árabe de tradução na internet)

Projeto peixe gera novas iniciativas

A iniciativa do xeique Muhammad ibn Zaidi bani Tihama chega hoje a novos níveis. Tiveram início agora os trabalhos de construção de lagos artificiais onde os salmões do Reino Unido nadarão até que cheguem as chuvas de verão. Quando elas chegarem, os salmões deixarão os lagos e subirão o uádi Aleyn.

Um considerável interesse esportivo está surgindo entre os habitantes da província de Aleyn. O conhecido e muito bem relacionado empresário local Ali Husseyn já está importando por intermédio de sua famosa e experiente empresa, a Global Import Export LLP, os melhores caniços de pesca manufaturados pelas indústrias de sua família em Mumbai, na Índia.

Também começam a ocorrer interessantes possibilidades de turismo com a prometida abertura, após o Ramadã, de dois novos quartos para hóspedes no Aleyn Rest House, com banheiros internos em estilo europeu.

Em breve uma equipe de cientistas e engenheiros de primeira linha chegará com o xeique para se hospedar em seu palácio e fazer observações e deduções científicas a fim de conseguir a melhor possibilidade para a sobrevivência futura e o valor esportivo dos peixes introduzidos.

O *Yemen Daily News* está feliz por anunciar tal iniciativa do xeique Muhammad, que é também amigo pessoal do primeiro-ministro britânico, Sr. Vent.

19

Correspondência entre o capitão Robert Matthews e a Srta. Harriet Chetwode-Talbot

Capitão Robert Matthews
a/c BFPO Basra Palace
Basra
Iraque

1º de novembro

Querido Robert,

Continuo a lhe escrever e o correio continua a devolver minhas cartas com o carimbo "Destinatário desconhecido". Pedi que meu pai telefonasse para um de seus velhos amigos no regimento, mas ele recebeu uma desculpa evasiva e nem o comandante geral conseguiu uma pista de onde você está ou do que anda fazendo.

Agora a novidade é esta. Sento-me e olho para a pilha de cartas devolvidas e penso em todas as palavras que queria lhe dizer, e que disse, na verdade, mas que você nunca leu. Também nunca as lerá quando voltar; eu ficaria constrangida demais para mostrá-las. Por enquanto elas continuam comigo, de todo modo. Parece um pouco uma conversa unilateral, quase como falar com alguém que está dormindo. No entanto, é melhor do que não falar nada. Quando você voltar, falaremos de outras coisas.

Continuo a entrar no site do Ministério da Defesa, onde estão relacionadas as mortes na operação Telic 2. É como o Ministério da Defesa se refere ao que todos vocês fazem no Iraque, não é? Seu nome nunca aparece, mas todas as manhãs me conecto e sinto um mal-estar quando desço o cursor e vejo as novas baixas. A lista está crescendo.

Como as pessoas são hipócritas. Não vou à igreja; nunca mais fui desde que larguei a escola, a não ser para casamentos de amigos e enterros de amigos de meus pais. Agora, no entanto, às vezes me pego murmurando preces para você. Rezo para um Deus que não acredito existir, mas rezo assim mesmo. E tanto de Deus quanto de você chega um silêncio ensurdecedor. A situação atingiu o limite dias atrás e fiz algo que jurei jamais fazer, porque sei que você ficará furioso quando descobrir. Telefonei para o Comando 41 dos Reais Fuzileiros Navais na semana passada e perguntei se alguém poderia me informar o seu paradeiro. Passaram a ligação de um para outro e ninguém parecia ter idéia do que responder. Não estavam sequer preparados para admitir que você algum dia existiu. Continuei a telefonar, de todo modo, e por fim devem ter me transferido para a defesa exterior, porque uma voz jovial, bem diferente da das outras pessoas com quem eu tinha falado, disse:

— Meu bom Deus, como conseguiu que transferissem a ligação para mim? Bob Matthews? A última notícia que tive foi que ele estava trabalhando na área de Sulimaniyah. Terra bandida. Perto da fronteira iraniana.

Mas antes que eu conseguisse arrancar dele alguma notícia de verdade, alguém o tirou da linha e então veio uma voz diferente, uma voz macia e ronronante:

— Desculpe-nos, senhora, mas por motivos operacionais não damos informações desse tipo.

Devo ter tentado uma dúzia de vezes desde então, ora telefonando para o seu regimento, ora para o Ministério da Defesa. Tentei até o Grupo de Apoio à Família, mas disseram que não dispunham de informações.

Falei com sua mãe pelo telefone uma ou duas vezes. Estão demonstrando muita fibra ao suportar toda essa história. Sei que seu pai serviu na Irlanda do Norte e provavelmente em outros lugares perigosos, também, por isso talvez estejam mais habituados com a idéia de uma pessoa ficar fora de contato durante semanas a fio. Sua mãe repete sempre: "Não se preocupe, querida. No fim ele sempre aparece. Espero que no momento esteja apenas ocupado demais para escrever." Imagino, porém, que esteja preocupada. Acho que consigo perceber uma inquietação na voz dela. Robert, continuo a tocar minha vida. Há muita coisa a fazer. Mas preciso ser sincera, ainda que você nunca leia esta carta. A preocupação é igual a uma dor. Às vezes é exatamente como imagino que seja um tumor maligno, bem dentro de mim. Outras vezes, não com muita freqüência, a dor é feroz. A maior parte do tempo é apenas uma ferida remota, porém sempre presente.

Tenho trabalho suficiente para manter minha mente afastada de tudo isso. O projeto, que é como nos referimos ao plano do xeique sobre a pesca de salmão, absorve todo o nosso tempo. É provável que você não se recorde do que estou falando... não consigo lembrar de quanto cheguei a lhe contar sobre tudo isso antes de as cartas começarem a ser devolvidas. Tenho muita vontade de lhe explicar tudo sobre o projeto. A história inteira é tão absurda: um esquema maluco para introduzir a pesca do salmão em um país desértico. Contudo, o projeto está indo em frente.

Na próxima semana pego um avião para o Iêmen. Ficaremos lá durante vários dias como convidados do xeique para completar nossos estudos de campo e fazer os testes finais antes de o projeto tomar corpo. Assim, querido, estarei no Oriente Médio na mesma época que você! Irei com Fred Jones, o especialista em engenharia de pesca, e o próprio xeique, e pretendemos inspecionar o trabalho de construção que começou agora e conhecer o uádi Aleyn, que um dia, acredita o xeique, estará repleto de salmões. Fred está ficando realmente entusiasmado com a idéia da viagem. Ele agora trabalha como consultor para a Fitzharris & Price. O CNEP mandou-o embora por razões políticas que nenhum de nós dois compreende. O xeique, no entanto, sabe muito bem quais foram os motivos, imagino. É ele agora o empregador de Fred. Por isso viajaremos em seu avião para Sana'a e depois seguiremos de carro para as montanhas, as montanhas de Heraz. O nome soa tão misterioso, um nome do Velho Testamento.

Como é frustrante que você esteja a apenas poucas centenas de quilômetros e ainda assim eu tenha a sensação de que está do outro lado do planeta. Na verdade, consultei um mapa e sei que você está a mais de 2 mil quilômetros de onde estarei. Gostaria de saber exatamente onde você está no exato momento que escrevo estas palavras.

Não agüento mais.

Toneladas de amor,

Harriet

Capitão Robert Matthews
a/c BFPO Basra Palace
Basra
Iraque

4 de novembro

Querido Robert,

Escrevo logo mais uma carta porque partimos dentro de três dias e não sei quanto tempo levará até eu poder escrever de novo. Aconteceu uma coisa esta noite que preciso lhe contar.

Amanhã pegaremos o avião para o Iêmen e passaremos dois dias em Sana'a, a capital, antes de seguir para a casa do xeique em a-Shisr, perto do uádi Aleyn. Tive muito trabalho esta semana, sem um momento sequer para pensar em outra coisa a não ser nos preparativos da viagem. Fred (Dr. Jones) tem sido brilhante. Logo que o conheci pensei que fosse muito cheio de pose. Disse-me que o projeto inteiro era uma piada e que não merecia sequer cinco minutos de sua atenção. Melhorou muito, desde então, graças a todo o reconhecimento que tem tido. Ele é de fato um homem muito bom, um tanto antiquado, de mentalidade tacanha, eu diria, e inteiramente dedicado à profissão. Está também passando por um período difícil no casamento, mas não deixa de modo algum que isso interfira em seu trabalho.

O xeique o inspira. O xeique inspira todos nós. Durante a maior parte do tempo estou tão envolvida com os detalhes do projeto que não tenho tempo para pensar no que estamos fazendo. Acho que é uma autoproteção, na verdade, porque todo o conceito por trás do projeto é muito estranho. Se eu tivesse parado de fato para pensar no que estamos tentando fazer é provável que jamais conseguisse levar a coisa em frente. Não precisei que Fred me dissesse (quando ainda era Dr. Jones) que o salmão necessita de água fresca e rica em oxigênio para nadar, e que as condições no Iêmen estavam longe de ser as ideais. Eu já descobrira isso.

O xeique, no entanto, acredita que conseguirá levar o projeto adiante. Acredita que Alá quer que o execute, e por isso deve e vai completar sua tarefa. Ele jamais leva o fracasso em consideração. Jamais mostra medo ou dúvida. E consegue fazer com que sigamos todos acreditando, do mesmo modo como ele acredita. Sempre nos concentramos no detalhe de cada passo que precisamos dar e pensamos: "Se funcionar, talvez possamos dar o próximo passo. Se conseguirmos capturar os salmões, vivos e em boas condições, nos tanques coletores nas montanhas. Se pudermos mantê-los razoavelmente frescos nos tanques coletores até que as chuvas cheguem. Se as chuvas chegarem e o fluxo de água nos uádis for suficientemente bom, podemos abrir as comportas e liberar os peixes para os uádis. Se eles seguirem nadar corrente acima e migrarem..." Se, se, se... Mas, como Fred insiste em dizer, temos a tecnologia. O resto fica por conta dos salmões.

Tento pensar em outros projetos insanos onde a crença ultrapassou a razão e o juízo: as Pirâmides, Stonehenge, a Grande Muralha da China... o Domo do Milênio. Não somos as primeiras nem seremos as últimas pessoas a desafiar o bom senso, a lógica, a natureza. Talvez seja um monumental ato de insensatez. Tenho certeza de que é. Tenho certeza de que as pessoas zombarão de nós e nos desprezarão pelo resto de nossas vidas. Você não terá condições de se casar comigo porque serei sempre a garota que já trabalhou no projeto Salmão no Iêmen.

Ontem à noite ficamos até tarde em nosso escritório, examinando inventários de equipamentos, fluxos de caixa e etapas do projeto. O xeique controla todos os detalhes com mão-de-ferro. Se fracassarmos, não terá sido porque ele se esqueceu de algo. Enquanto eu organizava a papelada e desligava computadores, ele disse:

— Harriet Chetwode-Talbot, estarei sempre em dívida com você. Você trabalhou para mim com presteza e perfeição. — Ele quase sempre me chama pelo nome completo. Não sei por quê. De todo modo, corei. Em geral, o xeique me dá instruções, raramente faz elogios. — Você acredita que nosso projeto vai fracassar.

Não foi uma pergunta. Gaguejei algumas palavras em resposta, mas ele as desconsiderou.

— Pense nele de modo diferente. O mesmo Deus que me criou, criou os salmões, e em sua sabedoria nos reuniu e propiciou-me os melhores momentos de minha vida. Agora quero reembolsar Deus e dar a mesma felicidade ao meu povo. Ainda que apenas cem peixes migrem, que apenas um peixe seja capturado, pense no que teremos conseguido. Alguns homens na minha posição, com grande fortuna e liberdade para gastá-la como quisessem, construíram mesquitas. Outros construíram hospitais e escolas. Também construí hospitais, escolas e mesquitas. Que diferença faz uma mesquita ou um hospital a mais? Posso venerar Deus fora de minha tenda, na areia, tanto quanto dentro de uma mesquita. Quero oferecer a Deus a oportunidade de fazer um milagre, um milagre que ele fará se o desejar. Não você, não o Dr. Alfred, não todos os engenheiros e cientistas inteligentes que empregamos. Você e eles prepararam o caminho, mas o que quer que aconteça, terá sido a vontade de

Deus. Você terá estado presente na hora do milagre e terá sido de grande ajuda para mim, mas o milagre é apenas de Deus. Quando alguém vir um salmão subindo o uádi Aleyn, conseguirá duvidar da existência de Deus? Esse será meu testemunho, os peixes cintilantes nadando nas águas de tempestades em uma terra deserta.

Minha frágil tentativa de escrever, minha lembrança imperfeita das palavras exatas do xeique, cheia de erros e omissões, não consegue capturar a força da personalidade daquele homem. Quando ele fala assim posso imaginar o efeito que os profetas do Velho Testamento devem ter tido sobre seus ouvintes. Suas palavras, suas idéias, entram na minha cabeça e ecoam por um longo tempo em minha memória, em meus sonhos.

Agora devo falar sobre algo sombrio, algo que eu gostaria que não tivesse acontecido. Mas preciso contar o que houve.

Quando saí do escritório com o xeique, o carro dele apareceu vindo não sei de onde e parou para pegá-lo e, como faz com freqüência, ele me ofereceu uma carona de volta ao meu apartamento. O motorista o deixa primeiro em sua casa em Eaton Square e depois me leva em casa, e em geral aceito a oferta. Hoje, no entanto, eu estava com dor de cabeça por ter fixado por tempo demais os olhos em números minúsculos na tela do computador, de modo que disse que preferiria caminhar um pouco e depois pegar um táxi.

Eu estava subindo a St. James's Street na direção de Picadilly quando um homem alto, com um casacão azul-marinho, emparelhou o passo comigo. Eu não o tinha visto nem ouvido e por isso levei um enorme susto. Minha reação natural foi desviar dele e atravessar a rua, mas antes que eu tivesse a chance de me afastar, ele falou.

— Fique tranqüila. Sou amigo de Bob Matthews.

Parou em seguida e permitiu que eu o olhasse bem sob a luz da rua, e o ritmo do meu coração diminuiu até voltar quase ao normal. Era óbvio para mim que se tratava de um soldado. Quando meu pai, seu pai, você e muitos outros amigos e parentes estão ou estiveram nas forças armadas, não é difícil reconhecer um soldado. Era um homem alto, tinha rosto fino, feições escuras e uma calvície que se insinuava entre os cabelos pretos e as sobrancelhas pretas arqueadas sobre um par de olhos castanhos. Não sei se o reconhecerá por esta descrição. Ele não sorriu.

— Quem é você? Como se chama? — perguntei. Acredito que minha voz devesse estar trêmula. Ele me assustara, surgindo de repente e em silêncio não sei de onde.

Não revelou seu nome. Disse apenas que era seu amigo, pertencia ao mesmo regimento e tinha algo para me contar. Então começou a falar, e suas palavras me provocaram um calafrio.

— É melhor para nós dois que não saiba meu nome. Quero contar-lhe uma coisa, mas não aqui na rua. Confia o suficiente em mim para permitir que lhe pague um drinque? Conheço um lugar aqui perto.

Eu não estava mais tão alarmada. Ao contrário, estava dominada pela necessidade de saber o que ele precisava me contar. Eu sabia que aquele homem não me faria mais mal do que faria à própria irmã, se é que tinha uma. Concordei com a cabeça, ainda sem ter certeza se conseguiria falar de novo sem que minha voz soasse trêmula, e mais uma vez ele me assustou ao dizer que seria melhor não caminharmos juntos, e que eu devia segui-lo a pouca distância. Isso provocou em mim uma sensação que nunca esperei sentir, uma sensação de estar sendo observada, uma sensação de ameaça na escuridão que dominava a rua com exceção da luz dos postes e das vitrines das lojas. Ele se virou e subiu a rua sem esperar pela minha resposta.

Atravessou Picadilly e desceu Dover Street. Segui-o quando pegou uma rua lateral e logo entrou em um pequeno pub. O lugar estava apinhado e barulhento, porém havia um canto mais tranqüilo onde o localizei sentado em uma mesa, à minha espera. Antes que pudesse fazer-lhe alguma pergunta, sugeriu que tomássemos uma taça de vinho. Concordei com um breve murmúrio e em pouquíssimo tempo ele estava de volta à mesa com dois grandes cálices de vinho branco.

— Eu não devia falar com você — começou, sem preliminares. — Com certeza estaria numa grande encrenca se descobrissem que dei informações sobre questões operacionais a um civil. Por isso, por favor, tão logo eu saia daqui esqueça que um dia nos encontramos.

Prometi-lhe que esqueceria, olhei-o, querendo que continuasse, que dissesse as coisas mais aflitivas que ainda não tinham sido ditas. Eu sabia que não estaríamos sentados ali se ele tivesse uma notícia agradável para me dar, uma notícia que eu quisesse ouvir. Pensei "Ó Deus, espero que você não esteja morto." Acho que ele compreendeu, pois estendeu a mão até o lado oposto da mesa e bateu de leve na minha. Depois contou-me que foi ele quem falou comigo quando liguei para o regimento. Não reconheci sua voz. Uma voz alegre tinha falado comigo; o homem à minha frente não falava num tom alegre.

Contei-lhe que todos insistiam em me dizer que seu paradeiro não podia ser revelado por razões operacionais, embora você tenha me falado, quando partiu para o Iraque, que estava fazendo apenas um pequeno passeio pela província de Basra.

— Você tem recebido respostas evasivas.

— O que está querendo dizer? — perguntei. Ele fez uma pausa, tomou um lento gole de vinho. Ergueu as sobrancelhas, olhou para o meu cálice, e compreendi que me dizia para beber um pouco antes de ele voltar a falar. Tomei um gole de vinho. Não estava muito gelado nem muito bom, mas de todo modo mal senti o gosto. O vinho percorreu meu corpo e o álcool aqueceu-me por um instante.

— O que quero dizer é que Bob está em algum lugar onde não deveria estar. Está com uma equipe dentro do Irã, e estão bloqueados. A má notícia é que o IIGF sabe por alto onde estão.

— O que é IIGF?

— O exército deles. O comando operacional do oeste. Essa é a má notícia.

Não perguntei qual era a boa. Não via como poderia haver uma boa notícia. Tomei um segundo gole de vinho. Precisei usar as duas mãos para levar o cálice à boca, de tanto que tremia.

— A boa notícia é a mesma. O IIGF sabe *por alto* onde eles estão; não sabe com precisão. Há muitos lugares onde alguém pode se esconder naquela parte do mundo, por isso Bob talvez continue bem por algum tempo. Algum tempo.

— E o que acontecerá com Robert?

— Ele e sua equipe devem ser retirados de helicóptero. Logo.

Perguntei por que não os retiravam então, já que estavam em tão grande perigo.

— Não temos permissão para sobrevoar o espaço aéreo iraniano. Não temos permissão para admitir que mantemos tropas no Irã, embora, claro, tenhamos tido equipes entrando e saindo de lá durante anos. É uma operação secreta. Se mandássemos helicópteros e eles fossem reconhecidos, os iranianos fariam uma barulheira infernal. Seria preciso então admitir que tínhamos mandado gente para aquela região. O Parlamento seria questionado. Haveria uma gritaria nunca vista. É triste reconhecer, mas mandar helicópteros para lá é exatamente o que o IIGF espera que façamos neste momento.

Perguntei-lhe quem tinha mandado você para o Irã, para começar, já que o que se presume é que não temos tropas lá.

— Nunca se sabe quem inventa essas coisas, mas é óbvio que vai acabar recaindo sobre Downing Street. Esperava-se que Bob e sua equipe se infiltrassem, explodissem o que alguém decidiu que precisava ser explodido e em seguida saíssem. Bob entrou sem problema, mas alguém os viu chegar.

— O que podemos fazer? — perguntei. Devo ter falado alto demais, porque seu amigo olhou ao redor. Devo ter quase gritado. Uma ou duas cabeças giraram rapidamente na nossa direção, mas logo se desviaram do olhar espantado de seu amigo. Fiz um esforço para me acalmar. — O que podemos fazer, então? — repeti. — Por que está me contando essa história?

O homem se debruçou sobre a mesa e falou com voz grave:

— Alguém precisa dar um basta nisso. O seu pai, o general Chetwode-Talbot, é muito conhecido e respeitado. O pai de Bob ainda mantém alguns poucos amigos e admiradores nas forças armadas. Você precisa conversar com um deles, ou com os dois. Faça com que falem com seus contatos no Parlamento. Dê um jeito de eles questionarem o Parlamento e depois tornem o assunto público. Assim terão feito alguma coisa por Bob.

— Mas o que devo dizer?

— Peça ao seu pai que ligue para o contato que ele tem no Parlamento e diga que recebeu informação específica e detalhada de que o capitão Robert Matthews, do Comando 41, e sua unidade estão encurralados no Irã, tendo acidentalmente atravessado a fronteira após forte perseguição, como conseqüência de uma operação contra insurgentes ao redor do lago Qal al'Dizah no Iraque ocidental. Anote. — Ele me deu um instante para encontrar uma caneta e um pedaço de papel dentro da bolsa e em seguida soletrou o nome do lago para mim. — Diga-lhe que Bob estava em perseguição cerrada a um grupo insurgente, mas que agora ele e um grupo de seis homens estão bloqueados no lado errado da fronteira, dentro do Irã.

— Mas não foi isso que você me disse antes.

— Não importa que todos pensem que eles estavam lá por acidente, é possível fazer um acerto com os iranianos e retirá-los. Qualquer outra solução seria arriscada demais agora. — Ele fez uma pausa e bebeu o resto do vinho. Em seguida acrescentou: — O importante é que você diga que está agindo com base em informação recebida, que está absolutamente convencida de que esses dados são autênticos, e que o governo britânico precisa com urgência obter do governo iraniano salvo-condutos para que esses homens possam ser resgatados de helicóptero e conduzidos até o Iraque.

— Eles farão isso?

— Se você conseguir que um membro do Parlamento levante a questão na Casa, serão obrigados a fazer alguma coisa. Coloque a questão de outro modo: não quero parecer rude, mas Bob está metido em uma série de problemas e eles se tornarão muito mais sérios se alguém não tomar uma providência.

O homem se levantou.

— Por favor, não se vá — pedi, segurando a manga do casaco dele. — Deve haver mais coisas que pode me contar.

— Nada mais — ele me cortou, baixando os olhos para mim. — Para o seu próprio bem, para o bem de Bob, faça o que puder, esta noite mesmo. Amanhã, o mais tardar. — Logo depois saiu.

E agora estou em casa, já telefonei para meu pai, que telefonou por mim para alguém no Parlamento, porque àquela altura eu estava num estado tal que mal conseguia juntar duas palavras. Como me torno patética sempre que há uma emergência real.

Escrevi tudo conforme aconteceu. Não mandarei esta carta porque ela nunca chegará às suas mãos e pessoas erradas a lerão, mas é preciso haver um registro escrito do que aconteceu esta noite. Não consigo acreditar que fizeram isso com você, Robert. Simplesmente não consigo acreditar que você tenha sido traído desse modo. Mas vamos tirá-lo daí. Meu pai tem amigos que têm amigos que o governo não pode ignorar ou silenciar. Se pelo menos você pudesse ouvir as palavras que digo em voz alta enquanto as escrevo, se pudesse ouvi-las onde quer que esteja: *vamos tirá-lo daí.*

Te amo.

Harriet

20

Interceptação de e-mails trocados pela al-Qaeda (fornecida pelo Serviço de Inteligência Paquistanês)

De: Tariq Anwar
Data: 21 de outubro
Para: Essad
Pasta: E-mails enviados para o Iêmen

Envio-lhe minhas saudações e mensagens de nosso irmão Abu Abdullah.
Soubemos que o pastor de cabras deixou de apanhar sua cabra. Soubemos que alguém impaciente ou ignorante deu-lhe para vestir trajes tribais que não eram os que deveriam ser usados naquela região da Escócia. E por isso foi visto, foi capturado e agora está de volta ao seu país, falando com as autoridades, não temos dúvida, com a rapidez que sua língua execrável consegue articular as palavras.
Abu Abdullah está ciente de que você terá uma grande preocupação em corrigir esse fracasso, ou maior ainda que fracasso, e pede-lhe que faça três coisas para ele.
Primeiro, que encontre o pastor de cabras. Você conhece o prédio em Sana'a onde ele será mantido. Sabe quais guardas naquele prédio são esclarecidos e quais não são. Procure os

guardas esclarecidos. Pague o que for necessário para que se esclareçam ainda mais. Consiga acesso ao pastor de cabras e leve-o para reunir suas cabras. Tire-o de onde está agora, remova sua cabeça e enterre-o na mesma colina em que seus animais doentes apodrecem.

Depois, que encontre os membros da família dele. Você sabe quem são. Sabe como encontrá-los. Encontre-os e remova suas cabeças também. Deite-os no chão e enterre-os ao lado de seu filho, marido, irmão. Juntos, então, serão um testemunho para a ira de Abu Abdullah, a ira justificada que ele sente contra os que o desapontam, meu irmão Essad.

Por fim, que encontre o xeique. Fomos informados que amanhã ele vem ao Iêmen. Agora está no país que é dele e também seu. É preciso que não haja mais erros quanto às vestes tribais escocesas. Você conhece a tribo dele. Há irmãos que vivem entre eles que nos conhecem e nos amam e são fieis a Abu Abdullah. Encontre o xeique e faça o que lhe foi instruído, e faça logo.

Pedimos a Deus que o oriente para o bem desta vida.

Pedimos a Deus que o oriente e esperamos que não seja antes do que foi determinado, para o bem da vida após a morte.

Que a paz esteja convosco e também a misericórdia e as bênçãos de Deus.

Tariq Anwar

De: Essad
Data: 28 de outubro
Para: Tariq Anwar
Pasta: E-mails recebidos do Iêmen

Caro irmão,
Que a paz esteja convosco e as bênçãos de Deus também.
Procuramos o pastor de cabras. Ele se foi e também sua família. Acreditamos que o xeique os tenha escondido na *jebel*.
Começamos nossa operação contra o xeique. E temos um homem perto da casa dele que nos ama, e que ama e respeita Abu Abdullah. Ele encontrará o pastor de cabras para nós e nos ajudará a fazer o que for necessário com o xeique.
Peça a Abu Abdullah que seja paciente. Precisamos nos movimentar sem urgência, contudo sem protelação. Precisamos nos deslocar com grande cautela. O xeique é um inimigo perigoso, porém não tão perigoso, não tão poderoso, não tão astuto, *nem tão misericordioso* quanto Abu Abdullah.
Oramos por sua compreensão e paciência neste caso.
Essad

De: Tariq Anwar
Data: 28 de outubro
Para: Essad
Pasta: E-mails enviados para o Iêmen

Essad,
Descreva seu plano.
Tariq Anwar

De: Essad
Data: 28 de outubro
Para: Tariq Anwar
Pasta: E-mails recebidos do Iêmen

Envio-lhe meus respeitosos cumprimentos.
Um dos guarda-costas do xeique foi mandado para a Escócia para aprender a pescar salmão. Ele não considera isso adequado à sua condição social e à sua família, pois sempre considerou que a pesca deve ser feita por camponeses que moram em cabanas junto ao mar e, além disso, acredita que a pesca não é uma ocupação digna para uma família descendente dos guerreiros que foram com Maomé a Meca há quase 1.500 anos.
Além do mais, considera ter sido profundamente insultado pelo criado particular escocês do xeique e pelo principal instrutor de pesca, que se chama Colin. Colin disse a esse homem que ele segura o caniço de pesca "como uma garota grande". Isso é um insulto que pode ou não ser uma questão de morte na Escócia, mas é certamente uma questão de morte aqui. Assim, esse homem matará o xeique para nós.

Agora estamos discutindo com ele o *diyah* que precisaremos pagar à sua família quando ele for morto. Por favor, indique quais fundos operacionais estão disponíveis para o *diyah*.
Dados adicionais serão revelados no devido tempo e à medida que o plano for desenvolvido.
A paz esteja convosco e também as bênçãos de Deus.
Essad

21

Trecho extraído do *Hansard*

Casa dos Comuns
Quinta-feira, 10 de novembro
(Presidente da sessão)
Perguntas orais ou escritas para resposta
Respostas por escrito

Sr. Charles Capet (Rutland South) (Partido Conservador): Perguntar ao secretário de Estado de Defesa por qual razão instruiu que uma equipe de seis homens, comandada pelo capitão R. Matthews, do Comando 41 (RM), fosse enviada ao Irã ocidental.

Secretário de Estado (Sr. John Davidson) [*pergunta pendente*]: Não há elementos do grupo de batalha do qual o Comando 41 faz parte posicionados agora em outro lugar que não dentro dos limites territoriais do Iraque, com exceção dos que tenham sido mandados de volta para o Reino Unido por força de rodízio, para folga pós-operacional.

Sr. Charles Capet: Pedir ao secretário de Estado que confirme o paradeiro do capitão R. Matthews, do Comando 41 (RM), nesta data, na hipótese de não estar no Irã. Perguntar, caso o capitão Matthews esteja de fato no Irã, segundo indica claramente a informação que nos foi transmitida, quais planos existem para retirá-lo e sua equipe?

Secretário de Estado: Jamais fez parte da política deste ou de qualquer outro governo comentar detalhes operacionais de posicionamento de unidades que possam agora ou no futuro comprometer a segurança dessas mesmas unidades. É este, portanto, o motivo pelo qual não podermos comentar sobre o paradeiro agora, ou no futuro, do mencionado cidadão. É importante lembrar que este governo tem uma rigorosa política de não-interferência nos assuntos de estados soberanos como o Irã e, por isso, em nenhuma circunstância uma unidade do Comando 41 (RM) teria sido posicionada fora das fronteiras territoriais do Iraque, onde todas as unidades das forças armadas no momento assim posicionadas operam com a sanção de resoluções apropriadas das Nações Unidas. Resulta, então, que o referido cidadão não poderia estar no Irã, uma vez que não há sanção legal para unidade alguma estar no país.

Sr. Charles Capet: Perguntar ao secretário de Estado se é possível que o capitão Robert Matthews e sua unidade tenham involuntariamente se desviado e penetrado em território iraniano enquanto em atividades legítimas dentro do Iraque, perto da fronteira, e na região do lago Qal al'Dizah. Se for este o caso, que procedimentos existem para garantir o retorno seguro de unidades sob tais circunstâncias?

Secretário de Estado [*pergunta pendente*]**:** Não temos informação de quaisquer incursões incidentais, mas continuamos a analisar a questão, conforme solicitado, e reportaremos à Casa no momento em que alguma informação sobre o assunto se torne disponível.

22

Trechos extraídos do diário do Dr. Jones: ele visita o Iêmen

Sexta-feira, 18 de novembro

Estamos no Iêmen, afinal.

As paisagens são de tirar o fôlego... penhascos íngremes que passam de ocre sob a luz do sol a purpúreos à sombra; uádis sulcados como se uma faca gigantesca cortasse centenas de metros entre paredões de rocha escarpada, com um fio de água ocasional no fundo margeado por tamareiras; planícies de seixos que acabam em uma infindável extensão de colinas, marcadas aqui e ali pela crosta branca dos *sebkhas* onde a umidade sob a areia permite que o sal se infiltre para a superfície. São lugares perigosos, nos quais um veículo pode afundar se ousar atravessá-los. Em uma viagem vislumbramos vestígios de um mar de areia: o começo do chamado Quarto Vazio, a quarta parte de um milhão de milhas quadradas de deserto inabitado.

E as cidades são tão espetaculares quanto o deserto. Do deserto, dirigindo rumo a uma cidade em meio a neblina e poeira, a impressão é que nos aproximamos de Manhattan: casas de vários andares, brancas como gesso que, vistas de longe, parecem arranha-céus espiando por cima dos muros de antigas fortificações ou construções que mal conseguem se equilibrar na borda de penhascos marrons. São bonitas e diferentes de tudo que já vi ou ouvi falar. Quando se está em uma cidade há um alarido de vozes altas, um exagero de cores, inimagináveis odores de condimentos e especiarias, e então dobramos a esquina e nos deparamos com um jardim escondido atrás das casas.

Passamos os primeiros dias hospedados em uma das casas do xeique fora de Sana'a ou viajando pelo país em um comboio formado por suas enormes camionetes Toyota Land Cruiser refrigeradas. Ele quer que conheçamos um pouco de seu país antes de partirmos para as montanhas. No Quarto Vazio vimos o início das dunas, uma paisagem sem fim de areia esculpida, dunas como colinas baixas, dunas como dedos compridos, que se movem e mudam incessantemente de lugar, de modo que nenhum rastro nelas deixado resiste por mais de poucos minutos antes de ser apagado pelo vento inquieto que fustiga nossa pele com grãos de areia.

Enfiamo-nos nas montanhas por trilhas semidestruídas de cascalho solto, sempre com um precipício de um dos lados, subindo às guinadas estradas íngremes e sinuosas que davam a impressão, vistas de baixo, que seriam intransitáveis para qualquer tipo de veículo. Encontramos aldeias minúsculas, empoleiradas ao pé de enormes rochedos e em sombra permanente, onde viviam alguns poucos pastores vigiando suas cabras. Vimos lagos profundos com água de um azul esverdeado extraordinário, oásis onde tamareiras guarneciam a borda da água e onde meninos de pele morena, vestidos com seus *futahs* coloridos, um tipo de saia enrolada como um sarongue, brincavam, saltando para dentro e para fora da água.

Uma vez, quando nos aproximamos de um acampamento de tendas de beduínos fomos parados por homens armados que gesticulavam com seus fuzis. O motorista que liderava nosso comboio de três veículos parou a uma distância razoável e desceu. Inclinou-se para pegar um pouco de areia, voltou a ficar de pé, deixou-a escorrer por entre os dedos e mostrou ao beduíno a mão vazia, a palma para fora.

— Ele mostra que está desarmado — observou o nosso motorista.

— Mas ele não tem arma? — perguntei, pensando nos fuzis que vira no chão de um dos veículos.

— Tem, claro. Todo mundo tem armas por aqui. Mas ele não mostra a dele. Diz que veio em missão de paz.

O beduíno deixou que nos aproximássemos das tendas, e Harriet e eu respiramos aliviados. Lembro-me de termos descido do carro e bebido com eles café aromatizado com cardamomo em xícaras minúsculas, sentados em um tapete sob o teto de uma barraca triangular.

Estou assombrado com este país. É tão bonito, de uma maneira selvagem, especialmente as montanhas de Heraz, onde o xeique mora a maior parte do tempo quando não está em Glen Tulloch. As pessoas são como o país, aglomerando-se em torno de alguém nos mercados ou simplesmente nas ruas.

"Britani? Você ingrês? Falo ingrês pouco. Manchester United? Bom? Sim?" E os forasteiros sorriem e dizem uma ou outra palavra, como a frase que o xeique nos ensinou: *Al-Yemen balad jameel* — o Iêmen é um belo país.

E eles inclinam a cabeça e sorriem, encantados de ouvir algumas palavras ditas em sua própria língua, ainda que não entendam o que se tenta dizer, mesmo que se use o tom mais simpático possível. Ao mesmo tempo, há uma sensação de que a amizade poderia se transformar em violência num piscar de olhos caso pensassem que alguém poderia ser um inimigo.

Preocupo-me com Harriet. Ela é em geral calma e alegre a maior parte do tempo, mas de um momento para o outro seu rosto se fecha e empalidece, e ela fica em silêncio. Deve estar preocupada com seu soldado. Talvez tenha acontecido algo. Eu devia perguntar. Não perguntei.

Ficamos na casa do xeique fora de Sana'a durante dez dias. Era uma casa com todas as conveniências modernas, confortável, grande, arejada e fresca no interior. O xeique nos explicou que aquela era a sua residência "oficial" quando vinha a Sana'a em raras visitas de negócios ou para resolver questões políticas. Durante aqueles dias em Sana'a ele esteve ocupado e por isso foram seus motoristas que nos ajudaram a ter uma idéia do país.

Um dia Harriet e eu tomamos um carro emprestado e saímos por conta própria. Entramos em Sana'a e vimos a cidade antiga, com sua grande quantidade de casas cinzentas e brancas com curiosas janelas em arco e paredes altas. Visitamos o mercado de especiarias, onde enormes gamelas de açafrão, cominho, olíbano e todos os outros condimentos possíveis e imagináveis estavam em exposição. Percebemos na entrada que havia um *diwan*, onde homens reclinados em almofadas mascavam *khat*, enquanto mexericavam ou sonhavam com o Paraíso. No entanto, não tivemos coragem de entrar em um dos restaurantes locais. Eu não sabia se Harriet tinha permissão para entrar naqueles lugares que pareciam freqüentados apenas por homens. Acabamos indo a um dos hotéis em estilo ocidental na estrada que circundava a cidade. Ali o mundo do século XXI se impunha, com música ambiente, cerveja consumida no bar por engenheiros de volta dos campos de petróleo e alguns poucos turistas. Almoçamos tarde — uma salada César com gosto de plástico — e tomamos um cálice de vinho branco cada, porque não sabíamos quando teríamos nossa próxima bebida alcoólica. Pode ser que o xeique permita que se beba na Escócia e talvez ele mesmo tome um copo de uísque quando está lá, porém não havia possibilidade de isso acontecer aqui.

Tentei tirar Harriet do seu estado de abstração e comentei sobre os lugares e as pessoas que tínhamos visto desde nossa chegada, mas, embora tentasse mostrar interesse, percebi que a conversa estava sendo um sacrifício para ela.

Então dirigimos de volta para a casa do xeique. Enquanto atravessávamos as aldeias que contornavam a cidade, o chamado à oração soava de uma centena de minaretes. Os fiéis se alinhavam para lavar-se nos banhos comunais fora das mesquitas e depois, deixando sandálias e sapatos do lado de fora, entravam para rezar. Havia mesquitas por todo lado, as cúpulas em tons fortes de azul ou verde e com o símbolo da meia-lua delineadas contra o céu azul que começava a escurecer. Todos faziam orações, era o que parecia, e o povo inteiro rezava cinco vezes ao dia com a mesma naturalidade com que respiravam.

Neste país a fé é absoluta e universal. A escolha, se houver, é feita no nascimento. Todos têm fé. Para essas pessoas, Deus é um vizinho próximo.

Pensei nos domingos em casa, quando eu era criança, apertado dentro de um casaco de tweed desconfortável e forçado a ir à comunhão dominical. Lembro-me de movimentar os lábios sem realmente cantar os hinos, de espiar pelas frestas dos dedos o resto da congregação quando devia estar orando, de me agitar no banco durante o sermão, morrendo de impaciência para que aquele ritual chato acabasse logo.

Não consigo me lembrar da última vez em que fui a uma igreja. Deve ter sido quando Mary e eu ainda éramos casados, mas não sei dizer quando.

Não conheço ninguém que vá à igreja nos dias atuais. É incrível, não é? Sei que vivo entre cientistas e funcionários públicos, e os amigos de Mary são todos banqueiros ou economistas, portanto talvez não sejamos um caso típico. Ainda vemos pessoas saindo da igreja nas manhãs de domingos, batendo papo nas escadas, apertando a mão do vigário, quando passamos de carro a caminho da banca de revistas para comprar os jornais do dia, aliviados por já sermos velhos demais para que alguém nos mande ir à igreja. Ninguém que eu conheça vai. Nunca falamos sobre isso. Não consigo me lembrar com facilidade das palavras que compõem o Pai Nosso.

Nos afastamos da religião.

Em vez de ir à igreja, o que jamais nos ocorreria, aos domingos Mary e eu vamos ao Tesco. Pelo menos era o que fazíamos quando ela ainda morava em Londres. Nunca temos tempo de fazer compras durante a semana e os sábados são muito atribulados. Mas aos domingos o Tesco do nosso bairro é tranqüilo e podemos circular sem termos os calcanhares atingidos a todo instante por carrinhos de outras pessoas.

Circulamos devagar com nosso carrinho de compras ao longo daquela enorme caverna, arregalando os olhos diante dos televisores de tela plana que não temos condições de comprar, uma vez ou outra colocando no carrinho algum luxo menor pelo qual podemos pagar, mas não justificar.

Suponho que fazer compras no Tesco nos domingos de manhã seja em si uma espécie de experiência meditativa: de um certo modo é um momento partilhado com centenas de outros fregueses que circulam empurrando seus carrinhos, e um momento partilhado só com Mary. A maioria das pessoas que vejo fazer compras nas manhãs de domingo carregam aquela expressão tranqüila e sonhadora que sei, também, estar estampada em nossos rostos. É um ritual de domingo.

Agora estou em um país diferente, com uma mulher diferente ao meu lado. Mas sinto como se estivesse não apenas em um país diferente; estou em outro mundo, em um mundo onde fé e oração são instintivas e universais, onde não orar, não ser capaz de orar, é uma aflição pior do que a cegueira; onde estar desconectado de Deus é pior do que perder um membro.

O sol estava mais baixo no céu e a cúpula de uma mesquita ficou escura contra sua luz ofuscante.

Sábado, 19 de novembro

Este país não foi feito para salmões.

Hoje dirigimos até as montanhas de Heraz para chegar ao uádi Aleyn.

As montanhas de Heraz erguem-se em enormes escarpas acima de terraços em vários níveis, de onde agricultores tiram seu sustento básico plantando milho. Para quem olha de baixo, parece impossível alguém penetrar nas montanhas a pé, quanto mais com um veículo. No entanto, como tínhamos reparado antes, trilhas escondidas circundavam o flanco das imensas encostas, serpenteando entre pedras do tamanho de igrejas, precipitando-se em declives de cascalho solto e esfarelado e subindo de novo do outro lado. Harriet manteve os olhos apertados durante a maior parte do tempo e eu mesmo quase não suportei olhar pela janela. Um erro de 15 centímetros do motorista teria nos jogado fora da trilha, feito o veículo capotar e rolar até o vale lá embaixo. No entanto, nosso motorista, Ibrahim, um homem alto, de barba e com turbante marrom, camisa xadrez e jeans, dirigia só com uma das mãos enquanto fumava incessantes cigarros com a outra, e as rodas da Toyota raspavam as bordas da trilha sem, contudo, chegar a sair dela.

De repente passamos do sol brilhante para a névoa espessa, e gotas de água cobriram as janelas e o pára-brisa. Mal conseguíamos enxergar vinte metros à frente, mas logo a névoa começou a se dissipar. Começamos a vislumbrar à frente vestígios de uma aldeia fortificada assentada sobre a rocha.

— Al-Shisr — informou nosso motorista.

Al-Shisr é a terra dos ancestrais do xeique.

Seguimos pela trilha até a aldeia. Talvez uma centena de casas com paredes altas erguia-se no topo da montanha, e um outro penhasco se elevava acima da aldeia no meio da neblina. A imagem me fez pensar em algum mundo esquecido e escondido de uma história infantil. Atravessamos um portão que havia no muro que circundava a aldeia e percorremos caminhos estreitos de areia e cascalho. Era como se tivéssemos voltado centenas de anos no tempo. As ruas estavam vazias, mas uma vez ou outra alguma criança nos espiava de um vão escuro de porta. Galinhas se dispersavam à vista das rodas de nossa Land Cruiser. Pegamos outra ruela para continuar com nossa subida e chegamos a um conjunto de belos portões de madeira entalhada montados em um muro alto e que se abriram para dentro quando nos aproximamos.

Dentro dos muros caiados havia um jardim paradisíaco, fresco e misterioso. A água jorrava de uma fonte e escorria pela borda de uma bacia, caindo em cascata dentro de canais de mármore que formavam uma rede de água corrente que cobria o jardim inteiro. Palmeiras e amendoeiras forneciam sombra e um gramado viçoso se espalhava por toda a área. Havia buganvílias que subiam pelas paredes brancas, além de espirradeiras, eufórbias e outros arbustos cujos nomes desconheço, plantados aqui e ali ao longo dos canais de água corrente.

Um lugar mágico.

Adiante do jardim uma colunata em arco levava ao interior da casa e logo surgiram homens em trajes brancos para nos saudar e recolher a bagagem. Cruzamos a colunata e entramos em um hall de mármore de um frescor e encanto fantásticos, revestido de azulejos com intricados desenhos geométricos, onde o xeique nos aguardava.

De tarde, quando o calor do meio-dia já diminuíra e o sol começava a desaparecer no horizonte, deixei Harriet na casa do xeique e desci a encosta com Ibrahim para chegar ao uádi Aleyn. Havia outro caminho para o uádi que não as perigosas trilhas pelas quais tínhamos chegado. Uma trilha em terreno plano e com areia vermelha uniforme graças a máquinas niveladoras corria à margem do uádi, e ao longo deste rosnavam enormes caminhões basculantes, levantando nuvens de poeira que cobriram nosso veículo. Logo conseguimos enxergar o canteiro de obras onde os tanques de armazenamento de salmões estão sendo construídos. Grupos de trabalhadores indianos espalhavam-se por toda a área, onde três grandes reservatórios foram escavados na lateral da montanha e estão sendo recobertos de concreto. Dois deles conterão água doce. O terceiro, água salgada.

Do primeiro recipiente de água doce um canal já foi construído até a margem do uádi. Quando as chuvas de verão chegarem, as comportas do tanque de armazenamento se abrirão e os salmões descerão pelo canal e percorrerão as águas do uádi. Bem, pelo menos este é o plano.

Ibrahim conduziu o carro até uma fileira de casas pré-fabricadas e parou. Desci e fui saudado por um homenzarrão de macacão cor de laranja e capacete.

— Olá — disse, estendendo a mão e falando com sotaque texano. — Dr. Jones? Sou Tom Roper, engenheiro local do projeto. Quer dar uma olhada?

Entramos na casa pré-fabricada e Tom mostrou-me um enorme painel com o mapa detalhado do projeto. Conferimos o cronograma. Tive a impressão de que estávamos dentro do prazo.

— Dezesseis semanas para a conclusão dos tanques de armazenamento. Depois, quatro semanas para deixá-los no prumo dentro do aqüífero e começar a enchê-los de água para testar a integridade do revestimento e as comportas das eclusas e verificar se nosso kit de oxigenação funciona. Aí esperamos que os salmões cheguem e que as chuvas de verão comecem.

Examinamos tudo em detalhes, depois observei pela janela as atividades no canteiro de obras. Devia haver centenas de pessoas espalhadas pela colina cavando, assentando concreto sobre telas de arame ou desenrolando enormes bobinas de canos de polietileno.

— O pessoal está trabalhando bem — explicou Tom. — Não tivemos grandes problemas por aqui. Só que é uma tarefa que envolve muito calor e pó. Trabalho um mês, folgo uma semana.

— Aonde vai na semana de folga?

— Quando dá vou a Dubai, mas as conexões aéreas não são grande coisa. Se não, simplesmente me hospedo no

Sheraton em Sana'a, bebo algumas cervejas e relaxo na piscina. Não há o que fazer por aqui; também não há o que ver, exceto rocha e areia.

Pensei na bela aldeia de Al-Shisr, nas mesquitas antigas e nas ainda mais antigas construções e tumbas pré-islâmicas que tínhamos visto em nossa viagem pelas montanhas e estranhei a falta de curiosidade do engenheiro, mas não fiz comentário.

Disse-lhe que queria caminhar até o leito do uádi para ver mais de perto o que os salmões teriam de enfrentar.

— Sim, faça isso — concordou Tom. Riu e acrescentou:
— Acho que esses peixes já podem se considerar fritos. O senhor sabe disso, não é mesmo?

— Bem, talvez possam, sim. Vamos tentar evitar isso, se possível.

Tom Roper balançou a cabeça e riu de novo.

— Não é da minha conta o que vocês fazem com o dinheiro. Sou engenheiro projetista; faço o que sou pago para fazer. Construí muita coisa em campos de petróleo. Construí represas. Construí pistas de pouso. E vou lhe dizer uma coisa, até agora não tinha construído tanques para peixes no deserto. Eu diria que construir isto aqui seria o mesmo que pegar uma pilha de dinheiro e queimar. Seus peixes vão acabar fritos. Mas, veja bem, vou concluir o que me pagam para fazer.

Deixei Tom na casa pré-fabricada. O rapaz pode ser um excelente engenheiro, mas não estou especialmente interessado na opinião dele sobre salmões. Sou engenheiro de pesca e minha opinião é que conseguiremos algum resultado aqui. A única preocupação de Tom devia ser cavar buracos e revesti-los de concreto.

Percorri os poucos quilômetros encosta abaixo que levavam ao leito do uádi. Quando cheguei, ainda que o calor fosse seco e estivéssemos no fim da tarde, eu pingava de suor.

O leito do uádi era forrado de pedras, pequenas e grandes. Um fio d'água corria por ele e quando avancei um pouco percebi que em alguns lugares tinham sido cavados sulcos nas pedras para facilitar o fluxo da água. Havia no momento água suficiente no uádi para que apenas dois peixinhos nadassem. No sentido contrário à corrente, o uádi passava pelo meio de uma plantação de tamareiras onde eu sabia que a água fluiria por calhas de irrigação abertas na pedra. Adiante da plantação, pude ver por onde o uádi descia das encostas. O declive não era tão íngreme quanto eu temia, e não consegui ver nenhum obstáculo óbvio para a movimentação dos salmões quando o uádi se enchesse de água.

Ao virar-me para o outro lado, vi alguns poços azuis sob penhascos tão íngremes e altos que a água permanecia à sombra o dia inteiro. A sombra permanente impedia a completa evaporação da água que descia do uádi. Não chovia havia 12 semanas, então era provável que essa água estivesse vindo do aqüífero. Ela secara completamente com o calor da primavera e início do verão, depois voltara a subir durante as pesadas chuvas de verão.

Apoiei-me em uma grande pedra, fechei os olhos e tentei ignorar o ruído dos caminhões e as vozes dos homens vindas da encosta acima. Tentei imaginar o céu tornando-se cada vez mais cinzento e a chuva caindo. Tentei imaginar os primeiros pingos pesados salpicando o pó, abrindo, com o impacto, minúsculas crateras. Tentei imaginar a água da chuva jorrando mais depressa, pequenos riachos se formando e descendo para o uádi. Tentei imaginar fluxos de água caindo pelas ravinas circundantes e o filete no uádi se transformando em corrente, depois em rio, em seguida em uma borbulhante torrente marrom.

De certa forma, eu conseguia mais ou menos desenhar essa cena na minha mente com muito esforço, tentando me esquecer de que o sol estava agora avermelhando meu rosto, meu pescoço e queimando meus braços. Mesmo em novembro o calor aqui é mais forte do que aquele ao qual estou habituado.

Tentei então imaginar as comportas dos tanques de armazenamento se abrindo e uma onda gigantesca descendo do novo canal de concreto algumas centenas de quilômetros adiante e ondas se formando no encontro com a água do uádi. Tentei imaginar os salmões deslizando pelo canal, encontrando as águas da corrente e, seguindo os instintos de dezenas de milhares de anos, subindo a corrente para desovar.

Não consegui.

Esta noite sentei-me ao lado de Harriet na sala de jantar da casa do xeique. Meu rosto e braços estavam lambuzados de loção pós-sol, mas ainda assim sentia a pele quente. Tomei copiosas quantidades de água fria que um empregado despejava de uma jarra de cobre em copos também de cobre. Comemos *selta*, uma espécie de caldo de legumes com cordeiro, pão árabe recém-feito e homus, além de uma mistura condimentada de alho, tomate e outros vegetais que não consegui identificar. O xeique estava de bom humor.

— Então quer dizer que caminhou pelo uádi Aleyn, Dr. Alfred? O que acha do nosso projeto agora?

Balancei a cabeça.

— Será bem difícil. Devo confessar, xeique, que estou muito assustado. Uma coisa é elaborar o projeto a milhares de quilômetros de distância e outra é ver as pedras e a areia do uádi.

— E outra ainda é sentir o calor — acrescentou Harriet, olhando precisamente para meu nariz e faces queimados pelo sol. Sob a influência do xeique, seu humor melhorou um pouco desde a nossa chegada. Ela está mais alegre, embora de vez em quando um olhar triste, voltado para si mesma, ainda atravesse seu rosto.

— Ninguém que não tenha visto a estação chuvosa pode imaginar o que acontece, como a chuva cai depressa; da mesma forma como ninguém que não tenha estado aqui na estação seca pode imaginar o calor e o pó que ela traz. O senhor verá. O Iêmen não é só deserto. Há pastagens e campos verdes em Hadramawt e em Ibb e Hudaydah. Tenha fé, Dr. Alfred, tenha fé!

O xeique sorriu, balançou a cabeça, depois riu para si mesmo como se achasse graça em algo dito por uma criança.

Harriet e eu fomos colocados em uma ala de hóspedes na extremidade oposta da casa e distante de onde o xeique e sua comitiva dormem. Há meia dúzia de quartos aqui, todos grandes e luxuosos, com camas amplas e confortáveis e piso de mármore, tapetes de oração estendidos e um mosaico formando uma seta verde que indica o caminho para Meca. Os banheiros têm banheiras enormes com (eu acho) acessórios em ouro. Há bandejas de frutas e flores e também água gelada à disposição em uma garrafa térmica gigante. Às vezes alguém queima incenso no pátio e um perfume estranho e exótico invade a casa, fazendo-me de novo pensar na igreja de uma infância distante.

Há pouco, enquanto seguia pelo corredor na direção de meu quarto, passei por uma porta entreaberta e ouvi alguém chorar.

Parei. Claro que era Harriet. De leve, empurrei a porta. Ela estava sentada na borda da cama. O luar que entrava através das cortinas transparentes foi suficiente para eu ver o brilho das lágrimas que rolavam pelo seu rosto. Fiquei ali parado, a mão ainda na porta, e perguntei:

— Harriet? Aconteceu alguma coisa?

Era evidente que tinha acontecido alguma coisa. Que pergunta idiota. Ela resmungou uma resposta com a voz entrecortada por soluços. Não consegui entender o que disse. Continuei de pé mais um pouco, constrangido, mas logo o instinto sobrepujou-se e sentei-me na cama ao lado dela e passei o braço ao redor de seus ombros. Ela virou-se e afundou o rosto no meu pescoço. Senti a umidade de suas faces contra a minha pele.

— Harriet, o que houve? Por favor, conte para mim.

Ela soluçou durante mais alguns instantes e senti o colarinho de minha camisa ficando molhado. Era uma sensação curiosa abraçá-la daquele jeito. Não parecia errado. Parecia certo.

— Desculpe. Estou sendo patética.

— Não. Fale para mim o que a está perturbando.

— É por causa de Robert — respondeu com voz trêmula. — Continuo a achar que alguma coisa horrível aconteceu com ele.

Harriet tinha me contado sobre seu compromisso com Robert Matthews, capitão da Marinha Real. Ela nunca fala muito nele e em conseqüência nunca penso muito no rapaz, embora, quando o faça, seja com uma sensação estranha, irracional, quase que de ciúme.

— Não tenho notícias dele há semanas e semanas — desabafou. — Estou tão preocupada. É como se eu sentisse uma dor o tempo inteiro.

— Talvez ele esteja em algum lugar de onde não pode mandar cartas — sugeri. — Imagino que a comunicação no Iraque seja difícil.

— É pior que isso — acrescentou, o rosto ainda afundado no meu ombro. — Prometa que não vai falar para ninguém se eu lhe contar.

Prometi. Para quem eu falaria?

Contou-me que as cartas enviadas por Robert primeiro chegavam quase apagadas pelo censor e depois tinham parado completamente de chegar. O pior é que ela havia sido procurada por um tal Centro de Apoio à Família e todas as cartas que ela escrevera para o noivo começaram a ser devolvidas. Ela então deu a entender que, de algum modo que não deixou claro, tinha recebido a informação que, onde quer que estivesse, Robert corria grande perigo. Tentei pensar em palavras para confortá-la, e ela continuou agarrada em mim, mas depois acalmou-se um pouco e endireitou o corpo. Retirei o braço.

— Meu Deus — exclamou —, devo parecer um lixo. Por sorte está escuro. Lamento ter deixado que me visse assim. Apenas me descontrolei um pouco.

— Deve ser uma preocupação enorme para você. Entendo perfeitamente. Não tenho idéia de como conseguiu manter-se tão calma esse tempo todo. Não pode guardar isso só para você. Precisamos ajudar um ao outro. Devia ter me contado antes.

— Você tem suas próprias preocupações, eu sei — argumentou. — Não tenho o direito de trazer-lhe meus problemas.

— Harriet, sei que demos início a este projeto... isto é, sei que *eu* dei início a este projeto... de pé atrás com relação a você. Desde então, no entanto, comecei a respeitá-la e gosto muito de você. Quero que converse comigo sempre que quiser, como faria com qualquer amigo.

Ela olhou para mim e esboçou um sorriso triste.

— É muito amável de sua parte. — De repente, ela se inclinou para frente e deu-me um beijo rápido e frio nos lábios. Em seguida levantou-se e foi para o banheiro, falando por cima do ombro. — Preciso dar um jeito no rosto. Obrigada, Fred. Boa noite e durma bem.

Voltei para o quarto e agora, enquanto acabo estas anotações em meu diário, ainda sinto o toque de seus lábios nos meus.

Domingo, 20 de novembro

Harriet e eu fomos dar uma caminhada ao longo do uádi hoje de manhã, antes que o sol esquentasse demais. Saímos da casa do xeique muito cedo e Ibrahim levou-nos de carro até o leito do uádi Aleyn, tão longe quanto conseguiu chegar com o Land Cruiser, muito adiante de onde eu teria conseguido. Depois sentou-se no chão, no lado em que o veículo fazia sombra, as costas apoiadas nele, e deixou-nos seguir adiante.

Eu tinha imaginado que haveria algum constrangimento por causa da noite anterior e que Harriet se sentiria embaraçada por eu tê-la encontrado em lágrimas. Mas ela disse, assim que começamos a caminhar:

— Obrigada por ontem à noite. Foi muito bom falar sobre tudo o que está acontecendo.

Respondi que ficava contente de ter podido ajudar.

Enquanto subíamos pelo caminho que margeava o uádi, fui invadido por uma sensação de contentamento como há muito tempo não sentia. Muralhas escarpadas de pedra formavam os lados de um cânion, e acima de seus pontos mais altos pude perceber cristas de montanhas mais elevadas ainda. O céu estava azul-escuro e gaviões gritavam e rodavam bem acima... seus gritos lúgubres ecoavam entre os paredões de pedra. Havia pouca vegetação: alguns arbustos espinhentos, tufos de capim, o verde desbotando e se tornando marrom à medida que a lembrança das chuvas de verão desaparecia. Naquele ponto o uádi tornou-se mais íngreme e pude imaginá-lo como um conjunto de regatos e pequenas quedas d'água quando estivesse cheio. Os salmões conseguiriam chegar até aquele ponto. Fizemos uma curva onde o cânion formava um ângulo e, para minha alegria, a área abriu-se para um platô de cascalho, cortado pelos leitos secos de correntes menores que formavam os tributários do uádi principal.

A visão dos leitos de cascalho deixou-me entusiasmado. Comentei com Harriet:

— Áreas para desova. Se os salmões conseguirem algum dia chegar até aqui, ficarão satisfeitos. — Inclinei-me e recolhi com a mão um pouco de cascalho e deixei-o escorrer por entre os dedos. — O cascalho aqui é suficientemente pequeno para que o salmão cave valas com suas nadadeiras e nelas deposite os ovos. Eu jamais teria imaginado uma coisa dessas! Perfeito!

Harriet sorriu.

— Você parece um menino que ganhou um carrinho de brinquedo. — Em seguida, seu sorriso murchou. Estávamos olhando um para o outro e deve ter sido a expressão do meu rosto que me traiu, que denunciou o fato de eu ter naquele instante, naquele segundo, me apaixonado por ela. Nem eu mesmo sabia até perceber a expressão do rosto de Harriet.

— Fred... — começou, em tom indeciso, mas pressenti um movimento atrás dela. Alguém se aproximava.

Harriet virou-se e nós dois vimos uma jovem caminhando na nossa direção. Tinha a pele morena, era magra, não usava véu, mas um *sitara*, uma túnica cintilante em tons de verde e rosa, e um lenço de cabeça rosa-escuro.

Naquele lugar árido as cores vivas de sua roupa causavam surpresa ainda maior. Equilibrava um jarro sobre a cabeça e carregava alguma coisa na mão. Percebi que saíra de uma pequena casa, pouco mais que uma caverna, que tinha sido escavada em um dos lados da montanha que formava o extremo limite do platô de cascalho sobre o qual nos encontrávamos. Eu agora via que determinados pontos do flanco da montanha haviam sido transformados em terraços, onde alguns poucos produtos eram cultivados. Pequenas cabras pretas e marrons subiam e desciam entre as pedras com graça acrobática, mastigando a porção superior dos arbustos espinhentos.

Ao se aproximar, a jovem deu um sorriso tímido e cumprimentou-nos dizendo "Salaam alaikum", ao que respondemos "Wa alaikum as salaam", conforme o xeique nos ensinara. Pegou o jarro que equilibrava na cabeça, ajoelhou-se no chão e fez um gesto para que nos sentássemos. Despejou água do jarro em duas pequenas canecas de lata e nos entregou. Remexeu então em sua roupa e pegou um pacote achatado de papel impermeável, do qual retirou um pedaço redondo e fino de pão, que mais parecia um grande biscoito. Quebrou-o em duas partes, deu uma para cada um de nós e indicou com a mão que comêssemos e bebêssemos. Tanto a água quanto o pão estavam deliciosos. Sorrimos e gesticulamos nossos agradecimentos até que me lembrei da palavra árabe *Shukran.*

Permanecemos sentados os três durante algum tempo, estranhos que não sabiam falar uma palavra na língua do outro, e fiquei encantado com seu gesto singelo. Ela tinha visto duas pessoas caminhando sob o sol quente e por isso abandonara o que estava fazendo para nos servir. Porque era o costume, porque sua fé lhe dizia que era certo agir assim, porque para ela seu ato era tão natural quanto a água que nos oferecia. Quando recusamos mais água após o segundo copo ela ergueu-se, murmurou algumas palavras de despedida, virou-se e voltou para a casa de onde tinha vindo.

Harriet e eu trocamos olhares enquanto a jovem seguia seu caminho.

— Foi tão... bíblico — considerou Harriet.

— Pode imaginar isso acontecendo em nosso país? — perguntei.

Balançou a cabeça.

— Foi um gesto de caridade. Dar água a estranhos no deserto, onde a água é tão escassa. Foi um gesto de verdadeira caridade, caridade de pessoas pobres dando às ricas.

Na Grã-Bretanha seria considerado suspeito um estranho oferecer bebida a uma pessoa sedenta em um local tão isolado. Se alguém tivesse se aproximado de nós desse modo em nossa terra natal, teríamos provavelmente deduzido que se tratava de uma pessoa meio maluca ou disposta a nos pedir dinheiro. Talvez tivéssemos nos protegido sendo frios, hostis, evasivos e até rudes.

Voltei a pensar na água que acabáramos de beber.

— Reparou como a água estava fria? — perguntei a Harriet.

— Sim — respondeu —, deliciosa.

— Significa que há um poço em algum lugar perto daqui, que vai até o aqüífero. Para manter-se assim fria, precisa estar muito distante da superfície. Se pudermos bombear água nessa temperatura para dentro do uádi, meus salmões terão uma possibilidade muito maior de sobrevivência.

— Nossos salmões — corrigiu Harriet.

Viramo-nos e descemos o cânion de volta até onde Ibrahim nos aguardava.

Esta noite o xeique notou uma diferença no meu estado de espírito e perguntou o que eu descobrira durante nossa caminhada. Contei-lhe sobre o platô de cascalho onde eu imaginava que os peixes poderiam desovar e também sobre a jovem que nos servira água fresca do aqüífero. Ele percebeu entusiasmo e alegria na minha voz.

— Agora o senhor está começando a acreditar, Dr. Alfred. Começando a acreditar que pode ser possível. Começando a aprender a ter fé.

Lembrei-me de suas palavras ditas poucas semanas antes, ou talvez fossem apenas palavras que tivessem se formado na minha cabeça: "A fé vem antes da esperança e a esperança antes do amor."

— Viveremos para ver esses salmões nadarem no uádi Aleyn, xeique — garanti.

— Os salmões nadarão no uádi Aleyn no devido tempo e, se Deus me permitir, assistirei a isso.

Pensei no homem que tinha chegado por entre as árvores em Glen Tulloch e tentado atirar no xeique, e tive certeza de que ele acreditava que um novo ataque aconteceria.

Harriet subiu e fiquei conversando mais um pouco com o xeique. Ele estava com disposição para conversar. Falamos sobre a antiga terra que era agora o Iêmen: as rotas do comércio de incenso através do deserto, a chegada de gregos, sabeus, romanos, todos à procura das lendárias riquezas em ouro e especiarias daquela remota ponta da península arábica. Contou-me sobre a chegada do islamismo e dos imames Zaidi ("Com os quais tenho parentesco distante", acrescentou com orgulho) há mais de 1.200 anos.

— Esta casa foi construída no ano 942 de acordo com o seu calendário e no ano 320 de acordo com o nosso, e minha família vive aqui desde então, aqui e em Sana'a. Fico sempre impressionado, quando os europeus vêm nos visitar, que não tenham idéia de como nossa civilização é antiga. O senhor não acha que aprendemos a viver e a conduzir nossas vidas de acordo com Deus, naquela época? É por isso que alguns de nossos povos odeiam tanto o ocidente. Eles se perguntam o que o ocidente tem a oferecer de tão estimulante para nos ser imposto, substituindo nossa religião de Deus pela religião do dinheiro, substituindo nossa piedade e nossa pobreza por bens de consumo de que não precisamos, empurrando-nos dinheiro que não podemos gastar ou, se gastamos, não conseguimos pagar de volta, soltando os laços que unem famílias e tribos, corroendo nossa fé, corroendo nossa moralidade.

Era a primeira vez que eu o ouvia falar assim tão abertamente, ele que era em geral reservado e prudente. E percebi que devia ser porque começava a confiar em mim, porque eu próprio estou mudando.

Segunda-feira, 21 de novembro

Fiz as anotações em meu diário referentes a ontem antes de ir para a cama. Demorei-me nelas porque quero capturar com a máxima fidelidade que puder tudo o que acontece nesta viagem. É uma jornada, em mais de um sentido. Um dia espero que este diário seja o registro de um fato importante, mas se esse fato importante será a chegada do salmão ou algum outro acontecimento em minha vida, não sei ao certo.

Esta noite tive um sonho. Adormeci tão logo me enfiei na cama, mas então sonhei que um ruído me acordou e que Harriet estava em meu quarto, de pé ao lado da cama, nua. Sonhei que se deitou ao meu lado, e não quero escrever sobre o resto do sonho nem para mim mesmo, mas foi o sonho mais maravilhoso e real que já tive. Quando acordei, a lembrança do sonho me veio à cabeça imediatamente. Meus lábios pareciam ter sido tocados. Talvez tivesse sido mais do que um sonho. Tentei sentir o perfume de Harriet no travesseiro, mas em algum lugar estavam de novo queimando incenso e o cheiro forte, marcante, dominava o ambiente. Devia ter sido um sonho. Um sonho que tive porque algo aconteceu entre mim e Harriet. Tive essa sensação na montanha, enquanto percorríamos lado a lado o leito seco do rio. Tive essa sensação e não sei o que Harriet sente ou pensa, mas meu desejo de que sinta por mim o que agora sinto por ela é tão forte que deve ter invadido meu subconsciente e direcionado todos os meus sonhos durante a noite.

Era pura vontade de que fosse verdade, claro.

Sou casado com Mary e tenho sido feliz no nosso casamento de muitos anos. Sei que no momento enfrentamos um período difícil em nossas vidas, mas é impensável a possibilidade de virmos a nos separar, de poder haver outro alguém em minha vida. Simplesmente não sou esse tipo de pessoa.

Ou sou?

Harriet está noiva de seu soldado, sofre visivelmente por ele e, portanto, não seria possível acontecer algo entre nós. Por isso deve ter sido um sonho.

Mas e se não fosse?

Não consigo ficar parado. Algo aconteceu comigo, mas o quê? As janelas estão abertas e a brisa suave que vem da montanha balança as cortinas. Ainda é cedo. Um amanhecer dourado colore os cumes e as arestas dos altos rochedos ao redor e acima de nós. Pela minha janela chegam odores leves — de flores que eu antes nunca tinha sentido, de condimentos desconhecidos. O ruído da aldeia que começa a despertar chega com eles: o canto do galo, o zurro do asno, o bate-bate dos recipientes de lata para água e de vez em quando um alarido em árabe.

Viajei até aqui, até este lugar estranho. O homem que começou a viagem meses atrás como um cientista sério e respeitado do Centro Nacional para a Excelência da Pesca não é o mesmo que está agora de pé junto a uma janela, observando as montanhas selvagens do Iêmen. Até onde irá esta jornada? Onde e como ela acabará?

23

Trecho extraído do *Hansard*

Casa dos Comuns
Segunda-feira, 28 de novembro
(Presidente da sessão)
Perguntas orais ou escritas para resposta
Respostas por escrito

Sr. Charles Capet (Rutland South)(Partido Conservador): Perguntar ao secretário de Estado de Defesa se ele comentará a reportagem do *Daily Telegraph* que diz respeito a uma explosão em uma instalação militar na região ocidental do Irã. Falará sobre o possível envolvimento nesse incidente de uma equipe do Comando 41 (RM), à qual me referi em pergunta anterior feita nesta Casa? Investigará mais uma vez o paradeiro do capitão Robert Matthews, conforme solicitei em pergunta anterior? E comentará sobre as medidas, se houver, que estão sendo tomadas para garantir o retorno seguro do capitão Matthews ao seu regimento?

Secretário de Estado (Sr. John Davidson)[*pergunta pendente*]: Investigamos a alegada explosão em uma alegada instalação militar na região ocidental do Irã. Fomos informados pelas autoridades iranianas de que houve um acidente industrial em uma fábrica de fio dental que, infelizmente, culminou com a morte de 127 empregados. Temos a informação de que não há pessoas estranhas envolvidas no acidente e que, considerando que os produtos da referida fábrica são descritos pelo governo iraniano como relacionados única e exclusivamente à higiene dental (e não ao reprocessamento de lixo nuclear, conforme relatado no *Daily Telegraph*), acreditamos que o fato não diga respeito a este governo. Assim, enviamos as mais sinceras condolências do governo de Sua Majestade ao governo do Irã e não temos outro interesse oficial no assunto. Com referência ao paradeiro do capitão Robert Matthews, solicito ao honrado cavalheiro que se reporte à minha resposta anterior à indagação anterior feita por ele.

Sr. Charles Capet: Perguntar ao secretário de Estado se ele é, de fato, a única pessoa no Reino Unido a acreditar na explicação oficial iraniana para a explosão devastadora na região ocidental do Irã. Perguntar se continua a negar o envolvimento das forças britânicas que, acredita-se amplamente, estiveram envolvidas em operação naquela área. Perguntar, mais uma vez, se ele não levará conforto aos angustiados amigos e parentes do capitão Robert Matthews declarando-lhes se acredita que o capitão Matthews está vivo ou morto e, caso esteja vivo, se determinará seu paradeiro?

Secretário de Estado: Se o honrado cavalheiro examinar amanhã o site do Ministério da Defesa na internet, na página "Operação Telic 2", verá, lamentavelmente, que o capitão Matthews já é, ou será considerado "desaparecido em ação".

24

Correspondência entre a Srta. Chetwode-Talbot e ela mesma

Capitão Robert Matthews
a/c BFPO Basra Palace
Basra
Iraque

21 de novembro

Robert querido,

Esta é a última vez que lhe escrevo antes de você voltar para casa, quando as cartas não serão mais necessárias. Não a colocarei no correio porque não há como fazê-lo daqui, que eu saiba, e porque, claro, ela de todo modo jamais chegaria às suas mãos. No entanto, precisava botar estas palavras no papel para tentar compreender os sentimentos que me invadem. Em primeiro lugar, contarei o que estamos fazendo aqui. Se escrever sobre meu dia-a-dia, talvez recupere o equilíbrio.

Escrevo esta carta em um lugar chamado al-Shisr, nas montanhas de Heraz, nas terras altas da região ocidental do Iêmen. É uma região erma com montanhas e aldeias fortificadas no topo das encostas, ligadas por trilhas onde até você hesitaria em dirigir (preciso manter os olhos fechados a maior parte do tempo). Embora haja um telefone via satélite e computadores no canteiro de obras junto ao uádi Aleyn, nesta aldeia aqui no alto da montanha não há computadores nem telefones. Meu celular deixou de ter sinal há séculos. Este é o lugar dos ancestrais do xeique e ele gosta de manter tudo exatamente como era no século IX, quando foi construído. É óbvio que temos ar-condicionado, água corrente aquecida e um fantástico chefe de cozinha, porém tudo mais neste lugar poderia ser de qualquer século, menos do atual.

Lá embaixo, no uádi Aleyn, há uma atividade incrível: um volume enorme de caminhões e equipamentos para remover terra, centenas de operários de obra indianos, uma infinidade de coisas sendo trazidas todos os dias. É fascinante ver os tanques de concreto tomar forma. Estão fazendo um trabalho fantástico. Os tanques serão completados com água quando estiverem prontos e então, após alguns testes, estaremos preparados para despachar de avião os salmões de Fort William para Londres, e de lá para o Iêmen.

Fred e eu percorremos praticamente cada quilômetro do uádi Aleyn, e ele e o engenheiro projetista prepararam um perfil do leito do uádi, mostrando onde precisamos de alguma engenharia adicional para ajudar os salmões a transpor obstáculos naturais. Será apenas uma questão de construir alguns degraus de concreto ou uma rampa aqui e outra ali para ajudar os peixes a vencer o que serão quedas d'água quando o uádi estiver cheio. Passamos um bom tempo com os engenheiros para inserir esses detalhes extras nos projetos de construção.

Fred diz que, pela primeira vez, acredita que podemos conseguir alguma coisa. A topografia do uádi o agrada. A qualidade da água vinda do aqüífero é boa na opinião dele.

Até o tamanho do cascalho o deixou animado. Ele acredita que seus peixes... nossos peixes... sobreviverão aqui, ainda que apenas por algum tempo. Mas alguma coisa acontecerá; alguma coisa será conseguida. O xeique contagiou todos nós com sua própria fé. Nesta terra do Velho Testamento é difícil não acreditar em mitos, magia e milagres.

Passarei ainda uma semana aqui antes de poder voltar, mas Fred ficará mais tempo, pois precisa esperar a construção dos tanques de armazenamento e que os engenheiros dêem o trabalho por encerrado, para que ele possa ter certeza de que os tanques não vazam, o equipamento de oxigenação funciona, as comportas abrem, e assim por diante. Depois pegará o avião de volta e começará a planejar a última fase do projeto, o transporte dos salmões.

Meu trabalho está quase terminado agora. Ainda preciso finalizar a administração e a contabilidade do projeto, mas a parte mais árdua — projeto e engenharia, estudos de viabilidade, planejamento e construção — está quase pronta. Agora tudo o que precisamos fazer é concluir este estágio e esperar pelas chuvas do próximo verão, que encherão os tanques de armazenamento. Quando a estação chuvosa estiver para chegar, começaremos o trabalho crucial de transportar salmões vivos da Escócia para as montanhas do Iêmen. Para Fred, essa próxima etapa é o momento vital, a culminação de todo o nosso trabalho. Imagino que ele estará vindo e voltando ao Iêmen durante os próximos meses e o verei com bem menos freqüência. Desculpe, parece que estou falando demais em Fred. Ele tornou-se um bom amigo.

Agora preciso escrever sobre mim. Tenho andado literalmente doente de preocupação; não recebo notícias suas, ouço boatos apenas. Alguns, como os que ouvi semanas atrás, me deixam ainda pior. Como é possível que passe tanto tempo, que tantas perguntas sejam feitas a respeito de onde você anda e o que está fazendo, e ainda assim não se consiga uma resposta? Como as pessoas podem ser tão cruéis a ponto de me deixar sem informação? É terrível o que vou escrever agora, mas ainda que as notícias sobre você fossem as piores possíveis, fossem o que temi receber a qualquer momento desde que você foi embora, não seriam melhores do que essa incerteza interminável?

Emagreci. Isso não é ruim, você talvez diga. Mas olho-me no espelho e vejo que parte de mim se foi. Tenho evaporado de tanta preocupação. Agora chego ao que preciso registrar por escrito, ainda que você nunca leia. Hoje, pela primeira vez, experimento uma profunda sensação de conforto. Ou é uma sensação de alívio? Qualquer que seja a palavra correta, tenho a estranha certeza de que você agora não corre mais perigo. Não sei onde você está, mas tenho confiança de que chegou a algum lugar onde ninguém pode lhe fazer mal. Espero que seja verdade. Acredito que sim. Estou certa agora de que quando eu voltar para o Reino Unido, dentro de poucos dias, alguma notícia sua terá chegado após semanas e meses de silêncio.

Sonhei com você esta noite. Sonhei que estava conosco aqui, na casa do xeique; que de algum modo você tinha conseguido uma folga de seu regimento, descoberto onde eu estava e tomado um avião rumo ao sul para encontrar-se comigo. Foi um sonho muito confuso e não sei bem como você chegou aqui. Os sonhos nunca fazem sentido. Contudo, esse foi espetacular e estávamos juntos. Tão juntos quanto é possível duas pessoas estarem, mais juntos do que jamais estive antes com você ou com quem quer que fosse. Quando acordei, debulhei-me em lágrimas. O sonho havia sido tão maravilhoso que tive vontade de voltar a ele; queria que ele continuasse. Tentei sentir seu cheiro em mim. Cheirei minha própria pele para ver se, de algum modo, por força da magia, aquilo tinha sido real. Parecia real. No entanto, tinham acendido incenso e o cheiro se espalhava por todo lado. Foi um sonho, claro, como poderia ter sido diferente? Porém sua realidade foi tão forte que, por algum tempo, o mundo que despertava pareceu muito irreal para mim.

E se não tivesse sido um sonho? Como teria sido possível você estar comigo?

Agora um sol cintilante está subindo por trás das arestas das rochas, bem acima de nós. Sinto o cheiro de especiarias, flores e café quando vou até a janela e inalo o ar da montanha. Como é estranho que eu esteja aqui e, no entanto, tudo pareça tranqüilo e natural agora. O desespero que senti algumas vezes ao longo das últimas semanas sumiu no momento.

Lá embaixo, na aldeia, os muezins chamam os fiéis à oração.

Vou parar agora e guardar esta carta. Não a lerei de novo até você voltar para mim, e então a olharei uma única vez e a queimarei.

Com amor,
Harriet

25

Trecho extraído da autobiografia não publicada de Peter Maxwell, *Um timoneiro no navio do Estado*

A imagem do navio do Estado foi, minha pesquisa revelou, criada pela primeira vez por Tenniel ou algum outro ilustrador vitoriano em um cartum para a revista *Punch*. Era uma metáfora para governo: o comandante do navio era, claro, o primeiro-ministro da época. Sua preocupação era manter os passageiros felizes e conseguir controlar a tripulação. As analogias com as classes trabalhadoras são óbvias demais, mas é a figura do timoneiro que quase sempre domina nossa atenção.

Ao longo do meu duradouro relacionamento com o primeiro-ministro Jay Vent — como empregado, colega, mas acima de tudo como amigo —, acredito que fui, para ele, o timoneiro. Na ilustração vitoriana vemos a figura de um homem vestido com roupa impermeável, na proa de um navio, agarrado ao timão para evitar ser varrido borda fora. Encharcado pelos respingos de ondas gigantescas, jogado em todas as direções pelo movimento do mar, mantém o olhar no firmamento. Acima dele, através de nuvens pesadas, vê-se o brilho da Estrela Polar. Sem pensar na sua própria segurança, ele se concentra apenas em manter o navio na rota, guiado pela luz que vem do alto. Ele tem um foco, é altruísta; a única coisa que lhe interessa é levar seu comandante e o navio em segurança para um abrigo.

Claro, eu jamais exageraria sobre meu papel na administração de Jay Vent: fui uma das muitas peças da engrenagem do governo. Mas fui a peça que tantas vezes colocou a mão no leme e que, com um toque daqui, um empurrãozinho dali, ajudou a definir nosso rumo.

Naquele inverno, a convite do governador do Iraque, mandamos mais uma vez tropas para lidar com instabilidades locais que de novo ameaçavam a reconstrução dos campos petrolíferos. Havia, infelizmente, outras questões a atacar mais ou menos na mesma época. Além da retomada de nossas operações no Iraque, houve a funesta explosão em uma fábrica de fio dental no Irã, que todos pareciam ter considerado algo muito mais sinistro, o resultado de uma operação secreta de nossas forças. Fomos também instados pelo governo dos Estados Unidos a contribuir para a Força de Defesa da Saudi Aramco, criada para evitar futuros ataques terroristas a campos de petróleo no reino.

Para culminar, tivemos um inverno rigoroso. Compreensivelmente, nossa própria administração e governos anteriores não foram rápidos na retomada da construção de usinas nucleares no país. Tenho com freqüência dito que este é o rumo certo a tomar, mas não antes de termos tido a oportunidade de debater e avaliar os atos relevantes referentes à utilização da terra. Enquanto isso, o déficit temporário em nosso abastecimento de energia tem sido gentilmente compensado pelo governo da Ucrânia, que concordou em aumentar o fornecimento de gás natural ao Reino Unido. Infelizmente, como resultado de algumas exaustivas discussões sobre preços que talvez não tenham sido conduzidas da melhor maneira por nosso ministro de Energia da época, apesar de meus conselhos, o fornecimento foi interrompido durante a maior parte dos meses de dezembro e janeiro. Lamentavelmente, alguns aposentados idosos morreram quando o abastecimento de gás foi suspenso, o que nos obrigou a enfrentar sérios problemas com a imprensa, e não é segredo que o destino do governo esteve em grande parte nas minhas mãos. A não ser que pudéssemos explicar por que tínhamos conseguido ao mesmo tempo cancelar o programa de construção de usinas nucleares e nos indispor com nosso principal fornecedor de gás natural, teríamos pela frente alguns dias difíceis na Casa dos Comuns.

Houve muita pressão sobre mim por parte do chefe, como eu costumava chamar meu amigo Jay. Trabalhei 14 horas por dia, sete dias por semana, durante quase todo aquele outono e inverno. E em grande parte era como enxugar gelo. Cada vez que conseguíamos obter uma reportagem positiva na imprensa, lançar uma nova política ou acelerar algum projeto de lei no Parlamento, uma peça da engrenagem se soltava em outro ponto. A repercussão da foto na primeira página do *Independent* durante a crise de energia mostrando o corpo de uma idosa com a mão congelada junto a um aquecedor frio e pingentes de gelo na ponta do nariz não foi boa para nós. As pessoas consideravam Jay um sujeito legal, e estavam certas. Jay Vent era um excelente primeiro-ministro e sua principal habilidade era escolher as pessoas certas para apoiá-lo e orientá-lo em períodos difíceis como aqueles. Sob pressão, no entanto, Jay se tornava muito exigente com seus subordinados mais próximos. Em particular, detinha-se em mim, o "Sr. Boas-Novas" como às vezes gostava de me chamar. E os registros mostram que Jay podia ser muito duro com quem não correspondia.

Minha função era garantir que as notícias fossem boas na medida do possível e durante o maior tempo possível. Eu era pago para isso, e muito bem pago. Não tinha motivos para me queixar. O resultado foi que fiquei um pouco estressado naquele inverno. Havia um ou dois problemas na minha vida pessoal, também. Quando se está trabalhando duro como eu estava, o efeito pode ser devastador. Minha saúde sofreu abalos e alguns de meus colegas acharam que eu estava ultrapassando os limites. Alguns membros mais antigos do Gabinete insistiram que eu tirasse férias prolongadas, em lamentável ignorância do quanto precisavam de mim para controlar sua retaguarda.

Em geral reajo bem ao estresse. Muitas de minhas melhores idéias vêm à tona quando a pressão é grande. Os leitores lembrarão do primeiro-ministro jogando uma partida de críquete no Orfanato St. Helen em prol das crianças com deficiência visual. Isso ocorreu após um período particularmente difícil, durante o qual a legislação que permitiria a unidades de saúde e inspetores de segurança fornecer apoio logístico para operações no Iraque e em qualquer lugar do Oriente Médio lutava para ser aprovada na Casa dos Lordes. A oposição e, receio, algumas pessoas menos informadas não tinham idéia do alcance de nossas forças armadas naquela época, caso contrário jamais teríamos enfrentado argumentos tão contraproducentes. Precisávamos de uma distração e aquela partida de críquete no orfanato vinha a calhar. Esse era um dos meus lemas: ter uma idéia em cinco minutos e colocá-la em prática dez minutos mais tarde. Ainda sinto um arrepio de excitação quando me lembro do quanto isso era bom.

Então naquele momento comecei a pensar em maneiras de conseguir anular a pressão sobre a agenda do governo. Pensei nas iniciativas do Serviço Nacional de Saúde, em educação, em criminalidade, mas um exame dos três últimos governos mostrou que eles tinham tantas iniciativas nessas áreas que simplesmente não havia espaço para mais uma. Por isso voltei minha atenção para iniciativas no exterior. É sempre mais fácil fazer coisas no exterior; a gente não precisa pensar em licenças, investigações públicas ou informações sobre produtos ou serviços. Você simplesmente vai para o exterior — numa viagem para avaliar os fatos, em missão de boa vontade (o que significa levar um talão de cheques) ou você invade. Essas são em geral as opções disponíveis. Infelizmente já estamos usando os três métodos em varias regiões diferentes.

Mas Jay Vent não tinha me empregado para dizer-lhe que alguma coisa era impossível. Meu trabalho era encontrar a solução. Por mais radical que fosse, havia sempre um modo de ir em frente, e Jay reconhecia isso. Ele me chamava de desbravador, embora eu prefira, como já disse, a imagem do timoneiro. Comecei a buscar alternativas. Fiz a mim mesmo a pergunta: e se houver outras opções no Oriente Médio? Para ser absolutamente sincero, o Oriente Médio tem sido uma espécie de cemitério para a reputação de vários governos e de partidos de oposição também. Peguei-me pensando se haveria algo a fazer a respeito.

Optei pelo que muitas vezes faço quando me encontro nessa situação; era uma das razões para eu ser tão bom no trabalho. Tenho uma enorme habilidade para me colocar no lugar do eleitor médio, que está sentado diante da televisão, exatamente como eu fazia todos os dias. Quais imagens ele veria? Qual delas escolheria como representativas do que estava acontecendo no mundo? O que permaneceria na sua cabeça e formaria a base de sua opinião?

Uma das conseqüências de alguns dos fatos que aconteciam no Oriente Médio era que havia uma linha divisória cada vez maior se desenvolvendo entre os que queriam manter governo teocrata, sistemas legais da *sharia* e mulheres no lar e não atrás do volante de um carro ou em restaurantes; e aqueles que queriam um governo democrático, voto para mulheres, um judiciário independente da Igreja e do Estado e assim por diante. Esses, claro, são argumentos fundamentais que têm sido empregados há décadas. Poderia ser dito que o Oriente Médio tem se polarizado ao redor dessas opções. Um dia desses vi uma imagem de Damasco na televisão: uma cidade com infindáveis arranha-céus, cada apartamento com uma antena parabólica via satélite na varanda e, entre as moradias, torres em espiral e domos de mil mesquitas. Isso me parecia resumir o conflito, as escolhas, no seio do Islã moderno. Como disse em um dos capítulos anteriores, eu via televisão o dia inteiro no trabalho. Havia uma TV de tela plana na minha sala sintonizada o tempo todo na CNN, outra na BBC 24 e outra ainda na Sky News.

Eu quase sempre deixava a televisão sem som, e quando achava que noticiariam um fato importante, pegava logo o controle remoto para aumentar o volume. A maior parte do tempo eu só via imagens. Elas apenas passavam pela minha mente e logo sumiam, mas uma vez ou outra alguma delas se fixava. Eu me lembrava da cena. Ela moldava meu pensamento.

Eu observava as imagens na tela e pensava no seu significado. Vi jovens cazaques e ossetas com bonés de beisebol e roupas de corrida atirando pedras na polícia de choque que tentava mantê-los fora das ruas à noite, que tentava impedir que usassem telefones celulares e vestissem roupas ocidentais. Vi quem não tinha conseguido se desviar das balas estendido em poças escuras na rua. Vi imagens de homens jovens e velhos, com as roupas tradicionais de seus povos, revoltando-se contra ocidentais. E percebi que essa era uma sociedade que passava por um momento crítico. Mil e quatrocentos anos atrás o Islã surgiu no deserto árabe e em um século já controlava uma área que se estendia da Espanha à Ásia Central. O mesmo pode estar por acontecer agora. Ou o inverso.

Imagens de pessoas no Oriente Médio vestidas como ocidentais, gastando como ocidentais, é isso que os eleitores que assistem televisão aqui, na terra deles, querem ver. É um sinal evidente de que estamos de fato ganhando a guerra de idéias, a luta entre consumo e crescimento econômico, tradição religiosa e estagnação econômica.

Pensei: por que esses jovens estão cada vez mais indo para a rua? Não é por algo que fizemos, ou é? Não é por causa de discursos que pronunciamos, de países que invadimos, de novas constituições que escrevemos, de doces que entregamos às crianças, nem por causa das partidas de futebol entre soldados e habitantes locais. É porque eles também assistem a TV.

Assistem a TV e vêem como vivemos aqui no Ocidente.

Vêem jovens da sua idade dirigindo carros esportivos. Vêem adolescentes como eles que, em vez de viver em monástica frustração até que alguém arranje seus casamentos, saem com dezenas de garotas e rapazes diferentes. Vêem-nos na cama com garotas e rapazes variados. Observam-nos em bares barulhentos, virando garrafas de cerveja, felizes, deleitando-nos com o privilégio de nos embebedar. Observam-nos gritar palavras de apoio ou insultos em partidas de futebol. Vêem-nos embarcar e desembarcar de aviões, voar de um destino a outro sem restrição e sem temor, tirando férias intermináveis, comprando, tomando banho de sol. Especialmente, vêem-nos comprar: comprar roupas e jogos de PlayStation, comprar iPods, videofones, câmeras digitais, sapatos, tênis, bonés de beisebol. Vêem nossos adolescentes gastando o dinheiro de suas mesadas ilimitadas em bares, restaurantes, hotéis e cinemas. Esses jovens do Ocidente gastam sem parar. Estão sempre inquietos, felizes e têm acesso ilimitado a dinheiro vivo.

Percebi, num lampejo de perspicácia, que isso era o que levava os jovens do Oriente Médio para as ruas. Percebi que eles queriam apenas ser como nós. Esses jovens não querem ter a obrigação de ir à mesquita cinco vezes por dia quando poderiam estar conversando com amigos em uma parada de ônibus, ao lado de uma cabine telefônica ou em um bar. Não querem que suas famílias lhes digam com quem devem e não devem se casar. Eles podem muito bem decidir que não querem se casar ou que desejam apenas variar de parceiros. O que quero dizer é que isso é o que muita gente faz. Não é segredo, após aquela série no *Daily Mail*, que é isso que faço. Não necessariamente preciso do compromisso. Por que eles não deveriam ter as mesmas escolhas que eu? Eles querem a liberdade de escolher para onde voar durante as férias. Sei que alguns dirão que o que muitos deles querem é apenas uma refeição decente por dia ou a oportunidade de beber água limpa, mas no conjunto os pobres não são os que estão na rua e não seriam eles o meu público-alvo. Eles não mudarão nada, caso contrário por que seriam tão pobres? Os que vão para as ruas são os que têm televisão. Viram como vivemos e querem gastar.

Então tive uma inspiração.

De repente compreendi que havia um modo melhor de gastar o dinheiro do contribuinte. Não conhecia o orçamento do Tesouro para nossas várias operações militares, mas era enorme e crescia o tempo todo. Estávamos operando em 15 países diferentes, cinco deles oficialmente. Porque as razões para nossas intervenções além-mar são às vezes complexas e muito sofisticadas sob o ponto de vista político, o fato triste é que às vezes o púbico em geral nem sempre avalia o valor dessas operações. Quem pode culpá-los? Alguns de nossos envolvimentos no exterior acontecem há um tempo terrivelmente longo.

Mas, refleti, há outras instituições com as quais também tradicionalmente despendemos dinheiro sem fazer muito esforço para compreender o valor do investimento. Por exemplo, existe a programação jornalística da BBC World Service. Para que serve? É protegida por concessão especial e tanto quanto eu gostaria de ter passado a tesoura nela durante os primeiros anos de nosso governo, sabia que ela era intocável. Eu também precisava admitir que muita gente a ouvia e, perguntava a mim mesmo, isso não demonstrava uma enorme sede de informação sobre o modo de vida europeu e, em particular, o britânico? Pessoalmente, nunca ouvi a World Service. Imaginava, por examinar às vezes a programação, que apresentasse reprises de *Farming Today*, de discursos recentes nos parlamentos europeus ou de matérias sobre rituais tribais no Congo, e isso me fez perceber que havia público no mundo árabe e além dele que realmente devia estar desesperado por ter uma idéia de um mundo que não fosse o seu. Assim, o que fariam se tivessem acesso a um canal de televisão realmente vivo, britânico na propriedade e no controle?

A idéia que desenvolvi naquele inverno foi de montar uma estação de TV chamada, digamos, por uma questão de raciocínio, Voz da Grã-Bretanha. Desde o princípio fiquei atraído pelas possibilidades e determinei que fosse produzido o piloto de um programa para apresentá-lo ao chefe. Preparamos o roteiro tendo Noel Edmonds em mente como apresentador, mas seu agente não gostou da idéia. No final, arranjamos um substituto, da al-Jazeera, para apresentar o piloto. O outro problema era que os concorrentes falavam farsi, pashto, árabe ou urdu e precisávamos montar o programa em inglês, de modo que foram necessários tradutores simultâneos. No conjunto, no entanto, acho que funcionou extremamente bem.

26

Roteiro do piloto do programa de TV *Prêmios para o povo*

Episódio Um **(Duração: 30 minutos)**	***Prêmios para o povo***
Seqüência do título 00.30 *Música tema*	
Boas-vindas e introdução do apresentador 00.30 Apresentador de pé nas ruínas de uma aldeia.	Muhammad Jaballah (na tela) "Boa noite. Sou Muhammad Jaballah e estou no meio da aldeia de Dugan, na fronteira setentrional do Paquistão. Os habitantes de Dugan têm passado por um período difícil nos últimos tempos, pois seu governo luta pelo controle da área com o Talibã e a al-Qaeda. Mas agora verão que as coisas estão por mudar. Eles estarão ao meu lado no meu novo programa, um programa que testará a sagacidade de concorrentes de todas as regiões do Oriente Médio e da Ásia. E, se as

Música Tema Fotografia parada de um paquistanês com 20 e poucos anos.	respostas estiverem corretas, suas vidas passarão por uma incrível transformação. Eles ganharão prêmios que ultrapassam seus sonhos mais extravagantes. Bem-vindos ao novo e fantástico *Prêmios para o povo*." Voz masculina (over) "Farrukh, de Dugan, será nosso primeiro concorrente. Antes, porém, vamos conhecer um pouco melhor Dugan, a maravilhosa aldeia natal de Farrukh."
Link para a locação do apresentador *00.60* Dugan, na fronteira setentrional, Paquistão Apresentador caminha pelas ruínas de casas de pedras justapostas, rodeado pelo que sobrou de um bosque de amendoeiras. Cepos escurecidos indicam um incêndio recente. O apresentador pára diante dos destroços de uma casa que se realça pela cratera aberta por uma bomba na parte da frente.	Muhammad Jaballah (na tela) "Esta é Dugan, em tempos passados uma próspera aldeia no norte do Paquistão, localizada no meio de um lindo bosque de amendoeiras diante de montanhas de picos cobertos de neve atrás. Um lugar encantador, e dentro de instantes conheceremos as pessoas encantadoras que vivem aqui." "Lamentavelmente, como podem ver, um míssil de cruzeiro Tomahawk aterrissou em Dugan há alguns meses e fez um grande estrago. A casa

	atrás de mim era de Farrukh, e infelizmente a explosão derrubou a maior parte dela, fazendo vítimas fatais entre os membros da família de Farrukh." "No entanto, ei, é por isso que estamos aqui... para tentar trazer de volta o sorriso ao rosto de Farrukh e de seus amigos."
Estúdio do apresentador 00.40 Muhammad Jaballah é agora visto no local da gravação, no estúdio. Usa uma túnica preta debruada de ouro. Ao fundo, imagens recortadas de dunas de areia. Um camelo de plástico inflável espicha a cabeça acima das dunas enquanto Muhammad fala. A câmera movimenta-se para duas cadeiras, uma diante da outra no palco central, na parte da frente do set de gravação. *Música tema* O primeiro concorrente, Farrukh, surge pela esquerda do palco e o atravessa para sentar-se diante de Muhammad. *Aplausos.*	Muhammad Jaballah (na tela) "Esta noite Farrukh e seus amigos desta aldeia, Imran e Hassan, competirão na primeiríssima edição de *Prêmios para o povo.* Estou emocionado com a oportunidade que tenho de mudar suas vidas. Este é mais do que um simples programa de perguntas... vamos fazer bonito." Voz masculina (em *off*) "E agora, uma grande saudação para Farrukh de Dugan!"

Estúdio do apresentador *1.00*	Muhammad Jaballah "Fale-nos sobre você, Farrukh. De onde vem?" Concorrente (câmera fecha nele) "Venho de Dugan, nas Áreas Tribais." Muhammad Jaballah (na tela) "Farrukh, dentro de alguns instantes vamos lhe fazer uma pergunta. Não é muito difícil, mas precisa entendê-la bem. Primeiro, no entanto, fale-nos de Dugan." Concorrente (na tela, com apresentador) "Dugan é uma aldeia muito bonita, mas foi um pouco destruída. O gerador explodiu e o poço está cheio de areia e pedras, e algumas casas desmoronaram." Muhammad Jaballah (na tela) "Farrukh, isto é muito triste. Espero que hoje você consiga ganhar alguns prêmios. Vamos ver, então, se consegue responder à primeira pergunta?"
Música tema	Imagem escurece aos poucos, depois volta à tela

Estúdio do apresentador *1.20* *Música de fundo teatral* *Gritos da platéia de "Não!" e "Vá em frente, Farrukh!"*	Muhammad Jaballah (na tela com concorrente) "Muito bem, Farrukh, aqui está a primeira pergunta: qual animal consegue atravessar o deserto durante dez dias sem comida nem água?" Concorrente (em close) "Está parecendo que é um..." Muhammad Jaballah (em close) "Não tente adivinhar, Farrukh. Não diga a primeira coisa que lhe vier à cabeça, caso contrário corre o risco de voltar para Dugan sem nada, e não gostaríamos que isso acontecesse agora, não é mesmo?" Concorrente (na imagem com apresentador) "É um..." Muhammad Jaballah (em close) "Antes de responder, Farrukh, dê uma olhada nestas opções e decida qual delas é a correta."
Pergunta de múltipla escolha *00.30*	Voz masculina "Muito bem, Farrukh, se responder corretamente qual

Gráficos	destes três animais consegue atravessar o deserto durante dez dias sem comida nem água, você ganhará o primeiro dos prêmios especiais de hoje: A. Elefante B. Boi C. Camelo Saiba qual resposta Farrukh acha que é a correta depois dos comerciais."
INTERVALO COMERCIAL	
Estúdio do apresentador	Muhammad Jaballah (na tela) — Farrukh, a resposta é A, B ou C? Não se apresse.
	Concorrente (em close) — É um...
Música teatral	Muhammad Jaballah (em close) "Não se apresse, Farrukh, você não pode errar esta primeira pergunta. Dê a resposta certa e o primeiro dos fabulosos prêmios de hoje será seu."
Aplausos da platéia	Concorrente (em close) "... é um camelo, não é?"
Risadas da platéia	Muhammad Jaballah (em close) "Muito bem, Farrukh. A resposta está certa. É um camelo."

Camelo inflável sobe e desce as dunas a meio trote	Muhammad Jaballah (na tela) "E aqui está o primeiro grande prêmio da noite, Farrukh. É seu e você pode levá-lo para Dugan no final do programa de hoje!"
Aplausos na audiência	
Na tela, foto de uma máquina de lavar louça	Concorrente (em close com apresentador, trocando um aperto de mãos) "Muito obrigado, Sr. Muhammad, que máquina é esta?"
	Voz masculina "Farrukh, hoje você ganhou uma máquina de lavar louça para 14 pessoas, com programa para seis tipos de lavagem, três temperaturas de água, interior em aço inoxidável de primeira categoria, sistema à prova d'água duplo e trava de segurança para crianças. Você pode enchê-la com louça, copos de cristal e talheres com cabo de osso sem risco de dano. E ainda há uma garantia de três anos para peças e serviço."
Aplausos no estúdio	Muhammad Jaballah (na tela) "Uma grande salva de palmas para Farrukh. E agora, nossas boas-vindas ao próximo concorrente!"

27

Trecho extraído da autobiografia não publicada de Peter Maxwell

Depois da minha idéia para o programa de perguntas e respostas na televisão, tive certeza de que descobrira de modo absolutamente brilhante como vencer a guerra de corações e mentes no Oriente Médio. Por isso levei-a ao Gabinete. Quando digo Gabinete, refiro-me aos três ou quatro membros que se instalavam na Sala Terracota do Número 10 nas noites de sexta-feira, a não ser que por alguma razão ficassem retidos na Casa.

Reuniam-se com Jay, esvaziavam algumas garrafas de chardonnay e decidiam como conduzir o país. Estavam lá os de sempre: Reginald Brown, que era secretário do Interior; Davidson, que ocupava a pasta da Defesa naquela época; e o secretário das Relações Exteriores, cargo que o atual primeiro-ministro ocupava na época. Em geral James Burden, secretário da Fazenda, também comparecia.

Eu já tinha dito a Jay que estava desenvolvendo uma idéia que poderia nos levar de volta à linha de frente. Queria apresentá-la a ele, aos outros, e ter alguns subsídios antes de preparar um projeto detalhado. Jay convidou-me para participar do encontro da sexta-feira seguinte. Às 20h eu sabia que todos já teriam chegado e teriam bebido pelo menos um drinque, mas ainda estariam em condições de discutir qualquer assunto que eu lhes apresentasse, como às vezes fazia. Era o melhor momento para conquistar sua atenção. Subi, bati na porta e Jay gritou para que eu entrasse.

Encontrei os cinco escarrapachados em poltronas e sofás, duas garrafas de vinho branco pela metade em uma mesa baixa colocada entre eles. Jay ofereceu-me um cálice, que aceitei, mas não toquei. Eu beberia alguma coisa mais tarde, quando eles estivessem dando tapinhas nas minhas costas e me felicitando pela idéia.

— Cavalheiros — comecei —, vou explicar-lhes como conquistar os corações e mentes dos trabalhadores comuns do Oriente Médio sem disparar um único tiro.

Eu não tinha dado a Jay nenhuma pista do que diria. Ele confiava em mim. Sabia que se eu tinha algo a lhes apresentar, valia a pena ouvir. Eu participava com freqüência desses encontros, mas Jay quis deixar bem claro que eu estava presente a convite dele. De todo modo, lá estavam eles ao redor da mesa, sem casaco, os nós das gravatas frouxos, rostos um pouco vermelhos do vinho. Quando entrei, já falavam sobre o Oriente Médio, por isso tive a sensação de que meu timing estava perfeito.

Diga a eles aquilo que quer dizer; diga mais uma vez; depois repita tudo novamente. Este sempre foi o meu sistema, e nunca falhou. Então relatei em linhas gerais o que iria lhes dizer, depois apresentei um resumo de minha proposta para o novo canal Voz da Grã-Bretanha e discorri sobre algumas das idéias que começara a desenvolver com relação ao conteúdo da programação. Também falei sobre a idéia de um cartão de crédito de uso fácil para distribuição geral no Oriente Médio, com aprovação instantânea de crédito para quem conseguisse assinar o nome em um formulário, com o patrocínio dos principais bancos britânicos e garantido pelo Ministério da Fazenda, com o dinheiro que não seria mais necessário para a defesa. Vi o ministro da Fazenda e o secretário de Estado da Defesa aparentarem interesse e tive certeza de que minha mensagem estava chegando aonde eu queria.

Contei-lhes sobre os aparelhos de TV a baixo custo que seriam distribuídos nos países onde mais queríamos ampliar nossa influência, aparelhos de TV que pegariam apenas um canal, o Voz da Grã-Bretanha, e a rede de transmissores que divulgariam a nova programação 24 horas por dia, sete dias por semana, sem esquecer os domingos. Depois falei sobre meu programa de perguntas e respostas, o carro-chefe do canal.

Fiz minha apresentação sem laptop nem projetor digital, sem PowerPoint, sem planilhas e sem anotações. As pessoas muitas vezes dizem que me saio muito melhor quando falo sem nenhuma ajuda, as palavras saindo direto do coração. Foi uma das minhas apresentações mais bem-sucedidas. No final expliquei:

— O financiamento total necessário para uma campanha desse tipo precisa ser adequadamente avaliado e é claro que isso ainda não foi feito. No entanto, estou convencido de que custaria apenas uma fração do que estamos gastando neste momento em operações militares. E teríamos um resultado dez vezes, cem vezes, melhor em termos de difusão de nossas mensagens e valores.

Houve um longo silêncio quando terminei. Jay pegou um lápis, examinou a ponta, depois largou-o. O secretário das Relações Exteriores jogou-se para trás na poltrona e estudou o teto. O secretário da Fazenda disfarçou brincando com seu Blackberry. Davidson então disse:

— Peter, você precisa sair mais.

Encarei-o. Eu não conseguia acreditar que alguém na posição dele pudesse fazer um comentário tão infantil, embora o que eu conhecia de Davidson devesse talvez ter me preparado para tal possibilidade. Era como se os últimos 15 minutos não tivessem valido de nada.

Eu estava a ponto de fazer uma observação da qual poderia me arrepender, quando Jay ergueu os olhos e disse em tom cortês:

— Peter, este é um projeto visionário. Assim como você. Mas precisa ser pensado com um pouco mais de atenção. Há algumas questões religiosas e políticas que demandam uma condução sensitiva. E você já tem muita coisa com que se ocupar. Você tem trabalhado muito. Precisa diminuir um pouco o ritmo. Talvez tirar uns dias de folga. Depois podemos voltar ao assunto. Discutiremos um pouco mais a fundo, quem sabe? O secretário de Estado de Cultura e Esportes deve ser envolvido no debate. Talvez o de Educação também. Pedirei aos dois que pensem no assunto. Por enquanto, porém, grande como é, acho que devemos dar uma freada na sua idéia. Estamos muito comprometidos em seguir um determinado rumo no Oriente Médio e seria difícil efetuar uma grande mudança sem que as pessoas passassem a perguntar por que começamos a fracassar em primeiro lugar.

Por alguma razão, quando Jay acabou de falar meus olhos se encheram de lágrimas. Levantei-me e fui até a saleta onde ficavam as garrafas e servi-me de um copo d'água de costas para a mesa, depois sequei os olhos com o dorso da mão enquanto ninguém via meu rosto. Sentia-me rejeitado. Sentia que minha percepção tinha sido muito clara, perfeita, lateral. Como ninguém mais conseguia ver que esse era o caminho a seguir? O secretário das Relações Exteriores estava falando.

— Entretanto — prosseguiu —, Peter foi objetivo. Podemos ter um excelente conjunto de políticas no Oriente Médio, e como você bem sabe, eu as tenho sempre endossado e apoiado inteiramente. Além disso, sabemos que a longo prazo seremos bem-sucedidos. Sabemos que o islamismo militante está sendo suplantado e que as sociedades de consumo democráticas estão despontando e substituirão as antigas teocracias. Os preços das casas estão subindo de novo em Fallujah. E em Gaza. Isso é tremendamente animador e corrobora parte do que Peter acaba de dizer.

Dei-lhe um sorriso de gratidão. Uma lágrima rolou pelo meu rosto. Ninguém pareceu ter notado.

— No entanto, precisamos reconhecer que alguns de nossos eleitores entendem que não estamos progredindo com a rapidez que esperavam. As imagens do acidente com o helicóptero em Dhahran na semana passada... Os incêndios criminosos no Bull Ring em Birmingham. A recente explosão no Irã, que todos parecem acreditar que foi culpa nossa...

— Os vazamentos não vieram do meu departamento — adiantou-se Davidson.

— Mesmo assim. Tem havido muitas histórias negativas por lá. Não esqueça daqueles missionários batistas americanos em Basra, que tentaram converter os habitantes locais oferecendo-lhes cem dólares por cabeça. Isso não pegou muito bem aqui, e se eles não tivessem sido seqüestrados e executados não sei que outros danos de relações públicas poderiam ter causado. Com certeza precisamos de um ângulo diferente. Não em lugar do que estamos fazendo, mas tão bom quanto o que estamos fazendo. Precisamos mudar a crescente percepção entre nosso próprio público de que estamos tratando o mundo muçulmano com desprezo e indiferença.

O chefe estava pensativo. Houve silêncio enquanto esperávamos que ele falasse. Então olhou-me e perguntou:

— Peter, o que me diz do projeto do salmão? No Iêmen?

Fiz um gesto com a cabeça. Ainda não me sentia confiante para falar. Engoli em seco e respondi.

— Recuamos um pouco, deve estar lembrado.

— Bem — retrucou o chefe —, é preciso reavaliar essa decisão. Não estou certo de que tenha sido a deliberação correta, Peter. Fiquei entusiasmado com o projeto e gostaria que ele tivesse êxito.

Não havia sentido em lembrá-lo de que apenas poucas semanas antes, naquela mesma sala, ele me repreendera na frente de mais ou menos as mesmas pessoas por ter jantado com o xeique e me envolvido demais no projeto. O chefe estava certo na ocasião e estava certo agora. Por isso era o chefe.

— Sim, chefe — concordei. — É para já. Voltaremos ao projeto sem demora.

28

Evidência de uma crise conjugal entre o Dr. e a Sra. Jones

De: Fred.jones@fitzharris.com
Data: 12 de dezembro
Para: Mary.jones@interfinance.org
Assunto: Ausência

Minha querida Mary,
Como vai? Sinto muito ter ficado fora de alcance, mas passei várias semanas em uma região remota do Iêmen e o acesso à internet não estava disponível a maior parte do tempo.
Desde que voltei tenho andado muito ocupado para compensar o atraso. Também aconteceu uma coisa horrível a uma colega, que deixou todos arrasados, para dizer o mínimo. Por isso sei que entenderá por que fiquei algum tempo sem dar notícias. Espero que você esteja bem, muito animada e com o trabalho em ordem.
Escreva, estou ansioso para receber notícias.
Beijos,
Fred

De: Mary.jones@interfinance.org
Data: 12 de dezembro
Para: Fred.jones@fitzharris.com
Assunto: Re: Ausência

Até que enfim! Pensei que tivesse me esquecido.
Não me diga que mesmo no Iêmen você não consegue dar uma fugida a um café com internet para mandar um e-mail rápido. Simplesmente não acredito que alguém possa ir a um lugar e ficar isolado desse jeito.
Já que perguntou, estou ótima. Emagreci um pouco, pois acabo esquecendo de comer, sozinha como me encontro. É o seu caso também? Ou talvez você esteja com sua amiga Chetwode-Talbot e seu amigo xeique o tempo todo. Imagino que esteja levando um vidão em companhia tão eminente e comendo em restaurante duas vezes por dia.
Meu trabalho vai muito bem e agradeço por lembrar de perguntar sobre ele. Minha contribuição ao escritório de Genebra está sendo reconhecida e o trabalho puxado que tenho tido nos últimos meses está valendo a pena. É gratificante ver o resultado e o reconhecimento que uma pessoa recebe por seu esforço. Devo ir a Londres em breve para uma reunião de avaliação no escritório central europeu, e está no ar uma possível promoção. Espero que minha ida seja uma oportunidade de nos encontrarmos e passar algum tempo juntos. Sinto que é importante termos uma conversa séria sobre nossa vida em comum e nosso futuro.

Informarei meus planos tão logo as datas da visita estejam definidas.
Mary
P.S.: Você não disse uma palavra sobre o andamento do projeto do salmão. Percebeu finalmente que a idéia como um todo é irracional? Sempre me perguntei como você pôde acreditar nela, em primeiro lugar. Eu teria imaginado que sua formação científica impediria seu envolvimento em algo desse tipo. Somos constantemente surpreendidos pela elasticidade dos padrões das pessoas, mas estou surpresa que você tenha se comprometido tão depressa. Quando me perguntam no que você trabalha, o que às vezes acontece, já que sou relativamente nova aqui, não sei o que responder. Admiti um dia a uma pessoa (que graças a Deus não era do escritório) que você estava sendo pago para introduzir o salmão no Iêmen e ela riu muito durante pelo menos cinco minutos, sem acreditar que eu não estivesse brincando.
Como sabe, acho brincadeiras e piadas uma infantilidade, e meu jeito não é esse, de modo que se os colegas me perguntam o que você faz ou se preciso dar essa informação ao departamento de recursos humanos, digo simplesmente que você é engenheiro de pesca e encerro o assunto. Mas então, como explicar que esteja trabalhando para uma agência imobiliária?

De: Fred.jones@fitzharris.com

Data: 13 de dezembro

Para: Mary.jones@interfinance.org

Assunto: Projeto do salmão

Mary,

Obrigado por perguntar sobre meu trabalho no Iêmen, ainda que eu considere algumas de suas observações um pouco negativas. Você quase parece questionar minha integridade científica, embora eu tenha certeza de que não foi essa a sua intenção.

De todo modo, já que perguntou, quero lhe garantir que o projeto do salmão dará certo. Talvez não vivamos para ver pescadores iemenitas fisgando salmões enquanto eles sobem o uádi Aleyn, embora até isso esteja longe de ser impossível, mas veremos salmões subir o uádi Aleyn, sim. Disso eu tenho certeza. E acho muito provável que os peixes subam toda a extensão do uádi e que alguns deles consigam desovar nas cabeceiras antes que as águas recuem. O que acontecerá depois é impossível saber.

Filhotes de salmão serão de fato produzidos nos leitos de cascalho na cabeceira do uádi, e algum deles sobreviverá tempo suficiente para nadar rio abaixo antes que as águas evaporem? É provável que não. Conseguiremos capturar algumas fêmeas para separar seus ovos e criar o salmão em condições mais controláveis na pequena incubadora experimental que construímos no tanque de armazenamento nº 1? Sim, acho que conseguiremos.

Teremos condições de capturar uma quantidade suficiente de salmões vivos enquanto descem o uádi, para com eles reabastecer o tanque de armazenamento nº 2 (que agora receberá sal para imitar a salinidade da água do mar)? Só o tempo dirá.

Se conseguirmos induzir o salmão a querer nadar rio acima para perseguir o cheiro de água doce, se conseguirmos induzir o salmão que vem rio abaixo a sentir o cheiro de água salgada do tanque de armazenamento nº 2 e nadar até a armadilha de salmões, teremos conseguido um milagre científico. E uso a palavra milagre porque é isto que o xeique acredita que será: um avanço científico que aconteceu por inspiração e intervenção divina. Não tenho certeza, quando isso finalmente acontecer, se terei vontade de discordar dele.

Estou ansioso para contar mais sobre tudo isso quando nos encontrarmos, e felicíssimo por saber que você talvez arranje um tempinho na sua agenda atribulada para visitar seu marido. Por favor, avise-me com o máximo de antecedência que puder, pois também tenho no momento uma programação muito intensa de viagens entre Londres, Escócia e o Iêmen.

Fred

P.S.: Suas observações sobre meu supostamente extravagante estilo de vida me obrigam a dizer que o xeique leva uma vida simples, mas confortável. Ele, eu e Harriet Chetwode-Talbot jantávamos juntos todas as noites na sua casa e comíamos bem, mas era uma comida árabe saudável que não tende a engordar ninguém. Durante o dia Harriet e eu passávamos com quantidades abundantes de água e frutas, para conseguir dar conta de nossa intensa jornada de trabalho.

De: Mary.jones@interfinance.org

Data: 14 de dezembro

Para: Fred.jones@fitzharris.com

Assunto: (sem assunto)

Fred,

Você está tendo um caso com Harriet Chetwode-Talbot? Gostaria de saber onde me encaixo nessa história.

Mary

De: Fred.jones@fitzharris.com

Data: 14 de dezembro

Para: Mary.jones@interfinance.org

Assunto: Harriet

Mary,

Se você conhecesse bem a situação não faria uma pergunta tão impiedosa. Harriet Chetwode-Talbot é, ou era, noiva de um soldado chamado Robert Matthews. Você pode ou não ter lido alguma matéria sobre ele nos jornais.

Para encurtar a história, Harriet voltou das montanhas de Heraz (onde passou, como eu, a maior parte do tempo sem acesso à internet nem a qualquer outra forma de comunicação com o Reino Unido) e descobriu que notícias horríveis a aguardavam. Quando chegou a Sana'a, capital do Iêmen, encontrou uma pilha de cartas que não haviam sido encaminhadas para al-Shisr, a aldeia onde tínhamos passado as últimas semanas. As notícias aflitivas que recebeu diziam que seu noivo era considerado "desaparecido em ação" e estava supostamente morto. É obvio que ela pegou correndo um avião de volta ao Reino Unido para encontrar-se com os pais de Robert e de lá foi para a casa de sua própria família, onde continua até hoje. Deduzo que a pobre moça esteja prostrada pela aflição e que mal consiga falar, quem dirá fazer qualquer outra coisa. Isto responde sua pergunta?

De: Mary.jones@interfinance.org
Data: 14 de dezembro
Para: Fred.jones@fitzharris.com
Assunto: Re: Harriet

Não.

De: Fred.jones@fitzharris.com
Data: 14 de dezembro
Para: Harriet.ct@fitzharris.com
Assunto: Condolências

Harriet,
Quero apenas dizer mais uma vez que fiquei terrivelmente triste por você, terrivelmente triste mesmo com a notícia sobre Robert. Sei que estava aflita e preocupada, mas depois me disse, pouco antes de deixar-me em al-Shisr e voltar para Sana'a, que de algum modo sentia que Robert estava fora de perigo.
Que choque amargo, então, receber a notícia que recebeu. É horrível ele estar desaparecido e você não saber ao certo o que aconteceu. Mas, como você disse, é quase certo que o

pior tenha acontecido e espero que o Ministério da Defesa ou o regimento confirme as informações sem demora. Quando isso acontecer, é preciso que tenha coragem. E não hesite em procurar os amigos para o conforto ou consolo que eles possam oferecer.
Espero que esteja abrindo seus e-mails em casa e também que o descanso de uma semana e a companhia de seus pais sirvam para lhe trazer um pouco de alívio e novas forças. Tudo o que eu gostaria que soubesse é que se houver alguma coisa que eu possa fazer para ajudá-la, agora ou no futuro, basta pedir. Harriet, penso muito em você. Você não é apenas uma colega de valor, é agora também uma amiga querida. Mais do que amiga, uma pessoa muito especial para mim. Penso em você o tempo todo.
Com muito afeto,
Fred

De: Harriet.ct@fitzharris.com
Data: 16 de dezembro
Para: Fred.jones@fitzharris.com
Assunto: Re: Condolências

Fred,
Obrigada por seu amável e-mail. É muito bom receber notícias de amigos, ainda que nada possa trazer Robert de volta. Sempre pensei que ter o coração partido era coisa que acontecia apenas com personagens de romances, que não passava de um modo de falar. Mas é exatamente o que sinto — uma dor no coração que me acompanha dia e noite. Não consigo dormir, não consigo comer. Choro o tempo

inteiro. Sei que estou sendo patética, mas não há nada que eu possa fazer. Sei que milhares de outras pessoas passam ou passaram pelo que estou passando agora. Isso não faz muita diferença para a minha própria perda.

Você lembrou de eu ter dito que sentia que Robert estava fora de perigo, que minha sensação era de alívio, de conforto, naquele dia após caminharmos juntos pela primeira vez ao longo do uádi Aleyn. Robert estava sim fora de perigo naquele dia, fora de perigo para sempre, a salvo para sempre. Ele morreu naquele dia.

O Ministério da Defesa entrou em contato comigo ontem. Confirmaram a hora da morte e disseram apenas que tudo ocorreu durante "operações antiinsurgentes na região oriental do Iraque, no cumprimento do dever, morto pelo fogo inimigo com os demais membros de sua unidade". E foi só: é o que saberei sobre as circunstâncias da morte de Robert. Vinte e poucas palavras representam toda a extensão do comentário do Ministério da Defesa sobre a vida de Robert, seus dez anos de serviço com os fuzileiros navais e sua morte.

Quero me recompor e voltar ao trabalho na próxima semana. É o melhor modo de superar o golpe. Ainda que no momento eu não saiba se algum dia conseguirei superá-lo. Sei, no entanto, que você e todos os meus amigos me ajudarão a tentar.

Com muito carinho,

Harriet

De: Harriet.ct@fitzharris.com
Data: 14 de dezembro
Para: Grupodeapoioafamilia.gov.uk
Assunto: Capitão Robert Matthews

Por favor, alguém poderia me dizer como consigo mais informações do Ministério da Defesa? Eu estava noiva do capitão Robert Matthews, considerado desaparecido em ação na Operação Telic 2, e isso foi divulgado no site em 21 de novembro. O Ministério da Defesa recusa-se a dar outras informações. Gostaria de saber mais detalhes sobre as circunstâncias de sua morte — onde ele morreu e a missão em que estava envolvido. Não acredito que estejam me contando toda a verdade nem sobre uma coisa, nem sobre a outra, e acho que eu e a família de Robert temos o direito de saber.
Harriet Chetwode-Talbot

De: Grupodeapoioafamilia.gov.uk
Data: 21 de dezembro
Para: Harriet.ct@fitzharris.com
Assunto: Re: Capitão Robert Matthews

Prezada Srta. Chetwode-Talbot,
Não temos condições de responder a nenhuma de suas perguntas, uma vez que dependemos do Ministério da Defesa para a obtenção de informações como as que busca. Como o capitão Matthews estava em missão operacional em uma área considerada de perigo extremo, por razões de segurança o Ministério da Defesa reserva-se o direito de

avaliar quais informações podem ou não ser divulgadas. Não temos condições de dar-lhe qualquer assistência adicional. No entanto, reconhecemos a tensão que isso deva lhe causar e sugerimos que entre em contato com uma nova unidade que acaba de ser instalada pelo Ministério da Defesa para complementar nossos próprios serviços, localizada em Grimsby. Os contatos são: Centro de Apoio a Enlutados, telefone 0800 400 8000, ou pelo e-mail Bereave@Grimsby.com.

De: Harriet.ct@fitzharris.com
Data: 21 de dezembro
Para: Bereave@Grimsby.com
Assunto: Capitão Robert Matthews

Meu nome é Harriet Chetwode-Talbot e fui noiva do capitão Robert Matthews, recentemente (em 21 de novembro) considerado "desaparecido em ação", conforme divulgado no site da Operação Telic 2. Por favor, alguém pode me ajudar? Preciso desesperadamente saber:

- Como morreu
- Onde morreu
- Por que morreu

Por favor, alguém pode entrar em contato comigo o mais depressa possível?

De: Bereave@Grimsby.com

Data: 3 de janeiro

Para: Harriet.ct@fitzharris.com

Assunto: Re: Capitão Robert Matthews

Devido ao volume de pedidos de informação e às atuais restrições orçamentárias do Ministério da Defesa, esta operação foi recentemente transferida para Hyderabad, na Índia. Solicitamos que entre em contato conosco pelo telefone 0800 400 8000 e será atendida por algum membro de nossa bem preparada equipe. Todos são altamente qualificados e receberam treinamento no aconselhamento a famílias enlutadas em entidades de nível nacional ou em órgãos locais equivalentes. Como esta operação foi transferida há muito pouco tempo, a senhora talvez enfrente dificuldades lingüísticas ao tratar com alguns de nossos funcionários mais novos. Por favor, tenha paciência; eles procurarão fazer o possível para ajudá-la.
Todos os telefonemas são monitorados para propósitos de treinamento e qualidade. O serviço de aconselhamento é inteiramente gratuito, mas as ligações custam 50 pence por minuto.

29

Entrevista com o Dr. Alfred Jones: jantar no Ritz

Interrogador: Quando encontrou-se com o xeique pela última vez no Reino Unido?

Dr. Alfred Jones: No início de julho, em um hotel de Londres. Jantamos juntos, e Harriet também participou.

E: Qual foi o motivo do jantar? O Sr. Peter Maxwell estava presente?

AJ: Não, Peter Maxwell não estava presente na ocasião, embora eu o tenha encontrado naquele mesmo dia. Foi alguns dias antes de eu ir mais uma vez ao Iêmen para o lançamento do projeto final. O xeique tinha pedido a Harriet que jantasse com ele no Ritz. Eu nunca tinha ido lá. Era um salão bonito e elegante, com mesas redondas amplas, bem distantes umas das outras. Cheguei primeiro, claro; estou sempre muito adiantado para trens, aviões e jantares. Passei dez minutos observando os ocupantes das outras mesas; os homens usavam ternos caros, e as mulheres, vestidos da moda. Já jantou alguma vez no Ritz?

I: Não, nunca estive no Ritz.

AJ: Se alguma vez for lá, compreenderá por que, embora trajasse meu melhor terno escuro, me senti um maltrapilho, e fiquei contente quando vi o xeique chegar, vestido, como de hábito, com túnica branca e acompanhado por um respeitoso maître.

— Boa noite, Dr. Alfred — disse o xeique quando levantei-me para saudá-lo. — Chegou cedo. Deve estar com fome. Ótimo. — Sentou-se na cadeira que o maître afastara e pediu um uísque com soda para ele e uma taça de champanhe para mim. Lembro-me de o xeique ter se virado para mim e comentado sobre a boa qualidade da comida. Respondi que estava convencido de que era excelente, e o xeique fez um movimento com a cabeça para confirmar:

— Sei que é. O chefe de cozinha que agora trabalha no hotel trabalhou para mim em minhas casas de Londres e Glen Tulloch. Acho que se chateou de cozinhar só para mim, ainda mais por que durante muitas semanas ficava sozinho enquanto eu estava no Iêmen ou em outro lugar. Por isso entendi quando aceitou a oferta de emprego aqui, mas é obvio que ainda posso vir experimentar sua culinária. Apareço com freqüência.

As bebidas chegaram e, com elas, Harriet. Eu não a via há semanas. Ela voltara a trabalhar na Fitzharris & Price, mas depois sofrera o que acredito ter sido quase um esgotamento nervoso. Agora passava a maior parte do tempo em casa com os pais, trabalhando em um laptop no escritório do pai. Minha primeira impressão foi que estava muito pálida e magra. Depois sorriu para nós e seu sorriso deixou-me com um nó na garganta. Ela continuava muito bonita, apesar da aparência desgastada. Fui tomado por uma grande sensação de piedade mesclada com desejo. Lembro-me de ter pensado: desejo? Sou 15 anos mais velho do que ela, pelo amor de Deus.

— Você está começando bem — brincou, observando minha taça. — Sim, por favor, o mesmo para mim, se for o que estou pensando.

— Krug 85 — murmurou o *sommelier*, que entregara nossas bebidas e aguardava o outro pedido. — Sua Excelência não pede outra marca de champanhe.

— Não sabia que existia outra — argumentou o xeique. Sorriu para nós e logo os cardápios foram distribuídos ao redor da mesa. Depois da escolha e do pedido dos pratos, o xeique ergueu seu copo e sugeriu:

— Um brinde! A meus amigos Dr. Alfred Jones e Harriet Chetwode-Talbot, que trabalharam sem descanso, que deixaram de lado seus problemas, tanto os grandes quanto os pequenos... e alguns deles, Harriet Chetwode-Talbot, foram enormes, sem dúvida enormes... e conseguiram, contra todas as expectativas, conduzir meu projeto até este estágio.

Ergueu o copo e bebeu à nossa saúde. Percebi que as pessoas na mesa vizinha observavam com atenção o espetáculo incomum — embora naquele local talvez não desconhecido — de um xeique bebendo uísque com soda. Deve ter percebido os olhares, que para ele não significavam nada.

Eu, por minha vez, levantei a taça e brindei:

— Ao projeto, xeique Muhammad, ao seu lançamento bem-sucedido, ao seu grande futuro e à visão que o inspirou!

Harriet e eu bebemos à saúde do xeique e ele inclinou a cabeça em reconhecimento e sorriu de novo.

— Ao projeto — repetiu.

Era o nosso jantar de comemoração. O xeique o tinha sugerido dias antes, após a reunião de avaliação do projeto no escritório de Harriet. Tudo agora estava pronto. Eu saíra para uma última viagem de inspeção em junho. Os tanques de armazenamento tinham sido construídos, assim como os canais que chegariam até o uádi Aleyn. A água tinha sido bombeada do aqüífero para dentro dos tanques de armazenamento que, por sua vez, tinham passado por testes de vazamento. As comportas tinham sido testadas. O equipamento de oxigenação, que manteria os salmões vivos quando a temperatura subisse, também funcionou. Os trocadores de calor, projetados para refrescar a água nos tanques de armazenamento quando o calor do sol os atingisse, também estavam ótimos. Todo o equipamento tinha sido testado e conferido. Tínhamos executado e repetido os modelos nos computadores uma centena de vezes. Nada tinha sido deixado para o acaso, a não ser o grande acaso do projeto em si.

E o uádi passara por uma reengenharia, também. Havia rampas para os peixes subirem o rio, onde antes grandes pedras poderiam ter obstruído sua passagem. Havia uma trilha no mesmo nível, que corria ao longo do uádi para permitir livre acesso a espectadores e pescadores, quando ele estivesse cheio. Plataformas de arremesso em concreto tinham sido construídas a intervalos de cinqüenta metros, para dar aos pescadores que não quisessem caminhar na lama a possibilidade de cobrir o rio com suas iscas artificiais.

Caixas de equipamentos tinham sido enviadas de avião para al-Shisr. Empilhadas em uma sala no palácio do xeique estavam dezenas de varas de pescar: varas de 15 pés, de 12 pés, de 9 pés. Havia carretéis de linha flutuante, de linha submersa, de híbridos dos dois tipos de linha e guias de todo os tipos. Havia caixas e mais caixas de moscas de todas as cores, tamanhos e feitios possíveis. A seleção tinha sido feita a partir de moscas conhecidas por atrair peixes em todos os rios de salmão imagináveis, do Spey ao Vistula, do Oykel ao Ponoi, porque ninguém sabia de fato qual mosca um salmão no Iêmen morderia e qual não. O xeique, eu sei, aguardava a experiência com ansiedade.

A guarda de honra do xeique, que recebera treinamento de Colin McPherson na arte da pesca com mosca, estava de volta ao Iêmen e receberia caniços e outros acessórios e seria incentivada a pôr a mão na massa até o grande dia. Tinha sido instruída a encontrar um trecho plano de deserto e praticar o arremesso Spey durante uma hora todos os dias. Os membros da guarda pessoal competiam para saber quem seria o primeiro homem a pescar um salmão no uádi Aleyn (e, na verdade, em todo o mundo islâmico) e o xeique já tinha avisado que o primeiro a apanhar um peixe receberia privilégios e riquezas além do que poderiam sonhar, suficientes para o resto de seus dias, para todos os dias de seus filhos, e para todos os dias dos filhos de seus filhos.

Na semana anterior tínhamos recebido a aprovação final da equipe de engenharia do projeto, que garantiu estarmos "prontos para seguir em frente". Agora eu contava os dias para a chegada do grande momento. Estava no avião de volta para o Iêmen dois dias após aquele jantar para fazer as verificações finais, esperar a chegada do xeique e, depois, do primeiro-ministro e seus convidados.

I: Fale-nos sobre o envolvimento do primeiro-ministro.

AJ: Já lhe disse antes como minha memória funciona. Deixe-me contar a história como ela aconteceu. Estou tentando colaborar. Se o senhor não me interrompesse a toda hora, seria mais fácil para nós dois.

Pausa enquanto a testemunha se recusou a falar durante alguns minutos. Depois prosseguiu.

Eu não tinha mais nenhuma dúvida com relação ao sucesso do projeto. Acreditava que daria certo. Acreditava que seria um momento transformador na história da engenharia de pesca, na história da espécie *Salmo salar* e na história do Iêmen. Acima de tudo, no entanto, acreditava que seria um momento transformador em minha própria vida.

Eu já era uma pessoa bem diferente do Alfred Jones que começara a trabalhar no projeto mais de um ano atrás. Aquele homem tinha considerado sua maior realização um artigo que escrevera sobre larvas de mosca-d'água e tinha esperança de vê-lo publicado na *Trout & Salmon*. Por enquanto não tinha sido. Aquele homem tinha vivido encurralado em um casamento sem amor, pois agora percebia que era isso que acontecera, aceitando seu destino com resignação e sem questionamentos. Naquela época, não conhecia a natureza do amor. Agora, eu tinha consciência que talvez não conhecesse muito sobre o amor, mas pelo menos compreendia que antes nunca soubera o que ele significava.

E outras coisas estavam se modificando em mim.

O primeiro prato chegou e, enquanto comíamos, perguntei ao xeique como tinha aprendido a pescar tão bem. Por alguma razão nunca tinha surgido uma oportunidade de fazer-lhe esta pergunta.

— Há muitos anos — respondeu — fui convidado por meu amigo xeique Makhtoum, governante de Dubai, para caçar com ele no norte da Inglaterra. Ele tem uma enorme propriedade lá, com uma grande quantidade de tetrazes, e já cacei um determinado tipo de tetraz no Iêmen. Devo dizer que sou muito bom no tiro, ou pelo menos achava que era. Mas quando cheguei lá, descobri que em lugar de caminhar atrás dos tetrazes ou persegui-los de carro, é preciso ficar parado e esperar que eles se aproximem das armas. Era muito diferente. Esperamos e esperamos e então, no momento em que eu tinha perdido a esperança de pelo menos ver um tetraz, nuvens deles começaram a voar diante de nossos olhos. E as pequenas aves marrons voavam tão depressa que durante um bom tempo não consegui acertar uma sequer. Fiquei muito envergonhado, pois no Iêmen sou considerado bom atirador. Então Makhtoum me disse: "Se acha que isto é tão difícil, deve tentar a pesca de salmão, e aí terá experimentado todos esses esportes britânicos estranhos e concordará comigo que eles são maravilhosos!" Assim, no dia seguinte, quando não estávamos caçando, fui com um homem a um rio não muito distante e ele mostrou-me onde os salmões ficavam na água, ensinou-me um pouco sobre arremesso e então pesquei. Não peguei um único peixe naquele dia, mas no final da tarde, já cansado, molhado e com frio, tive certeza do que queria fazer com cada minuto livre que Deus me concedesse. Quando fui embora, no fim da visita, levei o homem comigo. Ofereci muito dinheiro para ele ir, mas ele foi mesmo porque percebeu que meu amor pelos peixes era tão grande quanto o dele. E o nome daquele homem era Colin McPherson. Nunca mais fui convidado a caçar tetrazes por meu amigo Makhtoum, mas espero que ele tenha me perdoado por roubar seu homem.

Harriet e eu rimos. Os pratos foram retirados e Harriet e eu fomos servidos de vinho. O xeique, como de hábito, tomou água com a refeição.

— Agora o senhor precisa devolver o elogio — disse —, e me contar, Dr. Alfred, onde aprendeu a pescar e quem foi seu professor. Tenho orgulho de me considerar agora um bom pescador, que Deus me perdoe, mas quando o vejo arremessar a linha, julgo que vejo um pescador melhor do que eu.

Corei e murmurei uma negativa.

— Não, não, não fique sem jeito — tranqüilizou-me o xeique. — Nós dois somos verdadeiros pescadores de salmão e qualquer comparação fora disso será irrelevante. Mas conte-me, e Harriet Chetwode-Talbot ficará sabendo também, como se tornou pescador.

Então contei-lhe sobre meu pai, que era professor em Midlands. Não havia um único salmão no raio de mais de cem quilômetros à nossa volta, pelo menos não naquela época, e ele costumava me levar para a Escócia todos os verões. Minha mãe morreu quando eu era jovem e meu pai vivia ocupado demais para poder passar muito tempo comigo durante o ano letivo. Minha tia tomava conta de mim a maior parte do tempo. Nas férias de verão, no entanto, íamos pescar em pequenos rios no norte da Escócia, em áreas alagadas ou na costa oeste. Naquela época não era tão caro comprar o necessário para pescar durante uma semana. Às vezes íamos a estuários de rios maiores, onde era possível comprar um bilhete e pescar o dia todo. Costumávamos alugar uma pequena cabana e dormir nela; meu pai e eu recolhíamos madeira e fazíamos uma fogueira; se pegássemos um peixe ele me mostrava como estripá-lo e prepará-lo, e essa experiência toda simplesmente penetrou no meu sangue. Lembro-me daquelas longas noites de verão no extremo norte... quando o vento era suficiente apenas para manter os mosquitos afastados... como os momentos mais felizes de minha vida.

Parei por um instante, porque senti que estava falando demais, porém tanto o xeique quanto Harriet me olhavam com ar embevecido. Eu podia jurar que também eles conseguiam ver o que estava no olho da minha mente, tão bem quanto seria possível uma pessoa ver o que estava na mente de outra. Um menino de 12 ou 13 anos, de pé sobre o cascalho à margem de um largo rio que se tornava prata e ouro sob a luz do crepúsculo, a cabana às suas costas, e anéis de fumaça que subiam de uma fogueira de lenha. Ele ergue a vara de pescar na vertical e a linha voa para trás, acima de sua cabeça. Uma pausa, um estalo do punho, e a vara fustiga a linha de volta, de modo que ela aterrissa leve como uma pena na água sombreada abaixo da margem oposta. Lembrei-me das colinas baixas à distância e dos gritos de maçaricos e ostreiros que tinham voado aos bandos desde o estuário próximo, e também da tranqüilidade e da satisfação no meu coração quando vi a mosca fazer um giro perfeito e os peixes correrem atrás dela.

O prato seguinte chegou e quebrou o encantamento.

— E seu pai lhe ensinou? — perguntou Harriet.

— Sim, claro — respondi. — Ele tinha pescado truta de água salgada no País de Gales, quando menino. Sabia tudo sobre pesca. Era um verdadeiro especialista, um pescador melhor do que jamais chegarei a ser. E ensinou-me "O Verso do Pescador".

— O que é "O Verso do Pescador"? — perguntou o xeique. — Nunca ouvi falar nisso.

— É um verso que todo pescador canta para si mesmo antes de sair de casa — expliquei —, para ter certeza de que não esqueceu de nada essencial. Quer ouvir?

— Claro — respondeu o xeique. — Insisto que todos ouçam.

Olhei com ar apologético para Harriet e recitei: "Nunca esquecer caniço, carretilha/cantil, cesto/rede, isca/e algo para comer."

Os dois riram alto, e o xeique me fez repetir o verso. Em seguida Harriet perguntou:

— O que aconteceu no seu encontro com o detestável Peter Maxwell? Ainda não contou. Desculpe-me, xeique, mas ele *é* detestável mesmo que eu saiba que o senhor é educado demais para admitir.

I: Por favor, conte-nos sobre seu encontro com Peter Maxwell.

AJ: Como falei antes, o encontro aconteceu mais cedo, naquele mesmo dia. Era início de julho, mas não sei ao certo a data. Fui para Downing Street e me levaram ao escritório de Peter Maxwell após uma espera mínima, o que era raro. Para minha surpresa, em lugar do costumeiro terno azul escuro ele usava um casaco estilo safári, camisa de gola aberta, calça de sarja e botas de deserto. Levantou-se, apertou minha mão e cumprimentou-me como um velho amigo.

— Este é meu traje para o deserto — explicou, apontando para o casaco estilo safári. — O que acha?

— Perfeito — afirmei.

— Você sabia — perguntou Peter Maxwell enquanto indicava meu assento — que há 4 milhões de pescadores neste país? Quatro milhões!

— Não — respondi, sentando-me e aceitando a xícara de café que me ofereceu —, não sabia, mas o número não me surpreende. Parece correto.

— Sabe quantos membros pagantes nosso partido tem no país? — Ergueu a mão para antecipar meu palpite. Não sou político, de todo modo; não teria sabido. — Menos de meio milhão — respondeu. — Mais de dez pescadores para cada membro comprometido com o partido. Quer dizer, isso dá um novo movimento ao projeto, não é mesmo? *Não é mesmo?*

— Não sei — confessei. — Sou um pouco lento para assimilar essas idéias políticas.

Maxwell parecia muito excitado.

— *Você* é lento? Nada disso. *Eu sou lento*. Você, Fred, tem feito um excelente trabalho. Ninguém teria apostado no projeto Salmão no Iêmen poucos meses atrás. Graças a você, não acredito que muita gente duvide dele agora. Por isso estou tão entusiasmado com o que está acontecendo. Vou lhe dizer uma coisa: se não lhe derem o título de cavalheiro no final de tudo isso, terão que me explicar como funciona o sistema de concessão de honrarias. E o presidente do Comitê Patrocinador é um velho amigo meu. Não, a única pessoa que não tem feito seu trabalho tão bem quanto deveria sou eu. Eu, Peter Maxwell, que deveria estar atento a todos os aspectos políticos da história. Como pude deixar isso escapar até agora? Como pude? — Bateu na testa com a mão espalmada, num gesto teatral.

— Graças a Deus não é tarde demais — afirmou. — Eu estava pensando que o resultado mais concreto do projeto era aquele pessoal todo lá fora que não concorda com nossas várias intervenções militares. Você viu os cartazes nas manifestações: "Tropas fora do Iraque." "Tropas fora da Arábia Saudita." "Tropas fora do Cazaquistão." O que quero dizer é que isso está parecendo uma péssima aula de geografia. A idéia original era que conseguíssemos dar uma distração a esses grupos de protesto, fazendo algo um pouco diferente no Iêmen... peixes em vez de armas. Você entendeu, não entendeu, Fred?

— Sim — concordei. — Entendi a idéia geral. Receio que tenha me concentrado no aspecto técnico do projeto e não tenha dedicado atenção suficiente aos outros, mas sim, acho que assimilei a base de seu interesse. Não é mais esse o caso?

— Sim, ainda é esse o caso. Precisamente esse. Ainda queremos cobertura da mídia e a história de "peixes em vez de guerra". Ainda queremos levar adiante a visita do primeiro-ministro e ainda queremos a boa vontade que contamos como certa. Mas há muito mais. Você não vê?

— Ainda não tenho certeza se consigo ver — respondi, sentindo-me burro e lento.

Maxwell levantou-se de novo e começou a percorrer o tapete para um lado e para outro diante de três enormes e silenciosas telas de TV.

— Bem, aqui está a matemática — disse. — Achamos que talvez ainda possa haver um núcleo irredutível de resistência de 3 milhões de indivíduos aflitos com nossas várias guerras no Oriente Médio, principalmente as do Iraque. Metade deles talvez seja de nossos eleitores naturais, mas agora eles podem não votar em nós na próxima eleição. Assim, ao lançarmos o projeto reconquistamos alguns. Talvez metade deles, o que significa... está me acompanhando?... um pouco mais de 100 mil votos que poderiam pender para o nosso lado. Além de um monte de vantagens se conseguirmos manter a mídia afastada por alguns dias.

"Agora, examinemos a comunidade pesqueira. Há 4 milhões de pescadores, e não temos uma pesquisa que nos diga como eles votam. Não está na nossa base de dados. Não é inacreditável? Analisamos nossos eleitores por classe socioeconômica, por localização geográfica, pela condição de proprietários ou não da casa onde moram, por grau de instrução, por idade, por grupo de renda, pela bebida que preferem... vinho ou cerveja, pela cor da pele, por preferência sexual e por religião. São tão analisados que nem parece verdade. Mas não sabemos se pescam ou não. É o maior esporte popular no país e não sabemos quantos são, ou poderiam ser, eleitores nossos.

Comecei a perceber aonde ele queria chegar.

— Mas vou lhe dizer uma coisa, Fred — continuou Maxwell, interrompendo o passo, dando meia-volta e apontando um dos dedos na minha direção —, quando eu tiver acabado, todos nós saberemos o que precisamos saber a respeito deles. Formarão o grupo de eleitores mais bem examinado de todos. E vou lhe dizer uma outra coisa sobre eles: todos lerão e assistirão reportagens, a começar por este projeto, sobre como o primeiro-ministro é um pescador entusiasta. Ele disse isso no ano passado na Casa. Vamos nos basear nessa afirmação. Vamos repeti-la em todos os jornais e canais de televisão. E depois mostraremos ao povo que somos um governo favorável aos pescadores. Haverá mais dinheiro para a pesca. Haverá academias para pescadores. Haverá uma vara de pescar para cada criança acima dos 10 anos. Ainda não planejei tudo, Fred, mas juro por Deus que se menos de 3 milhões desses pescadores não votarem em nós na próxima eleição, terá sido porque perdi mesmo o jeito.

Fiz que sim com a cabeça e observei:

— Bem, de nossa parte faremos o que for possível.

Peter Maxwell voltou a sentar-se atrás da escrivaninha.

— Sei que farão, Fred; tenho muita fé que vocês deslancharão o projeto. Só mais uma coisa — e nesse ponto seu dedo apontou para mim de novo —, o chefe precisa pegar um peixe. E nossa programação ainda diz que ele tem apenas vinte minutos para isso. É crucial, no entanto, que tenhamos a oportunidade de fazer uma foto. Fred, você e só você precisa garantir que ele pegará um salmão. Pode fazer isso?

Eu tinha me preparado para esta pergunta e sabia o que dizer.

— Sim — respondi —, posso garantir que o primeiro-ministro terá um salmão na ponta de sua linha antes de ir embora.

Peter Maxwell pareceu aliviado, além de impressionado. Imagino que tenha pensado que teria uma batalha a travar comigo para que isso acontecesse.

— Como conseguirá? — perguntou com curiosidade. — Ouvi dizer que não é nada fácil apanhar esses peixes.

— Nem queira saber.

O resto da conversa girou unicamente sobre a agenda do primeiro-ministro, seus encontros particulares em Sana'a e os acertos com a imprensa, e não precisei repetir nada para Harriet e o xeique, já que eles tinham ajudado nessa parte da programação.

I: O que vou perguntar não tem a ver com nada a não ser com minha curiosidade pessoal, mas como o senhor *conseguiria* fazer um peixe fisgar a linha de alguém?

AJ: Foi exatamente o que Harriet perguntou-me no jantar daquela noite:

Como pode garantir que o primeiro-ministro pegará um peixe?

Sorri. O xeique inclinou-se à frente, o rosto transbordando de interesse.

— Quando eu era menino, meu pai um dia me pregou uma peça. Colocou na ponta de minha linha uma mosca muitas vezes maior do que seria o tamanho correto. Ele sabia que a mosca afundaria depressa demais na água e que eu com certeza prenderia a isca em uma pedra. Também sabia que, por ser muito inexperiente, eu pensaria que a pedra na qual a isca estaria agarrada era um peixe. Leva um tempo até a gente reconhecer a diferença.

— É verdade — concordou o xeique. — Eu mesmo cometi esse erro uma ou duas vezes, quando comecei a pescar.

— Então ele saiu com a rede e fingiu que estava com dificuldade para dominar o peixe. Na verdade, porém, o que ele fez foi ficar de costas para mim, pegar do bolso do casaco um salmão que tinha apanhado mais cedo, tirá-lo do jornal em que estava embrulhado, puxar minha isca de debaixo da pedra onde ficara presa, enganchá-la na boca do salmão, puxar a linha com força e borrifar água para dar a impressão de que tinha havido um pouco de luta, e logo o peixe estava na rede.

O xeique e Harriet riram.

— Ele contou o que tinha feito?

— Sim, claro que contou. Eu já tinha pescado uns dois peixes àquela altura e a idéia da brincadeira era me ensinar a diferença entre o puxão de um peixe na linha e o puxão do peso da água na linha quando a mosca fica apenas presa em uma pedra ou planta.

— Seu primeiro-ministro jamais poderá saber disso — advertiu o xeique com expressão séria. — Não quero ofender nem aborrecer um hóspede, aconteça o que acontecer.

— Ele não saberá — prometi.

O jantar tinha acabado e o xeique disse que se sentaria no saguão para esperar pelo carro que viria apanhá-lo. Harriet e eu concordamos que seria bom dar uma caminhada antes de tomar táxis que nos levassem a nossas casas. A noite estava bonita e o céu ainda claro. Caminhamos devagar lado a lado ao longo de Picadilly.

— Que noite agradável — comentou Harriet. — Adoro o xeique. Sentirei falta dele.

— Não vai vê-lo na próxima visita dele a Glen Tulloch?

— Ele não visitará Glen Tulloch por um longo tempo. Prefere ficar no Iêmen e aguardar o futuro sucesso do projeto do salmão; e ele sabe que o lançamento é apenas o começo e que haverá muitos, muitos problemas e crises a enfrentar depois disso. E você, espero, estará lá para ajudá-lo sempre que ele precisar.

— Claro que sim — concordei —, mas você não?

— Não sei. Talvez seja hora de eu seguir em frente. Botei grande parte de mim nesse projeto e na verdade não há mais muita coisa que eu possa fazer. E a morte de Robert, como você sabe melhor do que a maioria das pessoas, foi um golpe duríssimo. Preciso pensar. Preciso de um pouco de descanso.

— Concordo que precise de um pouco de descanso, Harriet. Ninguém merece isso mais do que você. — Tínhamos parado junto à balaustrada que corria ao longo do Green Park, absortos em nossa conversa. O tráfico noturno continuava intenso. Os portões do parque continuavam abertos, por isso entramos para fugir um pouco do barulho dos carros.

— Você não vai para o Iêmen para o grande dia? — perguntei.

— Não, Fred, não vou. Estarei lá em espírito, mas não em carne e osso. A verdade é que eu não suportaria se algo desse errado. Não suportaria outro desastre. Prefiro ficar aqui, e se eu não quiser ver o que está acontecendo, basta desligar a televisão até que tudo acabe.

— Mas não haverá um desastre — insisti.

— Sei que não. Sei que você se empenhou ao máximo, e sei também que se alguém pode levar a cabo esse projeto é você. No entanto... minha cabeça me diz tudo isso e o coração me diz uma coisa diferente.

Fitei-a nos olhos. Ela aproximou-se de mim, o rosto branco sob a luz tênue da rua, ainda bonito apesar das marcas da tensão.

— Mas Harriet...

— Vou embora — explicou — no dia seguinte à inauguração do projeto no Iêmen. Consegui uma licença de seis meses da Fitzharris e eles deixarão meu cargo em aberto para o caso de eu querer voltar. No momento, não penso nisso.

— Mas Harriet... — repeti, desesperançado.

Lágrimas começaram a rolar pelo rosto dela. Foi demais, tomei-a nos braços e beijei-a. No início ela aceitou meu abraço e correspondeu brevemente ao beijo, porém logo pareceu perder a energia. Soltei-a e ela recuou um passo.

— Não, Fred.

— Mas quando vou vê-la de novo? — perguntei. — Sabe o que sinto por você. Não posso evitar e lamento o que acabo de fazer, tão pouco tempo depois de Robert, mas posso esperar. Esperarei sempre por você, se me disser apenas que um dia haverá alguma esperança para mim.

— Não há nenhuma esperança — retrucou com voz sombria — nem para você, nem para mim.

— Mas Harriet — insisti —, você sabe o que aconteceu em al-Shisr. Aquilo não significou nada para você? Significou tudo para mim. Mudou minha vida.

— Não posso voltar a vê-lo, Fred — disse Harriet, com a voz ainda não muito firme —, e o que quer que tenha acontecido... ou não... em al-Shisr foi apenas um sonho que você teve. Eu só me lembro de um sonho. E agora estamos acordados e a realidade é que você está casado com Mary. Você é 15 ou vinte anos mais velho do que eu e viemos de mundos completamente diferentes. Ainda choro por Robert e preciso reconstruir minha vida sem ele. E sem você ou qualquer outra pessoa. Não existe a possibilidade de haver alguma outra coisa entre nós. Ficamos amigos... você tornou-se o melhor amigo que eu poderia ter desejado... mas não posso dar-lhe esperança de que algum dia possa haver algo mais.

Virei-me em outra direção por um instante. As lâmpadas no parque tinham acabado de se acender e devem ter incomodado meus olhos, pois senti que lacrimejavam. De costas para ela, falei:

— Compreendo, Harriet. Você tem razão.

Ela se aproximou e colocou a mão no meu ombro.

— Sei que tenho razão. Eu me odeio por causa disso, mas é a verdade. Vamos lá, Fred, ajude-me a encontrar um táxi.

A entrevista recomeçou na manhã seguinte

I: Descreva os acontecimentos que tiveram lugar no uádi Aleyn.

AJ: O importante a ressaltar sobre o uádi Aleyn em agosto é que fazia muito calor. Um calor que ia além da imaginação de qualquer um que nunca tenha estado em um deserto. O sol no uádi Aleyn era mais quente do que uma dúzia de sóis ingleses. Chegava escaldante de um céu leitoso e as pedras queimavam ao toque. A idéia de um salmão sobreviver desprotegido naquele calor, naquela luz incandescente, superava a mais fértil imaginação. Isso, contudo, precisava acontecer.

Eu tinha ido uma dezena de vezes até os tanques de armazenamento, que se enchiam lentamente de água do aqüífero. Os equipamentos de oxigenação trabalhavam ritmadamente nas laterais. A temperatura da água era mantida estável, ao redor de 21 graus Celsius, e pensamos que poderíamos reduzi-la em três graus com a chegada das chuvas. Eu verificara tudo uma vez, depois de novo, e sabia que estava levando minha equipe do projeto, e eu mesmo, à loucura com questionamentos constantes. No final, decidi subir o uádi. Usei um chapéu e cobri-me de protetor solar, mas ainda assim a impressão era de que eu estava dentro de uma fornalha.

Isso foi antes de as chuvas chegarem. No deserto, tempestades de areia se formavam com gigantescas correntes de ar quente. Nas cidades e aldeias as pessoas e os animais se movimentavam o mínimo possível durante o calor do dia, procuravam sombra onde podiam, e esperavam o sol baixar no céu.

No uádi, o calor e o ar abafado eram quase insuportáveis para mim. Havia uma sensação de que algo estava se formando, como uma tempestade distante. Quando a chuva chegasse, daríamos um telefonema para o Reino Unido. Dentro das 24 horas seguintes a esse telefonema, os peixes das Fazendas McSalmon Aqua seriam levados de suas gaiolas e colocados nos aquários voadores, que é como todos chamavam os recipientes de aço inoxidável nos quais seriam despachados de avião para o Oriente Médio. Dentro de mais 24 horas estariam prontos para serem transferidos para os tanques de armazenamento. Depois devíamos esperar. Esperar que as águas do uádi Aleyn aumentassem, e enquanto a corrente passasse de fio d'água a arroio e de arroio a rio, abriríamos as comportas. E então veríamos.

Percebi que estava ofegante e sentindo-me um pouco tonto. O calor deixava suas marcas em mim. Não havia ninguém no raio de mais de um quilômetro ao meu redor, pelo menos ninguém que eu pudesse ver. Descobri uma pedra plana à sombra de penhascos salientes que não estava quente demais e sentei-me nela, tentando me recuperar. Peguei uma garrafa térmica com água fresca da minha mochila e tomei um bom gole. Um instante depois já me sentia um pouco melhor.

O silêncio ao meu redor era absoluto. Até os pássaros estavam calados. Paredões de rocha estendiam-se acima de mim. Não havia sinal de vegetação. Do que viviam as cabras agora, as cabras pertencentes à jovem que morava rio acima e que um dia nos levara água?

Tentei não pensar em Harriet, porém ela insistia em invadir meus pensamentos, tão real como se estivesse à minha frente. Eu quase podia vê-la, como um fantasma, em um momento ganhando substância, em outro voltando a sumir aos poucos, a voz fina e tênue dizendo: "Não há esperança, não para mim, não para você."

Pensei no xeique dizendo, ainda que não conseguisse lembrar de suas palavras exatas: "Sem fé, não há esperança. Sem fé, não há amor."

Então em um instante, naquele vasto espaço de rochas, céu e um sol abrasador, compreendi que ele não tinha se referido à fé religiosa, não exatamente. Não pretendia que eu me tornasse muçulmano ou que acreditasse em uma interpretação divina e não em outra. Ele me conhecia pelo que eu era, um cientista velho, frio, cauteloso. Eu era isso na época. E ele simplesmente indicava para mim o primeiro passo a dar. A palavra que ele usara tinha sido fé, mas o que ele queria dizer era crença. O primeiro passo era simples: acreditar na crença em si. Eu acabara de dar esse passo. Finalmente entendi.

Eu tinha uma crença. Eu não sabia, ou no momento não me interessava saber, no que exatamente precisava crer. A única coisa que eu sabia era que crer em alguma coisa era o primeiro passo para me distanciar da crença no nada, o primeiro passo para ficar longe de um mundo que apenas reconhecia o que era possível contar, medir, vender ou comprar. As pessoas aqui ainda tinham aquela força inocente da crença: não a negação veemente da crença de outras pessoas, como têm os fanáticos religiosos, mas uma afirmação tranqüila. Isso era o que eu intuía nesta terra e que a deixava tão diferente do meu país. Não eram as roupas, não era a língua, não eram os costumes, não era a sensação de estar em outro século. Nada disso. Era a permeável presença da crença.

Eu acreditava na crença. Não sentia exatamente como se estivesse no caminho para Damasco, e estava ciente de que não conseguia manter o pensamento ordenado por causa da força do sol, mas agora sabia o que significava o projeto Salmão no Iêmen. Ele já operara sua transformação em mim. Faria o mesmo com os outros.

30

Dr. Jones não consegue encaixar uma data em sua agenda para encontrar-se com a Sra. Jones

De: Mary.jones@interfinance.org

Data: 15 de julho

Para: Fred.jones@fitzharris.com

Assunto: Visita

Fred,

Vou a Londres para uma reunião de avaliação na primeira semana de agosto. Sei que é um pouquinho mais tarde do que sugeri de início, mas eu precisava arranjar uma data na agenda do nosso CEO para o hemisfério ocidental, e isso nem sempre é fácil.

Acredito que você conseguirá encaixar esta mudança em sua programação, já que considero nosso encontro de extrema importância. Estou preocupada que você tenha permitido que minha ausência prolongada em Genebra (que imagino termos concordado na época que seria um passo essencial para a minha carreira e uma decisão que, diante da insegurança de seu emprego atual, acredito ter sido prudente tomar) o tenha levado a um estado de complacência com relação ao nosso casamento.

Embora eu esteja trabalhando todas as horas de todos os dias úteis e da maioria dos fins de semana a fim de garantir nossa segurança financeira futura, você parece estar levando uma vida cada vez mais e mais desconectada da realidade. É óbvio que você me conta muito pouco, mas pelo que consegui deduzir, passou a primavera pescando na Escócia com o xeique e sua amiga ou pegando sol no Iêmen com a mesma dama, enquanto nosso apartamento está negligenciado e eu estou negligenciada também. É muito difícil dizer isso, mas é como me sinto, negligenciada. Assim, por favor, esteja disponível quando eu chegar a Londres. Precisamos conversar.
Mary

De: Fred.jones@fitzharris.com
Data: 16 de julho
Para: Mary.jones@interfinance.org
Assunto: Re: Visita

Mary,
Enquanto você fica à mercê do CEO da InterFinance para o hemisfério ocidental para definir sua agenda, a minha é agora decidida pelo gabinete do primeiro-ministro. Foi acertado que preciso estar no Iêmen nas datas em que você diz que estará em Londres, e receio não haver nada que eu possa fazer a respeito. É imprescindível que eu compareça. Estou terrivelmente chateado. Concordo que precisamos nos encontrar. Estarei de volta em meados de agosto, se tudo correr bem, e sugiro que eu dê um pulo até Genebra ou que você pegue um avião para um fim de semana em Londres.
Um beijo,
Fred

De: Mary.jones@interfinance.org

Data: 18 de julho

Para: Fred.jones@fitzharris.com

Assunto: Re: Visita

Fred,

Não posso por um momento sequer imaginar que o primeiro-ministro não consiga passar um ou dois dias no Iêmen sem você. Ele tem um governo inteiro à disposição e com certeza poderia ficar sem um engenheiro de pesca por um par de dias. Posso apenas deduzir que você está deliberadamente me evitando.

Você pode pegar um avião para Genebra, se quiser. Não posso garantir minha disponibilidade com tanta antecedência. Tenho uma porção de compromissos de trabalho à minha espera.

Mary

De: Fred.jones@fitzharris.com

Data: 18 de julho

Para: Mary.jones@interfinance.org

Assunto: Viagem ao Iêmen

Mary,

Tudo bem.

Sei que você não acredita que o primeiro-ministro quer minha presença no Iêmen, mas a viagem nessas datas já estava na minha agenda há algumas semanas, motivo pelo qual tive o cuidado de informá-la. Não tenho culpa se seu chefe muda de planos a toda hora.

Eu estava tentando ser conciliador, mas se as coisas são assim, é assim que as coisas são. Vejo você algum dia... ficarei sempre contente de vê-la... mas são necessárias duas pessoas para que um encontro seja marcado.
Um beijo,
Fred

De: Mary.jones@interfinance.org
Data: 18 de julho
Para: Fred.jones@fitzharris.com
Assunto: Re: Viagem ao Iêmen

Fred,
Por favor, volte para mim.
Mary

31

Trecho extraído da autobiografia não publicada de Peter Maxwell

Agora chego a um dos capítulos mais difíceis de uma vida política que nunca esteve isenta de desafios. Devo falar de acontecimentos que transcendem a vida política. Nem Aristóteles, nem Shakespeare, nem qualquer outro escritor em quem eu possa pensar precisou descrever fatos como os que agora relatarei. Não aspiro aos talentos destes homens. Não passo de um modesto jornalista que se viu arrastado para o centro de acontecimentos que mudaram este país, e talvez o mundo, para sempre. Tentarei fazer o possível, dentro de minha limitação, para ajudar os leitores a compreender o que aconteceu.

Tudo começou muito bem.

O chefe estava com espírito de festa. Tinha sido uma semana ruim na Casa dos Comuns e, quando afinal pegou o avião, seu comportamento parecia o de um menino que foi dispensado da escola mais cedo. O vôo para Sana'a foi, no entanto, quase todo de trabalho. Precisávamos preparar uma reunião particular com o presidente iemenita e havia um ou dois outros assuntos a resolver, mas após quatro horas dentro do avião Jay afrouxou a gravata, esticou os braços e perguntou:

— Peter, ainda temos algum Sauvignon Oyster Bay na geladeira?

Fui abrir uma garrafa e trouxe-a acompanhada de dois cálices.

Eu *adorava* quando ficávamos a sós em uma viagem, o chefe e eu. Isso não acontecia com freqüência. Havia sempre uma irritante terceira pessoa, como o secretário de gabinete ou algum outro funcionário, e o chefe não conseguia relaxar. Não confiava nessas pessoas. Eram daquelas que estavam sempre se demitindo e escrevendo suas memórias, e qualquer coisa imprudente que ele dissesse na frente delas acabava publicada. Quando ele e eu ficávamos a sós, como agora, parecia que grande parte dos assuntos reais do governo conseguia ser mapeada. Costumávamos improvisar em torno de grandes idéias: o que fazer com o Serviço Nacional de Saúde; qual a nossa posição com relação à China; por que, afinal, acusações por comportamento anti-social devem estar sujeitas a um limite menor de idade? Eram debates criativos. Eu adorava e o chefe tinha muitas de suas grandes idéias após esses nossos encontros.

Nessa viagem estávamos mais uma vez apenas ele e eu. Não ao pé da letra, claro. Na parte de trás do avião havia um grupo cuidadosamente selecionado de gente da mídia para cobrir o lançamento do projeto Salmão no Iêmen; havia a equipe de segurança, havia o pessoal da comunicação. Mas havia apenas dois jogadores de verdade no avião naquela viagem... o chefe e eu. Estávamos instalados na frente, em uma parte reservada da cabine.

O chefe bebeu o vinho gelado assim que lhe entreguei o cálice e em seguida falou:

— Sabe, Peter, posso lhe dar uma porção de indícios para reconhecer os votos daqueles pescadores. Ninguém mais percebeu. Nem o presidente do partido, nem o coordenador de campanha, nenhum deles. E é tão óbvio.

— Bem, chefe, *eu* levei muito tempo para perceber — argumentei.

— Isso com certeza ressalta a importância desta viagem. Era importante antes, mas agora é crucial. Podemos ganhar muito com isso se tudo der certo. Quem é o pessoal da mídia no avião?

Conferi minha lista.

— Bem, temos as equipes de sempre da BBC e da ITV. Você insistiu que não queria o Canal Quatro.

— Não depois da cobertura da minha visita ao Cazaquistão.

— Eles terão um repórter no local, de todo modo; não podemos impedir. Pelo menos terão de pagar as próprias passagens.

— Quem mais?

Examinei a lista de novo.

— *Daily Telegraph, Daily Mail, Times, Independent, Mirror* e *Sun*. Não convidamos o *Guardian*. A linha deles em relação ao projeto sempre foi de muito paternalismo, mas na verdade não estamos querendo falar nada neste momento. E temos algumas caras novas.

— Temos? Quem? — perguntou o chefe.

— *Angling Times, Trout & Salmon, Atlantic Salmon Journal, Coarse Fisherman, Fishing News* e *Sustainable Development International*. A rapaziada dos jornais tradicionais está bebendo gim-tônica lá atrás, mas essa turma nova formou um grupo separado e está bebendo chá de garrafas térmicas. Trouxeram inclusive seus próprios sanduíches.

O chefe parecia satisfeito.

— Preciso dar uma atenção especial ao pessoal da imprensa especializada. Quero uma foto minha com um peixe na capa de todas as revistas de pesca do país no mês que vem.

— Estará nelas. Eu garanto — afirmei.

O chefe voltou a relaxar e serviu-se de mais vinho.

— Quanto tempo falta para o avião pousar? — perguntou.

— Três horas.

— Talvez eu tire uma soneca antes disso. Sabe, Peter, andei tendo algumas aulas particulares de pesca com mosca durante uma semana ou duas. Quero que as fotos fiquem boas.

— Tenho certeza de que ficarão — concordei fielmente. — O chefe aprende esse tipo de coisa bem depressa.

— É, aprendo mesmo, por sorte. E vou lhe dizer mais, acho que pescar deve ser muito divertido. Acho mesmo. Não me incomodaria de tentar de novo quando estiver mais livre. Isto é, suponho que só terei tempo... Quanto vamos nos demorar no uádi Aleyn?

— Trinta, quarenta minutos, depois voltamos a Sana'a e tomamos o rumo de Muscat para seu discurso perante o Conselho Coordenador do Golfo.

— Sim, só terei tempo para pescar um salmão, talvez dois, no máximo. Mas gostaria de tentar de novo, em outra ocasião, quando voltarmos para o Reino Unido. Acha que pode arranjar isso?

— Sei exatamente onde o chefe poderia apanhar toneladas de peixes — antecipei, com a idéia fixa nas Fazendas McSalmon Aqua.

— Ótimo — entusiasmou-se, segurando um bocejo. — Precisamos programar. E agora acho que vou descansar um pouco aqui ao lado antes do pouso.

Quando aterrissamos em Sana'a a noite acabara de cair e já estava escuro. Mas o calor que irradiava do asfalto da pista atingiu-nos no rosto assim que botamos o pé para fora do avião, e com o calor vieram odores estranhos que não conseguiam ser suplantados pelos cheiros normais de combustível de aviação e diesel de um aeroporto. Eram cheiros indefinidos, indicadores de um mundo estranho e desconhecido em algum lugar adiante das luzes da cidade. Em seguida estávamos nos equilibrando para descer a escada, trocando apertos de mão e entrando na limusine refrigerada.

A noite em Sana'a foi longa, cortês e tediosa. Não acho que esperássemos conseguir alguma coisa, e não acho que conseguimos, exceto que, por jantar com nosso anfitrião, recebemos implicitamente sua sanção para uma visita "particular" ao uádi Aleyn. Ele parecia confuso com a história toda e em determinado momento durante o jantar perguntou-me em voz baixa para que o chefe não escutasse:

— Por que seu primeiro-ministro está interessado no projeto do salmão? Todo mundo aqui considera a idéia uma loucura.

— Ele não pensa em outra coisa, presidente — respondi.

— Ah — limitou-se a dizer, reclinando-se na cadeira com ar perplexo. Percebi que decidira não fazer mais perguntas sobre o assunto, uma vez que estava claro que eu não diria nada que pudesse lhe ser útil. A conversa voltou a abranger assuntos gerais e passamos o resto da noite discutindo como recolocar o processo de paz no Cazaquistão nos trilhos.

No dia seguinte nos levantamos ao raiar do dia e tomamos café-da-manhã muito cedo na embaixada. Ainda tenho a sensação do otimismo quase infantil com que o chefe e eu embarcamos no helicóptero. Era tão estranho sair de repente para pescar pelo bem de nosso país! Era assim que nós dois nos sentíamos. O chefe distribuiu sorrisos para todos. Apertou a mão dos jornalistas, que seguiriam em outro Chinook, apertou a mão do embaixador, que viera se despedir de nós, apertou a mão do piloto e do co-piloto. Conseguiu lembrar-se a tempo de não apertar a minha mão também. Logo estávamos dentro do helicóptero e a pista deslizava em plano inclinado abaixo de nós.

Quando decolamos, comecei a sentir um minúsculo nó de tensão na boca do estômago. Estou habituado a helicópteros, portanto não era esse o motivo. Lembrei-me, em um breve flash que me pareceu um déjà vu, de um sonho que tive outro dia, no qual o chefe e eu estávamos à margem de um uádi. O calor seco atingia nossa pele como chama. O chefe tinha apontado na direção da cabeceira do rio e dito algo. Eu não conseguia lembrar de suas palavras nem se eu de fato tivera aquele sonho. Era provavelmente apenas efeito do fuso horário. Sacudi a cabeça e concentrei-me na situação imediata.

Ficamos conversando, rindo e brincando com o pessoal da segurança no fundo do avião e apontando para as casas de paredes altas cinzentas e brancas e para as mesquitas de Sana'a enquanto desapareciam na distância. Logo nos aproximamos das montanhas e todos se calaram quando nos avizinhamos das enormes muralhas de rocha. Voamos acima da crista das montanhas, sobre os grandes cânions com mais de trezentos metros de profundidade, no meio das nuvens e da neblina que encobriam os picos. O céu estava cinzento e nuvens escuras se formavam ao sul. Era um cenário bem cansativo, mas o tempo parecia satisfatório.

— Veja aquelas nuvens — alertei o chefe. — A água nos uádis subirá com toda a chuva que está por vir.

"A água nos uádis subirá." Essas palavras não faziam parte do meu sonho?

Eu tinha razão. Ao olhar para baixo, pudemos perceber os filetes brancos ocasionais da água que corria pelos uádis; e piscinas de água parada tinham se formado aqui e ali, onde as planícies de cascalho encontravam os contrafortes das montanhas.

Eu estava muito excitado. Aquela era uma viagem bem diferente das usuais. Não haveria homens de ternos escuros à nossa espera, nenhuma negociação difícil, nenhum discurso formal a fazer. No lugar de homens de ternos escuros haveria o xeique e aqueles sujeitos de cara simpática que tinham formado uma guarda de honra para mim quando visitei Glen Tulloch. Teríamos uma hora ou duas de diversão pura e simples. Jay apertaria um botão para abrir as comportas e liberar os salmões para percorrer os canais que levavam ao uádi. Depois iria até o rio com sua vara de pescar e arremessaria a linha, para alegria dos fotógrafos. Fred me prometera que o chefe apanharia um peixe, e assim seria. Haveria um pequeno discurso seguido de fotos de Jay de pé junto ao rio com sua roupa impermeável, o caniço em uma das mãos e um salmão na outra. Eu podia imaginar como seriam as primeiras páginas dos jornais no dia seguinte. Missão cumprida. Uma grande viagem, um dia no deserto, e no rumo certo para atrair vários milhares de eleitores para o nosso lado.

Então começamos a perder altura e o helicóptero desceu rapidamente entre as paredes de rocha do uádi, na direção de um pedaço plano de terra e do que parecia ser um gigantesco canteiro de obras.

Quando as hélices pararam de girar desembarcamos rapidamente e caminhamos no meio do remoinho de poeira até uma plataforma de madeira. Consegui avistar o xeique, Fred Jones e um grupo de homens de capacete, presumivelmente os engenheiros do canteiro. Adiante deles, cerca de duas dezenas de assessores do xeique com túnicas brancas e turbantes verde-esmeralda, alguns armados com rifles, outros de mãos vazias.

Atrás da plataforma, contornando a lateral da montanha, estavam as paredes de três enormes recipientes de concreto: os tanques de armazenamento. Por um momento fiquei inteiramente espantado com a grandiosidade do projeto de construção. Quando ouvi as apresentações de Fred em Downing Street, pensei que seria o mesmo que construir mais uma escola ou mais um supermercado. Simplesmente não compreendi o gigantismo do empreendimento. Era maior do que a represa de Aswan ou as Pirâmides. Torci para que os fotógrafos conseguissem captar as condições reais do local.

No centro da parede de cada tanque havia um par de portas de ferro conectadas por um canal de concreto ao leito do uádi. O uádi se transformara agora em um rio largo e raso. O sol aparecera por um instante atrás de colunas brancas de nuvem e sua luz fazia cintilar a água que corria ao redor de muitas ilhas de cascalho ou caía como cascata sobre pedras arredondadas. As copas de palmeiras verdes balançavam na margem oposta com o vento cada vez mais forte. Às nossas costas, familiares como algo que já tivéssemos visto em sonho, montanhas de uma beleza selvagem e perturbadora apontavam para um céu encoberto.

— Olhe! — alertei o chefe. — O rio parece perfeito. Vai dar tudo certo!

O chefe olhou-me com ar surpreso. Claro que daria tudo certo, sua expressão afirmava; você não teria me trazido a quase 10 mil quilômetros de distância por algo que não fosse dar certo, não é mesmo, Peter? Não se quisesse permanecer mais um dia no emprego do qual tanto gosta. Antes que eu pudesse explicar, estávamos na plataforma distribuindo mais cumprimentos, sorrindo, brincando, conversando. Atrás de nós ouvi o segundo Chinook, com a imprensa a bordo, iniciar o processo de pouso.

É óbvio que o chefe esperava que desse tudo certo. Ele não tinha idéia de quanto trabalho o projeto exigira, de quanto eu me esforçara para garantir que ele se concretizasse apesar de todos os obstáculos, de como eu apoiara Fred Jones e o xeique. Olhei ao redor enquanto o chefe e o xeique recomeçavam a distribuir cumprimentos, para alegria de jornalistas e cinegrafistas de televisão, e ouvi Fred ao meu lado dizer:

— Impressionante, não?

— Fantástico! — confirmei, cheio de entusiasmo. — Eu não tinha idéia da proporção disto tudo. — Apontei para as paredes de concreto dos tanques de armazenamento e para os canais à espera da abertura das comportas e que por elas saíssem os salmões aos saltos e trambolhões. — Nosso projeto será um tremendo sucesso, Fred.

Percebi que ele segurava uma rede de pesca.

— Tomara que sim — Fred concordou lançando-me um sorriso de amizade verdadeira. Naquele momento senti que gostava dele. Nunca me detivera para pensar muito nele antes, não como pessoa, é o que quero dizer. — Venha ver os salmões — completou. O chefe, o xeique, a equipe de segurança do chefe e alguns jornalistas tentavam subir uma rampa até a borda de um tanque de armazenamento. Os homens do xeique ficaram quase todos para trás. Percebi de novo que alguns empunhavam rifles e lembrei-me de onde estávamos... no coração do Iêmen, não em visita a um novo hospital em Dulwich. No entanto, pensei, o Iêmen deve ser seguro agora, não é mesmo? A equipe de segurança jamais teria permitido que o chefe viesse para cá se houvesse algum risco. Isto é, tinha havido aquela história estranha da tentativa da al-Qaeda de matar o xeique na Escócia, mas tínhamos dado um desconto e imaginado ter sido matéria inventada por algum jornal escocês.

Paramos no alto da rampa e olhamos por cima da borda. O tanque estava repleto de salmões prateados que se movimentavam depressa para um lado e para outro ou permaneciam imóveis nas áreas sombreadas da água. A intervalos, em toda a volta do tanque, havia máquinas que lembravam um pouco imensos motores de popa e que agitavam e aeravam a água.

— Como estão os peixes? — perguntei a Fred.

— Tivemos algumas mortes por estresse, mas não tenho muita certeza se foi devido ao calor ou à viagem. De todo modo, o número de mortes se mantém bem dentro de nossas projeções e a temperatura da água está bastante estável.

Observei os peixes, fascinado. Depois olhei ao redor para as montanhas gigantescas, os declives de areia e cascalho abaixo de nós, as palmeiras, e os nativos do Iêmen montando guarda no topo do rochedo e nas cristas mais próximas.

— É inacreditável — afirmei. — Se não visse com meus próprios olhos...

— Pois é — concordou Fred —, o xeique tinha razão. Ele nos fez acreditar. E agora estamos prontos para abrir as comportas, e o milagre começará.

— Começará mesmo? — perguntei. Percebi que Fred estava tenso, mas acreditei que fosse pela expectativa, não por alguma dúvida.

— Tudo indica que sim. A temperatura caiu bem nos últimos dias. Faz só uns 25 graus Celsius agora e nos aproximamos do período mais quente do dia. A temperatura da água no uádi é perfeita e... — Ele ergueu os olhos para o céu, onde macios cúmulos brancos e cinzentos ocultavam momentaneamente o sol. — Acho que podemos esperar mais um pouco de chuva para logo.

Descemos a rampa em grupo e passamos pela plataforma até chegar a uma fileira de casas pré-fabricadas. Jay e o xeique entraram para vestir trajes de pesca e Colin McPherson, que eu não tinha visto antes no meio de toda aquela gente, começou a descarregar varas de pescar da traseira de uma picape, montando-as e, em seguida, arrumou linhas e iscas artificiais. Uma multidão de nativos juntou-se ao redor dele gritando e gesticulando. Não todos, no entanto; eu ainda via mais adiante um círculo de guardas atentos que se mantinham à parte dos procedimentos e observavam as montanhas que cercavam o uádi. Um em particular, que me chamou a atenção, daria uma foto interessante: estava em local mais alto que os outros, sobre um promontório de pedra que dominava o rio, a túnica agitando-se na brisa cada vez mais intensa, o rifle apoiado no ombro, o cano apontado para o topo da montanha. Pensei em pedir a um cinegrafista com ar simpático que tirasse uma foto para mim, porém ouvi ruidosos aplausos porque naquele instante Jay e o xeique saíam das casas pré-fabricadas vestidos com macacões impermeáveis e camisas de tecido xadrez. Caminharam na direção da picape, onde McPherson distribuía caniços para um grupo seleto de nativos. Quando Jay e o xeique se aproximaram, pegou dois que tinha reservado para a dupla e entregou-lhes. Houve novos aplausos e alguns dos nativos começaram a gritar. Até os jornalistas entraram no espírito da ocasião. Vi o velho McLeish, do *Telegraph*, sujeito cínico e durão como jamais houve igual, limpar de leve um dos olhos. Gosto de pensar que foi uma lágrima, mas pode ter sido apenas um cisco.

Jay e o xeique caminharam de volta até a plataforma de madeira ao lado do primeiro tanque de armazenamento. Enquanto os dois seguiam, senti algo me atingir na nuca e ergui os olhos, admirado. Começava a chover: não mais que poucos pingos, grandes, surpreendentemente frios, que deixavam pequenas crateras na poeira onde caíam. Alguém entregou a Jay um transmissor portátil e todos iniciaram um uníssono "Sssh! Ssssh!" Pouco a pouco o silêncio se espalhou, até que o único som restante foi o murmúrio intenso da água caindo montanha abaixo, a poucas centenas de metros. No meio do silêncio, o chefe tomou a palavra.

— Que grande honra — começou — ser convidado para estar hoje aqui.

Mais aplausos e vivas até que ele ergueu a mão e um silêncio profundo voltou a reinar. Virou-se para o xeique.

— Obrigado, xeique Muhammad, por convidar-me, e do fundo do coração eu lhe digo: é sua a visão, é sua a imaginação, é sua a infinita generosidade financeira sem a qual este projeto jamais poderia ser realizado. E estamos orgulhosos, orgulhosos que tenha escolhido trabalhar com cientistas britânicos, engenheiros britânicos, engenheiros de muitas nações, na verdade, para tornar possível este projeto. Quem teria algum dia sonhado ver salmões nadando em rios do Iêmen?

Fez nova pausa. O silêncio era de novo absoluto.

— O senhor sonhou, xeique Muhammad! O senhor teve a coragem e a determinação e por isso hoje, afinal, o momento chegou. Convido-o a irmos juntos, o senhor e eu, pescar salmões no uádi Aleyn!

Calorosos aplausos começaram, diminuíram um pouco e logo voltaram mais fortes quando o chefe ergueu no ar o transmissor para que pudéssemos ver o que estava acontecendo e em seguida apontou-o, como um controle remoto de televisão, para as comportas. Apertou um botão. Lentamente os portões começaram a se abrir. Não se abriram por completo, mas o bastante para deixar passar um fluxo de água contínuo e suficiente para os peixes conseguirem nadar. Na água que jorrava do pé das comportas para dentro do canal de concreto pude ver formas cintilantes se retorcendo e dando cambalhotas enquanto eram varridas para o rio.

Imediatamente, a platéia deslocou-se na direção do rio. Começava a chover forte e escurecia depressa. Todos se agruparam perto de onde o canal de concreto desembocava no uádi propriamente dito.

— Abram caminho para o Dr. Alfred — gritou o xeique com voz clara, e a multidão recuou para permitir a aproximação de Fred. Não estava com roupa impermeável, contudo avançou para dentro do rio com passadas largas de suas botas e espiou o fundo. De todo modo, logo estaríamos encharcados, pensei. Chovia mais forte agora e o céu muito acima de nós, na cabeceira do uádi, estava quase preto.

Mesmo de onde eu estava, podia ver as barbatanas dos salmões cortando o leito raso do uádi Aleyn. Alguns saltavam da água, quase dançando na superfície. E estavam nadando correnteza acima! Um ou outro seguia na direção errada, rio abaixo, mas a maioria nadava contra a corrente. Os salmões percorriam as águas do uádi Aleyn, no coração das montanhas de Heraz!

Jay e o xeique avançaram com dificuldade pelo rio segurando suas varas de pescar e escolhendo com cuidado o caminho sobre as pedras até chegar ao centro do uádi, a mais ou menos trinta metros um do outro. Todas as câmeras das equipes de imprensa e televisão estavam agora direcionadas para os dois. Estávamos sendo transmitidos ao vivo para as redes Sky, BBC24, ITV, CNN e al-Jazeera. No meio de toda a imprensa agachada ou de pé na margem, avistei Colin de olho no patrão. Vi nossa equipe de segurança tomar posição na margem oposta à qual estava Jay, os olhos vigilantes, as mãos nunca distantes dos coldres escondidos que usavam, examinando com atenção as rochas e as cristas de cada lado do rio. Uma dúzia de iemenitas carregando caniços e redes passou pela nova trilha que acompanhava o uádi, a caminho das plataformas de arremesso que tinham sido construídas mais adiante, rio acima.

Então o xeique jogou sua linha e no instante seguinte o chefe o imitou. Fiquei impressionado com o chefe; parecia ter feito aquilo a vida inteira. A linha caiu no lugar exato e quase não provocou respingos ao tocar a água. Era típico do chefe: tudo parecia fácil para ele. Se tivessem dito que ele precisaria esquiar na semana seguinte ou jogar uma partida de pólo aquático, teria feito, e pareceria igualmente hábil.

Então ouvi Fred gritar:

— Cuidado! A água está subindo! Fiquem de olho!

O chefe não ouviu, ou não quis ouvir. Ele tinha deixado a isca artificial girar e estava fazendo seu próximo arremesso. A chuva caía agora com força total e o rio parecia quase ferver sob o peso da água que descia do céu.

— É melhor sair agora! — gritou Fred. — Há uma quantidade infernal de água vindo por aí!

Até eu podia ver que a água do uádi estava subindo. Percebi que eu tinha inconscientemente recuado um par de metros para um lugar mais alto na margem. No mesmo momento Colin começou a avançar pelo rio, suponho que para ajudar o xeique a sair. Vi nossa equipe da segurança se entreolhar, como se perguntassem um ao outro o que fazer.

Percebi o clarão de um relâmpago, ou talvez não fosse um relâmpago, mas girei a cabeça e vi o nativo que eu avistara antes no promontório com o rifle no ombro. Ele acabara de disparar um tiro ou estava por fazê-lo. Eu teria ouvido um disparo? A água que descia o rio começava a rugir agora. Um dos seguranças puxou uma arma de dentro do casaco em um único movimento rápido e suponho que tenha atirado no nativo. Seja como for, o homem caiu para trás, despencou do rochedo e desapareceu do meu campo de visão. Não sei quem ele pretendia atingir. Imagino que fosse o xeique, mas não posso afirmar.

Criou-se um tumulto e mais tiros foram disparados pelos iemenitas, não sei em qual direção. Não acredito que tivessem compreendido o que se passava. A multidão se dispersou, houve gente que subiu de qualquer jeito pela margem para escapar do rio e dos tiros. Percebi que eu estava de novo vários metros acima, na margem, o coração martelando dentro do peito, os olhos fixos no chefe lá embaixo.

Ele se virara na direção do barulho, mas não se movia. Pensei que estivesse sorrindo. Não acredito que tenha visto o nativo atirar nem que tivesse sido atingido, embora soubesse que algo tinha acontecido, porque se virara para olhar na direção da corrente do rio.

Vi-o voltar os olhos para o xeique, que estava curvado, apoiado por Colin, que agora se colocara ao seu lado e lutava para manter o equilíbrio apesar do peso da água. Talvez o xeique tivesse sido baleado. Não sei.

Atrás do chefe vi uma parede de água branca e marrom surgir pela lateral do cânion, ganhar força ao atingir o uádi e vir na sua direção. Pude ver, mais do que ouvir, Fred ainda gritar para que ele se afastasse. Então também Fred virou-se e começou a subir a margem com dificuldade, na tentativa de chegar a um lugar seguro.

O chefe continuava a sorrir, imagino. Eu me encontrava um pouco distante, mas a gente pode dizer, às vezes, pela postura da pessoa, que ela está sorrindo. Seu rosto estava voltado para o lado oposto à parede de água que vinha na sua direção. Ele devia tê-la ouvido. Não sei. Talvez não. Dizem que as pessoas podem ficar muito absortas quando pescam. De todo modo, gosto de pensar... tenho quase certeza até... que quando ergueu o caniço para fazer um novo arremesso estava muito feliz. Estava longe da política, longe das guerras, dos jornalistas, dos membros do Parlamento, dos generais, dos funcionários públicos. Estava em um rio e havia salmões nadando aos seus pés; e estou certo de que com o arremesso seguinte acreditava que fisgaria seu peixe.

Então o turbilhão o atingiu. Uma enxurrada borbulhante de água marrom, lama, pedras e folhas de palmeira precipitou-se pelo uádi com o ruído de um trem, e num instante Colin, o xeique e o chefe sumiram sem deixar vestígio. A onda seguiu violenta e desapareceu na curva seguinte rumo ao interior do cânion, bem abaixo.

Um segundo antes, o chefe estava ali, de pé; no instante seguinte ele se fora. Nunca mais voltei a vê-lo. Nem o xeique. Nem Colin McPherson. Seus corpos jamais foram encontrados.

Foi isso que aconteceu quando lançamos o projeto Salmão no Iêmen e os salmões percorreram o uádi Aleyn.

32

Depoimento do Dr. Jones sobre fatos ocorridos no lançamento do projeto Salmão no Iêmen

Dr. Alfred Jones: De uma perspectiva científica, o projeto Salmão no Iêmen foi um sucesso total.

Eu sabia que seria um sucesso desde o minuto em que olhei para baixo e vi os salmões entrando na água que corria para o uádi. Poucos dias antes eles moviam-se inquietos em uma imensa gaiola em um braço de mar na costa oeste da Escócia; agora desciam em ziguezague por um canal de concreto de um tanque também de concreto construído no alto das montanhas do Iêmen.

Para eles não importava. Os salmões serpenteavam para dentro do uádi e alguns simplesmente seguiam a corrente e desapareciam no rio. A maioria, no entanto, tentou subir o rio, nadou contra a correnteza, sem saber para onde ia, certos apenas de que precisavam avançar rio acima até encontrar um local para desovar. O instinto lhes dizia o que fazer, exatamente como eu esperara que acontecesse.

A maior parte dos peixes era prateada, mas alguns já estavam coloridos, indicação de que as fêmeas se encontravam prontas para desovar os milhares de ovos que carregavam, e os machos preparados para injetar seu líquido seminal e assim fertilizar os ovos. Meus olhos se umedeceram quando lembrei de tudo isso: aqui, na extremidade da península arábica, ainda que a milhares de quilômetros de suas águas nativas, os salmões estavam prontos para cumprir sua missão.

Enquanto observava suas barbatanas cortar a água, senti um grande entusiasmo. E lembrei-me das palavras do xeique, de que assistiríamos a um milagre, e eu sabia que era um milagre o que tinha acabado de presenciar. Lembrei-me de Harriet dizendo-me que o xeique já consideraria o projeto um sucesso se um único peixe subisse o uádi. Agora centenas deles faziam isso. Um peixe de água doce já estava garantido e morto, dentro do meu casaco. Eu precisava achar um modo de prendê-lo na ponta da linha do primeiro-ministro para garantir que ele teria seu peixe.

Então reparei na cor da água que se alterava, no som do rio que começava a crescer, no barulho da água que caía em cascata dos picos distantes, lá no alto, furiosa e ameaçadora. O céu escurecia cada vez mais até tornar-se inteiramente preto.

Foi uma obstrução. Eu devia ter previsto. Essas coisas não são desconhecidas em rios sujeitos a inundações, e o uádi Aleyn é essencialmente isso: um rio que passa rapidamente de quase seco a inundado e volta ao que era em poucas horas. Os salmões que percorrem rios sujeitos a inundações aprendem a esperar pela água. Sentem o cheiro da chuva, sabem quando uma inundação é iminente, e então se apressam a subir o rio, encontrando a torrente com força e coragem imprevisíveis, saltando as ondas ou mantendo-se na água nas laterais do rio quando a velocidade do fluxo torna-se grande demais até para eles.

E em rios sujeitos a inundações às vezes acontece uma obstrução. A chuva é forte demais para infiltrar-se no solo. Ela corre imediatamente e arrasta consigo lama, árvores mortas, pedras, e se esse material sofre alguma constrição no leito do rio, provoca uma represa temporária. A água se acumula atrás do obstáculo até que a força seja suficientemente grande para liberar a obstrução, e então uma parede de água passa através da brecha aberta e desce para o rio. Ninguém vai querer estar na água quando isso acontecer.

E a chuva foi forte. As chuvas de verão no Iêmen são de fato apenas a ponta de um vasto sistema de chuvas de monção que faltam no resto da Arábia, mas que roçam a costa meridional de Omã e do Iêmen durante algumas semanas. Nessas poucas semanas a chuva pode cair com a força de uma tempestade tropical e provocar inundações rápidas, exatamente do tipo que tivemos aquele dia no uádi Aleyn. Suponho que eu devesse ter sabido, mas sou engenheiro de pesca, não hidrólogo, nem meteorologista. No entanto, ainda me culpo por não ter antecipado o que aconteceu. Nenhum dos nossos programas de computador previu o ocorrido.

Lembro-me de ter gritado a plenos pulmões para que o xeique e o primeiro-ministro se afastassem, porém o barulho crescente do rio e o sibilo da chuva quando atingia a superfície da água abafaram o som da minha voz. Colin viu a transformação do rio, viu a cor passar de transparente a marrom e ouviu a mudança ameaçadora no seu canto. Sabia exatamente o que estava acontecendo, mas ainda assim avançou com dificuldade pelo rio para tentar salvar o patrão. Foi heroísmo calculado. Alguém devia dar-lhe uma medalha. Contudo, aconteceu muita coisa naquele dia e a bravura de Colin foi esquecida por quase todos. Mas não por mim.

Virei-me e gritei para Peter Maxwell fazer algo, mas o rosto de Peter estava branco e tenso pelo medo, e não acredito que tenha me ouvido. Começou a lutar para chegar à margem e afastar-se do rio. Os homens da equipe de segurança sabiam que havia algo errado, mas não tinham descoberto de onde vinha o perigo. Imaginaram que viesse da crista das montanhas; pensaram em termos de um inimigo humano, não da natureza. Estavam olhando para o lado errado.

Em seguida houve um clarão e um tiro foi disparado de algum lugar. Isso distraiu ainda mais o pessoal da segurança. Ouvi depois dizerem que um dos guarda-costas do xeique tinha sido baleado, porém nunca descobri por quê. Não vi o fato acontecer. Estava olhando na direção da cabeceira do rio e gritando para que o primeiro-ministro saísse da água.

Depois vi a onda chegar de uma curva do rio, cerca de trezentos metros adiante, e pensei que morreríamos todos. A água chegava a uns três metros de altura, marrom e branca, e vinha na nossa direção com a velocidade e quase o mesmo ruído de um trem expresso. Naquele momento lembro-me de ter pensado "Tomara que os salmões não sejam todos levados correnteza abaixo", e então meus próprios instintos falaram mais alto e a próxima coisa de que me lembro foi de ter me agarrado a uma pedra arredondada na margem do rio enquanto a água corria feroz e arrastava meus pés.

Depois que a água recuou e a maior parte da equipe de segurança e os guarda-costas do xeique desceram no sentido da correnteza para tentar encontrar os corpos, parei junto da boca do canal que alimentava de salmões o uádi. Observei um a um os peixes entrarem na corrente, dar meia-volta quando cheiravam a água e seguir rio acima. Fiquei parado, sem me mover durante um longo tempo, abalado demais para querer falar. No princípio alguns jornalistas e repórteres de televisão apareceram e tentaram me fazer comentar o que acabara de acontecer, mas não estavam interessados nos meus salmões. Queriam apenas falar sobre o acidente e o primeiro-ministro. Também não estavam interessados no que acontecera com Colin ou com o xeique. Eu nada tinha a lhes dizer. Algum tempo depois se afastaram e uma hora ou duas mais tarde ouvi um dos helicópteros decolar, levando todos eles de volta a Sana'a para apresentar suas matérias.

Quando o último salmão deixou o tanque de armazenamento nº 1, sentei-me sobre uma pedra plana na borda do rio. A chuva tinha parado e o sol baixava no horizonte entre nuvens esfiapadas. De tempos em tempos eu olhava de relance para o canteiro de obras para ver o que estava acontecendo. Percebi que Peter Maxwell, a mais ou menos cem metros de distância, conversava sem parar em um telefone celular. Perguntei a mim mesmo o que haveria de tão importante até que me lembrei do primeiro-ministro. Continuei sentado na pedra e pensei no projeto e na parte que tive em sua execução. O que quer que acontecesse comigo dali em diante, ninguém podia tirar isso de mim. Era a maior realização da minha vida. Não era só minha, mas eu sabia que sem mim o projeto talvez não tivesse acontecido. Surpreendi-me querendo que Harriet pudesse ter estado ali e sentindo terrivelmente a falta dela, porque a conquista era igualmente de Harriet e aquele teria sido o dia dela também. Mas é claro que nesse caso ela teria visto o xeique ser levado de roldão. Ela estava certa quando falou no seu pressentimento. E desejei que o xeique pudesse ter estado ali para eu partilhar essa façanha com ele.

Ouvi um grito à distância e vi um dos iemenitas que tinham ido pescar muito longe rio acima descer a trilha a toda velocidade. Era Ibrahim, nosso motorista, um dos homens do xeique. Viu-me e gritou:

— Dr. Alfred! Dr. Alfred!

Correu na minha direção e percebi que carregava um salmão morto nos braços, embalando-o como um bebê. Devia ter abandonado o caniço no momento em que pegou o peixe. Quando se aproximou, vi que ainda não sabia o que tinha acontecido. Podia talvez até ter se posto adiante da obstrução. De todo modo, tinha apanhado um salmão. Era de um tom prateado-claro e pesava, eu arriscaria, cerca de cinco quilos. Um bom peixe, um excelente peixe. O rosto de Ibrahim portava um sorriso enorme, e ele gritou:

— Dr. Alfred! Peguei um peixe!

Nos abraçamos, batemos nas costas um do outro, e lágrimas de alegria rolaram por nossas faces. O peixe tinha caído na poeira e Ibrahim curvou-se para pegá-lo, ainda rindo de sua sorte. Foi o primeiro e, pelo que sei, o último salmão pescado com mosca no Iêmen. Pelo menos nunca ouvi falar que algum outro tenha sido apanhado ou visto nadando no uádi desde aquele dia maravilhoso e terrível.

Então precisei contar a Ibrahim sobre o xeique.

Mais tarde, quando a noite começou a cair e as paredes rochosas ao nosso redor assumiram um tom violeta, as equipes de busca voltaram, escalando o cânion com dificuldade. No interminável deserto de rocha e pedra, de penhascos verticais e buracos no leito do rio que se abriam em ravinas formando as seções mais baixas do uádi, jamais encontraram os corpos. Acredito que possam ter sido varridos para uma depressão do terreno e para o próprio aqüífero, e lá, em um mar sombrio, repousam os corpos de Jay Vent, político, Colin McPherson, guia de pesca incomparável, e o xeique Muhammad ibn Zaidi bani Tihama, homem quase santo que criou o projeto Salmão no Iêmen.

Peter Maxwell aproximou-se de mim. Seu rosto continuava branco, os olhos vermelhos, e a boca em um ricto amargo, infeliz.

— Espero que esteja satisfeito agora — disparou.

— Sim — respondi —, em muitos aspectos foi um enorme sucesso, embora eu desejasse, do fundo do coração, que pudéssemos ter evitado a perda de vidas. No entanto, se formos objetivos, Peter, conseguimos tudo o que nos dispusemos a conquistar do ponto de vista científico. A grande questão é saber o que acontecerá com o projeto agora que o xeique está morto. Você precisa me ajudar a descobrir quem está no comando agora.

Peter Maxwell olhou-me fixamente por longo tempo sem dizer uma palavra. Atrás dele vi a equipe de segurança embarcar no segundo helicóptero.

— Vou lhe dizer o que acontecerá. Seu projeto está acabado. Você está acabado. E eu estou acabado. Você devia ter sabido que isso aconteceria. Devia ter sabido...

Começou a soluçar e toquei seu braço para confortá-lo, porém ele repeliu-me com violência.

— Você matou o melhor homem do mundo, um dos maiores homens que já existiram, e ao mesmo tempo arruinou minha vida. E a única coisa em que consegue pensar é nos seus malditos peixes.

Deu-me as costas e precipitou-se para o helicóptero. Um instante mais tarde o aparelho decolou e nunca mais voltei a ver Peter Maxwell.

Interrogador: Peter Maxwell ou outro representante do gabinete do primeiro-ministro o procurou depois de sua volta para o Reino Unido? Houve alguma tentativa de influenciar de um modo ou de outro seu depoimento para nós?

AJ: Quando voltei para o Reino Unido eu tinha me tornado uma não-pessoa. Quando me apresentei na Fitzharris & Price para discutir os procedimentos administrativos do projeto, descobri que meu emprego não existia mais. Os herdeiros do xeique, quaisquer que fossem, não partilhavam do entusiasmo dele pelo projeto. O financiamento tinha sido interrompido antes mesmo de eu chegar ao Reino Unido. Um dos sócios da Fitzharris & Price foi ao meu encontro na recepção quando cheguei em St. James's Street para se inteirar da situação atual e recomeçar a trabalhar. Entregou-me uma carta da empresa de contabilidade que geria as finanças do projeto. A carta agradecia meu esforço em não muitas palavras mais do que estas e continha um cheque correspondente aos três meses de salário seguintes.

Li a carta e olhei para o colega de Harriet.

— É isso? — perguntei-lhe.

Ele deu de ombros:

— O resto da empresa nunca ficou sabendo de muita coisa. O projeto foi ótimo enquanto durou, claro, mas tínhamos certeza de que não poderia durar eternamente. Sempre foi a menina-dos-olhos de Harriet, e ela parece ter desistido da sociedade.

Nunca mais voltei a St. James's Street e, pelo que sei, tampouco Harriet.

Falei com ela uma ou duas vezes por telefone. Estava morando com amigos no sudoeste da França e não tinha certeza de seus planos futuros.

— Estou contente que o projeto tenha tido sucesso, ainda que por um único dia. Você não pode jamais deixar que alguém lhe tire isso, Fred. Precisa valorizar o que conseguiu. Mas lamento que tenhamos precisado pagar um preço tão alto. Sinto uma falta incrível do xeique. É mais uma morte na família, de certo modo.

— Quando volta para o Reino Unido? — perguntei.

— Não tenho planos definidos. Não estou gastando muito dinheiro aqui e meus amigos parecem contentes de eu ficar até quando quiser. Tenho meu próprio apartamento em um canto da casa deles e uma porta de entrada só minha, o que me permite chegar e sair sem perturbá-los. Você sabe, o sol brilha a maior parte do tempo nesta parte do mundo e ninguém me chateia. É disso que preciso. Sei que vou acabar sem dinheiro mais cedo ou mais tarde, e que terei de pensar em arranjar emprego. Por enquanto, porém, só quero um pouco de paz.

— Vou vê-la quando voltar? — perguntei. Eu não pretendia fazer uma pergunta dessas. Não tinha o direito.

— Não sei, Fred. Não sei. Precisamos esperar pelo que vai acontecer.

Semanas mais tarde, ouvi dizer que conseguira um emprego na França descobrindo propriedades para ingleses à procura de uma segunda casa.

I: Por favor, confirme que contato teve com Peter Maxwell ou o escritório dele desde que voltou para a Inglaterra.

AJ: Oh, esqueci que tinha me perguntado isso. Sim, recebi uma mensagem de voz de Peter Maxwell com uma ameaça: "Farei o possível para que você nunca mais trabalhe neste país" ou algo parecido, mas em seguida ouvi-o explodir em lágrimas pouco antes de desligar, por isso não levei-o muito a sério. Mas talvez ele tenha mesmo tentado impedir que eu fosse readmitido por alguma curiosa razão pessoal. O que sei é que, quando tentei voltar ao meu antigo emprego no Centro Nacional para a Excelência da Pesca, recebi uma carta muito curta de David Sugden, queixando-se de cortes no orçamento e lamentando que meu cargo antigo não seria, em conseqüência, preenchido. Não sei se teria sido bom voltar para lá, de todo modo. Então telefonei a antigos amigos na Agência Ambiental e acabei conseguindo outro emprego. Não é um trabalho burocrático. É ao ar livre e a remuneração é o que se pode chamar de mínima em comparação ao meu antigo salário. Nesse aspecto Mary estava certa. Os bons tempos não duraram muito, no final das contas.

Estou trabalhando em um novo criadouro de peixes que foi construído na cabeceira do rio Coquet, em Northumberland. Nosso trabalho é criar salmões desde os ovos em uma série de tanques de aço inoxidável em uma pequena cabana no alto, nos pântanos. A idéia é garantir que sempre haverá salmões jovens disponíveis para serem introduzidos no rio, mesmo nos anos em que a produção natural fracasse devido à seca ou a algum outro desastre. Gosto do trabalho. É interessante e muitas vezes puxado, mas tenho tempo à vontade para pensar. Pensar é o que mais faço hoje em dia.

Não falo com ninguém sobre o projeto Salmão no Iêmen, embora seja provocado aqui e ali pelas pessoas com quem trabalho.

O projeto ganhou fama na imprensa após as mortes do primeiro-ministro e do xeique. Foi descartado como sendo uma bizarra aventura política. Houve pouca valorização do que conquistamos na comunidade científica doméstica. No Iêmen, todos continuam muito orgulhosos dele. O xeique é lembrado em preces todos os dias no Ministério da Pesca, que assumiu a responsabilidade pelo projeto. Os tanques de armazenamento foram drenados e todos os equipamentos protegidos com naftalina. Naquele clima seco, não sofrerão danos por alguns anos. Dizem que um dia serão de novo mantidos salmões naqueles tanques e depois soltos no uádi Aleyn, mas isso ainda não aconteceu.

Os habitantes de al-Shisr pescaram todos os salmões remanescentes no tanque de armazenamento nº 2 durante várias semanas após a morte do xeique. Havia churrascos noturnos no leito do uádi e o cheiro de salmão grelhado subia todas as noites para o céu.

O vice-secretário da Pesca escreveu-me que o plano estratégico de pesca para os próximos cinco anos estava sendo reformulado, e que quando fossem discutir o papel da pesca do salmão no futuro desenvolvimento dos recursos naturais do Iêmen eu seria consultado. Isso foi algum tempo atrás, e desde então não fizeram contato. Não sei se devo ter esperança de receber notícias deles ou não.

Pensando em retrospecto sobre o dia em que o xeique morreu, sei agora que eu estava em estado de choque, e que sua morte não tinha de fato me atingido. Havia muita coisa acontecendo. Eu não conseguia absorver tudo ao mesmo tempo. Desde então tenho pranteado a sua morte e agora, enquanto atravesso com dificuldade a cabeceira do rio Coquet e despejo nas águas baldes de filhotes de salmão, mantenho diálogos com ele que são mais do que imaginários.

Ouço-o dizer-me, de algum lugar atrás do meu ombro esquerdo, "Sim, Dr. Alfred, conseguimos afinal. Acreditamos no projeto e por isso conseguimos."

"O senhor estava certo, xeique. Acreditamos. O senhor ensinou-me a acreditar."

Ouço um sorriso em sua voz, embora não consiga vê-lo.

"Ensinei-o a dar o primeiro passo: aprender a acreditar na crença. E um dia o senhor dará o segundo passo e saberá no que acredita."

Esvazio o balde de filhotes de salmão na corrente rasa, coberta de cascalho, e pergunto: "Como saberei?"

Então, mais fraca do que o murmúrio dos estreitos cursos d'água que correm sobre o pedregulho, chega a resposta: "O senhor saberá."

Assim, trabalho no criadouro e de noite sento-me na cabana de dois quartos que aluguei perto de Uswayford sob a imponência verde e marrom dos montes Cheviot. Sento-me e penso. Não sei na verdade em que penso, embora ainda pense algumas vezes em Harriet. Tento não fazê-lo com muita freqüência. Isso desperta lembranças que preferiria não ter.

Às vezes penso em Mary. Falo com ela pelo telefone quase todas as semanas. Desisti dos e-mails a não ser que sejam absolutamente necessários. É assim minha nova vida, agora. Falo com Mary, porém faço ligações a cobrar porque na verdade não tenho condições de pagar a conta de telefone. Ela está trabalhando em Dusseldorf no momento. Não sei ao certo se essa era a promoção que ela esperava. Acho que foi, acima de tudo, a saída que encontrou. Todos nós temos aborrecimentos na vida.

Vendemos o apartamento em Londres e compramos um menor, já que quase não ficamos mais na cidade. Viajamos a Londres a cada dois meses. Sempre nos encontramos, jantamos juntos e tentamos dar algum sentido às nossas vidas. Não sei ao certo se conseguiremos. Concordamos em permanecer casados. Não conseguimos pensar em algo diferente a fazer com nossas vidas. Temos nossos trabalhos. Falei para Mary que não quero que ela se sinta financeiramente responsável por mim. Ela concorda, porém acredito que gostaria de tomar conta de mim, se eu permitisse. Mas sinto-me feliz aqui nestas montanhas, criando peixes e colocando-os no rio. Esses filhotinhos de salmão têm mais chance de viver aqui do que teriam no Iêmen. Este é o seu hábitat natural, e é o meu hábitat natural, também.

De noite, leio muito. Não consigo captar nenhum sinal de televisão onde moro, e não tenho dinheiro para pagar televisão por satélite. Não me faz falta. Nunca fui muito de assistir TV, de todo modo. Por isso leio. Leio tudo sobre qualquer assunto e, nos fins de semana, se não estou em Londres, vasculho as livrarias que vendem livros usados em Alnwick e Morpeth, as cidades mais próximas daqui. Não posso ter a pretensão de comprar livros novos, mas me parece que tantos livros bons já foram escritos que não preciso de novos. Compro montes de biografias e romances antigos por um punhado de libras, ou às vezes apenas os troco pelos que já li. Os proprietários me deixam fazer isso. Sou um bom cliente. Compro os clássicos — Dickens, Thackeray, Fielding. Nos últimos tempos comecei a ler livros de ensaios — Hazlitt, Browne, e outros. Em um deles li um trecho de que gostei muito e tenho aqui agora. Carrego-o sempre comigo. Vou ler para o senhor, se me permitir.

"E lembramos que Tertuliano, filho de um centurião que viveu em Cartago, e que escreveu muitos textos sagrados discorrendo sobre os evangelhos e sobre a natureza da fé, certa vez escreveu: *Certum, impossibile est.* É certo que é impossível. Há quem afirme que o que Tertuliano escreveu não foi *Certum, impossibile est*, mas *Credo, quia impossibile est*. Creio, porque é impossível.

Gosto da frase. E o senhor?

Creio, porque é impossível.

33

Conclusões do Comitê de Relações Exteriores da Casa dos Comuns

A decisão de introduzir salmão no Iêmen

Conclusões e recomendações

1. Concluímos que, dado o conjunto de evidências, parece óbvio que a decisão de introduzir salmão no Iêmen não partiu de nenhum ministro, mas foi iniciativa de um cidadão iemenita, o falecido xeique Muhammad ibn Zaidi bani Tihama.
2. Concluímos que o secretário do Interior não tinha, conforme declarou na Casa dos Comuns, conhecimento da alegada tentativa de assassinato do xeique Muhammad na sua residência na Escócia por um suposto membro da al-Qaeda. Como jamais foi provada por um tribunal do Reino Unido a ocorrência de tal fato, não podemos criticar o secretário do Interior ou os serviços de segurança por deixar de prever outro atentado do mesmo tipo, que se alega ter ocorrido no uádi Aleyn pouco antes do evento hidrológico que lamentavelmente tirou a vida do primeiro-ministro.
3. No que diz respeito à questão levantada por ocasião da evidência da morte do capitão Robert Matthews, concluímos que o secretário de Estado da Defesa de fato ignorava

que o capitão Robert Matthews cumpria missão no Irã sem o conhecimento de ministros, e a ninguém pode ser atribuída a culpa pela lamentável sucessão de fatos que fizeram com que o capitão Matthews fosse declarado "desaparecido em ação".

4. Concluímos que o diretor de comunicação, Sr. Peter Maxwell, agiu por iniciativa própria quando aconselhou o falecido primeiro-ministro, Sr. Jay Vent, a interessar-se pelo projeto Salmão no Iêmen, e que o Sr. Peter Maxwell deduzira que alguma vantagem eleitoral poderia ser obtida como resultado da presença do Sr. Vent no lançamento do projeto Salmão no Iêmen, e que foi esse o seu fundamento para recomendar o envolvimento do Sr. Vent no projeto.
5. Recomendamos que futuros diretores de comunicação tenham suas descrições de função redigidas de modo a deixar claro que seu papel é comunicar e não levar futuros primeiros-ministros a um caminho que possa prejudicá-los, independentemente de considerações eleitorais. Recomendamos que Peter Maxwell não volte a desempenhar sua antiga função.
6. Concluímos que foi prestada atenção insuficiente à avaliação de riscos pelos engenheiros e administradores do projeto, apesar de tais avaliações não serem exigidas pela lei iemenita, já que estariam regidas pelo Ato da Saúde e Segurança do Reino Unido. Tivesse tal avaliação sido feita, o evento hidrológico que ocasionou a morte do primeiro-ministro e outras poderia ter sido previsto e precauções cabíveis teriam sido tomadas. Apesar desta conclusão, não podemos afirmar que uma única pessoa seja culpada no caso.

7. Concluímos que o Centro Nacional para a Excelência da Pesca extrapolou suas funções ao concordar em atuar como o recurso técnico básico para o projeto Salmão no Iêmen, e recomendamos que seja desativado e incorporado à Agência Ambiental.
8. Concluímos que, em termos de política, não podemos endossar a opinião do gabinete do primeiro-ministro de que uma iniciativa envolvendo a introdução de salmão no Iêmen se alinharia com suas outras políticas na região, que têm como foco, acima de tudo, a intervenção militar na proteção de recursos petrolíferos regionais e as tentativas conjuntas de introduzir o processo democrático. Acreditamos que o governo deveria escolher entre salmão e democracia em suas iniciativas regionais. A combinação dos dois envia uma mensagem confusa para atores regionais.
9. Não obstante, detectamos um resultado favorável da trágica morte do primeiro-ministro Jay Vent. A percepção de que a política do Reino Unido na região também pode ter como foco assuntos não-militares e não relacionados com petróleo, como pesca com mosca, não foi de todo negativa. Ao contrário, entendemos que está sendo considerada a construção de uma estátua do falecido primeiro-ministro e do xeique Muhammad ibn Zaidi bani Tihama, que mostrará ambos vestidos com macacões impermeáveis e carregando varas de pescar, exatamente como na última vez em que foram vistos com vida. Será erguida no centro de Sana'a, se a permissão for concedida.

Glossário

Os leitores talvez considerem útil o que segue:

Agência Ambiental: departamento do DMAA, responsável pelo controle dos rios, do ambiente rural, das inundações e pelo cumprimento da legislação antipoluição

alevino: forma inicial do salmão logo após eclodir do ovo; uma criatura translúcida com saco vitelínico

***Allahu akhbar*:** Deus é grande

anádromo: capaz de tolerar tanto água doce quanto ambientes salinos

arremesso Spey: arremesso elaborado, com laçada dupla, muito apreciado pelos *gillies* das Highlands; seu mérito é que o pescador jamais terá sua linha emaranhada na margem do rio ou nas árvores às suas costas (como no arremesso por cima da cabeça) porque no arremesso Spey a linha está sempre à frente

beduíno: povo nômade habitante do deserto da península arábica

CNEP: Centro Nacional para a Excelência da Pesca, uma das várias organizações científicas de pesquisa na área da engenharia de pesca

***diwan*:** sala reservada para cavalheiros que desejem mascar *khat* (ver a seguir)

***diyah*:** recompensa paga a um assassino de aluguel

DMAA: Departamento de Meio Ambiente e Agricultura

falaj: antigo sistema de irrigação usado em regiões áridas, que consiste de túneis ou condutos de pedra que levam água de aqüíferos nas montanhas a fazendeiros ou outros em áreas mais baixas

filhote: depois que o alevino absorveu o conteúdo de seu saco vitelínico, é chamado de filhote

gillie: homem ou menino que não desgruda de quem tenta pescar em rios escoceses com o único intuito de explicar por que é muito provável que o pescador não consiga fisgar nenhum peixe com a técnica que estiver utilizando no momento

Hansard: Transcrição oficial dos procedimentos das Casas do Parlamento britânico

imame: alguém que orienta preces em uma mesquita; pessoa com autoridade sobre a comunidade

integridade genética: idéia, acalentada por engenheiros de pesca, de que a pureza genética do salmão de um rio em particular deveria ser preservada e não diluída pela presença de peixes de outros rios — ilegal quando aplicada a humanos

invertebrado: criatura sem espinha dorsal

jambia: adaga curva muito utilizada por iemenitas

jazr: termo iemenita para aquele que possui uma profissão suja, como a de açougueiro

jebel: palavra árabe genérica para montanha

jihadi: pessoa que devota a vida à luta religiosa, às vezes erroneamente associada a um homem-bomba ou assassino

khat: folha levemente narcótica que é mascada

matrizes: fêmeas das quais são retirados ovos para a reprodução em viveiros

mosca-d'água: inseto invertebrado que habita cursos de água doce. Importante alimento para peixes

MREC: Ministério das Relações Exteriores e Comunidade

oxigênio dissolvido: o nível de oxigênio dissolvido em um rio é um indicador da maior ou menor possibilidade de sobrevivência de peixes migratórios em suas águas. Quanto mais baixo o nível, maior o risco

***Salaam alaikum*:** saudação árabe tradicional (Deus esteja convosco)

salmão desenvolvido: o salmão, em algum momento entre 16 meses e dois anos, após adquirir a forma de um salmão jovem, começa a mudar fisiologicamente. Desenvolve células excretoras de sal e adquire uma aparência prateada. Uma vez inteiramente prateado, passa a ser considerado salmão desenvolvido, com cerca de 15 centímetros de comprimento. Quando atinge essa forma, desce o rio até chegar ao estuário de água salgada. De lá, pouco a pouco, começa a nadar na companhia de outros salmões desenvolvidos ou adultos rumo às áreas de alimentação no Atlântico Norte, onde ficará de um a quatro anos

salmão jovem: o estágio de desenvolvimento seguinte ao do filhote, similar na aparência a uma truta marrom também jovem, do tamanho aproximado de um dedo e com marcas escuras

salmonídeo: peixe migratório; inclui o salmão e a truta de água salgada

***sayyid*:** classe dominante no Iêmen, título dado a líderes tribais ou religiosos que se dizem descendentes do profeta Maomé

***sebkha*:** incrustação branca de sal na superfície do deserto, em geral indicativa da presença de umidade, sinal de areias movediças

***selta*:** caldo de legumes muito popular nas terras altas do Iêmen

***sharia*:** lei conforme praticada e observada em vida pelo profeta Maomé, em vigor em alguns países no mundo islâmico

***sitara*:** xale colorido usado por mulheres nas terras altas do Iêmen

***thobe*:** túnica usada nas terras altas do Iêmen e na Arábia Saudita

uádi: leito de rio seco, exceto na estação chuvosa (quando é um rio)

Muitos dos que apreciam a pesca do salmão terão em alguma medida se beneficiado da leitura do trabalho definitivo de Hugh Falkus, *Salmon Fishing* (publicado pela H.F. & G. Witherby Ltd.) e do imenso conhecimento do autor a respeito do ciclo de vida dos salmões. Não represento uma exceção e sou extremamente grato por tudo que aprendi com a leitura de seu livro.

Este livro foi composto na tipologia Minion, em
corpo 11,5/15, e impresso em papel off-white 80g/m²
no Sistema Cameron da Divisão Gráfica da
Distribuidora Record.